Kjell Askildsen

Ein schöner Ort

Kjell Askildsen

Ein schöner Ort

Erzählungen

Aus dem Norwegischen
von Hinrich Schmidt-Henkel

Sammlung Luchterhand

Alle Erzählungen erschienen 2005 unter dem Titel *Alt som for*
als Teil eines größeren Sammelbandes bei Forlaget Oktober, Oslo.
Die Auswahl traf der Autor.

Die Übersetzung wurde von NORLA, Oslo, gefördert.
Der Verlag bedankt sich dafür.

FSC

Mix

Produktgruppe aus vorbildlich
bewirtschafteten Wäldern und
anderen kontrollierten Herkünften

Zert.-Nr. GFA-COC-001223
www.fsc.org
© 1996 Forest Stewardship Council

Verlagsgruppe Random House FSC-DEU-0100
Das für dieses Buch verwendete FSC-zertifizierte Papier *Munken Print*
liefert Arctic Paper Munkedals AB, Schweden.

1. Auflage
Deutsche Erstveröffentlichung
Copyright © 2005 by Forlaget Oktober A/S, Oslo
Copyright © für die deutschsprachige Ausgabe 2009
by Luchterhand Literaturverlag, München,
ein Unternehmen der Verlagsgruppe Random House GmbH
Satz: Greiner & Reichel, Köln
Druck und Einband: CPI – Clausen & Bosse, Leck
Printed in Germany
ISBN 978-3-630-62155-5

www.luchterhand-literaturverlag.de

Ich bin nicht so, ich bin nicht so

Ich ging die Treppe hinunter in einem vierstöckigen Miets-haus weiter östlich in der Stadt; ich hatte meine älteste Schwester besucht, es war unerfreulich gewesen, sie hat-te zu viele Probleme, die meisten eingebildet, aber das macht es ja nicht besser. Ich hatte sie nie besonders leiden mögen, sie ihrerseits hatte nie eine besonders hohe Mei-nung von mir gehabt. Besucht hatte ich sie, weil eines ihrer Probleme doch real war: Sie hatte sich bei einem Sturz die linke Hüfte gebrochen.

Ich verließ sie mit gemischten Gefühlen, froh, wegzu-kommen, verärgert, weil ich ihr hatte versprechen müssen, anderntags wiederzukommen.

Nun, ich ging also die Treppe hinunter, und auf halbem Wege zwischen dem zweiten und dem ersten Stock wurde ich aufgehalten, da ein recht alter Mann mitten auf einer Stufe saß. Zwischen ihm und dem Geländer stand eine gro-ße Tragetüte, und da ich ungern Treppen hinabsteige, ohne mich festzuhalten, blieb ich in seinem Rücken stehen. Er schien mich nicht gehört zu haben, also sagte ich nach einem Moment:

»Kann ich Ihnen irgendwie helfen?«

Da er nicht reagierte, dachte ich, er sei taub oder schwer-hörig, und wiederholte meine Frage, diesmal lauter.

»Nein, danke, ich glaube nicht.«

Ich stutzte, nicht über das, was er sagte, sondern wegen der Stimme, die mir bekannt vorkam; sie war äußerst charakteristisch, zugleich tief und scharf, und sehr ausdrucksvoll. Und sie stand in auffälligem Kontrast zu seiner abgetragenen, fast schäbigen Kleidung.

Da die Stimme mich glauben machte, ich würde ihn kennen und er folglich auch mich, gab ich einem Anflug von Eitelkeit nach. Ich wollte ihn nicht bitten, die Tragetasche wegzunehmen, und ihm dadurch zeigen, wie wacklig ich geworden war, also ließ ich das Geländer los und passierte ihn auf der anderen Seite. Es ging gut, doch als ich wieder die Hand am Geländer hatte und mich nach ihm umdrehte, stellte ich fest, dass ich mich geirrt hatte. Ich hatte den Mann noch nie gesehen.

Möglicherweise sah ich ein wenig überrascht aus, und da er ja nicht wissen konnte, warum, und da er von vorn überdies noch jämmerlicher aussah als von hinten und sich gewiss bewusst war, welch unvorteilhaften Eindruck er machte – vielleicht sagte er darum halb trotzig, halb entschuldigend:

»Ich wohne hier.«

»Aha.«

»Ich war nur auf einmal so müde.«

Als früherer Fotograf habe ich eine gewisse Erfahrung mit Gesichtern, und wie ich ihn so betrachtete, traf mich die Erkenntnis, dass auch sein Gesicht nicht zu der abgetragenen Kleidung passte. Die Stimme hingegen war ähnlich ausdrucksvoll wie das Gesicht.

»Ich kann Ihnen also nicht irgendwie helfen?«, fragte ich, ich fand, ich müsste etwas sagen, da ich ihn schon fast zu lange angesehen hatte.

»Nein, nein, aber vielen Dank.«

»Auf Wiedersehen dann.«

Ich ging und hatte keinen Grund, ihm zu verbergen, dass ich mich gut am Geländer festhalten musste.

Anderntags ging ich wieder zu meiner Schwester, schließlich hatte ich es versprochen, und was man verspricht, das muss man halten, da bin ich ein bisschen altmodisch, aber es herrschte ein scheußliches Schneetreiben, ich war versucht anzurufen und abzusagen. Trotzdem ging ich hin, sie öffnete die Tür, auf ihre Krücken gestützt, und verlangte, dass ich mir erst den Schnee abklopfte. Das wollte ich nicht. Ich sagte, ich könne auch wieder gehen. Da trat sie beiseite. Ich ging hinein, hängte den Mantel auf und legte den Hut auf die Ablage. Sie humpelte mir voraus zu ihrem Sessel. Ich setzte mich aufs Sofa. Ich sagte, sie habe ja gut geheizt. Darauf antwortete sie nicht. Stattdessen sagte sie, die Glühbirne an der Küchendecke sei durchgebrannt. Da konnte ich ihr aber nicht helfen, mir wird so schnell schwindelig. Als ich versuchte, ihr das zu erklären, sagte sie, derart schwindelig könne einem gar nicht werden, das sei nur Einbildung. Darauf hätte ich allerlei antworten können, tat es aber nicht, es hätte nichts genutzt. Aber sie ließ nicht locker, sie sagte, so ein Schwindelgefühl habe psychische Ursachen und liege in meinem Fall daran, dass ich nie gewagt hätte, Verantwortung zu übernehmen. Ich wurde wütend und stand auf. Ich wollte gehen. Ich hatte mein Versprechen erfüllt. Jetzt wollte ich gehen. Vielleicht begriff sie das, vielleicht auch nicht, wie auch immer, sie bat mich, das Tablett mit Weihnachtskuchen und den Kaffeetassen aus der Küche zu holen, und die Thermoskanne. Das konnte ich ihr nicht verweigern. Ich holte alles herein und stellte es auf den Tisch zwischen uns. Der aufgeschnittene Weihnachtskuchen war großzügig gebuttert. Ich muss schon sagen, sagte ich versöhnlich, und da sah sie froh aus, was mich erstaunte. Sie sagte, sie habe ihn selbst gebacken, und ich sagte ohne Überzeugung, das könne ich schmecken. Um die Wahrheit zu sagen, schmeckte er allerdings recht gut. Eine Weile lang sagten wir nichts. Ich blickte in den Schnee hinaus, der hinterm Fenster wirbelte, und überlegte, was für Freuden meine Schwester in ihrem Leben haben mochte, und da ich nach einigem Nachdenken zu dem Ergebnis kam, dass sie höchstwahrscheinlich keine hatte, verspürte ich den Drang, etwas Freundliches zu sagen, ich wurde schlicht und einfach ein bisschen sentimental, vielleicht war es der Schnee draußen und die Wärme drinnen, aber ich kam nicht dazu, denn als ich gerade den Mund aufmachen wollte, fragte sie, ob wir nicht eine Partie Kniffel spielen könnten. Sie fragte genau wie ein Kind, das fast ganz sicher ist, eine Abfuhr zu bekommen, und obwohl ich keinen großen Spaß an Würfelspielen habe, da allzu viel dem Zufall überlassen bleibt, sorgte der Tonfall ihrer Frage dafür, dass ich es ihr nicht abschlagen konnte, abgesehen davon fehlte mir jedes Verlangen, wieder in das Schneetreiben hinauszugehen. Sie sagte, Kniffelblock und Würfel lägen in der Kommode; an der Wand über der Kommode hing die Familie, es war eine große Familie, und alle hingen dort, Tote und Lebende bunt gemischt, ein ziemlich deprimierender Anblick. Ich fand Block und Würfel und ging wieder zum Tisch. Wir spielten. Zwei Mal direkt hintereinander würfelte sie derart unbeherrscht, dass ein Würfel auf den Boden rollte, beim zweiten Mal unters Sofa, so dass ich mich hinknien und ihn unter dem Möbel ertasten musste. Während ich da lag, sagte sie, mein Hosenboden sei ganz blankgesessen. Das war mir klar, aber ihre Bemerkung ärgerte mich, ich habe noch nie hinnehmen mögen, dass unverschuldete Verwandtschaft einem das Recht zu Taktlosigkeiten gibt, und das sagte ich ihr auch. Oh, entschuldige, sagte sie überraschend kleinlaut, sie hatte wohl Angst, ich könnte das Spiel abbrechen. Ich sagte nichts mehr, denn mir war gerade der abgerissene Mann im Trepppenhaus eingefallen. Am Vortag hatte ich mir auf dem Heimweg vorgenommen, sie nach ihm zu fragen, und jetzt war ich kurz davor, es zu tun, unterließ es aber, sie sollte nicht bemerken, dass ich ihn mit meinem eigenen Hosenboden assoziierte. Also gab ich ihr den Würfel, und wir spielten weiter. Nachdem ich fand, jetzt sei genug Zeit vergangen, sagte ich, ich sei gestern auf der Treppe einem freundlichen älteren Mann begegnet, der mir irgendwie bekannt vorgekommen sei, ob sie wisse, wer das sei? Sie verstand nicht, um wen es sich handeln könnte, es musste ein Besucher sein. In ihrem Aufgang wohne nur ein älterer Mann, und der sei jedenfalls nicht freundlich, er sei schrecklich, sicher ein Obdachloser, der die Wohnung vom Sozialamt zugeteilt bekommen habe. Ja, ja, genau der, sagte ich. Sie schaute mich demonstrativ groß an, ich tat so, als würde ich es nicht bemerken, und fragte sie, ob sie wisse, wie er heißt. Larsen, antwortete sie beleidigt, oder Jensen, irgendwas ganz Gewöhnliches. Ich amüsierte mich ein wenig über sie, also sagte ich, tja, ist ja kein so großartiger Name, der arme Mann. Das war jetzt aber böse, sagte sie. Nur ein bisschen, sagte ich. Sie würfelte, fast wäre wieder ein Würfel auf dem Boden gelandet. Sie versicherte mir, sie sei kein Snob, ich hingegen spiele hier den barmherzigen Samariter, das nehme sie mir nicht ab, mir sei es ja nicht einmal möglich, eine Glühbirne auszuwechseln, sie wolle mich mal sehen, wenn lauter Sozialfälle in mein Haus kämen.

Ich wurde ziemlich wütend, das muss ich zugeben, vor allem wegen der Bemerkung mit der Glühbirne, und gerade wollte ich etwas besonders gründlich Verletzendes zu ihr sagen, da lehnte sie den Kopf in den Nacken und brach in Tränen aus. Sie weinte mit offenen Augen und offenem Mund, ein erschütterndes Weinen, das, so war mir klar, tief aus ihrem Innersten kam. Vielleicht hätte ich hingehen und sie trösten, ihr die Hand auf die Schulter legen oder übers Haar streichen sollen, aber die Bemerkung von wegen barmherziger Samariter hielt mich davon ab. Also blieb ich sitzen, ziemlich hilflos, ich verstand ihr erschütterndes Weinen nicht, ich wusste nicht einmal, ob ich sie je hatte weinen sehen, jedenfalls seit ihrer Kindheit nicht mehr, weder bei Mutters noch bei Vaters Beerdigung hatte sie geweint, ich hatte sie nie mit Weinen verbunden, also begriff ich dieses Weinen nicht, das unverändert andauerte, vielleicht nicht einmal so sehr lange, aber es kam mir lange vor, und ich wurde immer ratloser, schließlich musste ich sie fragen, warum sie weinte, nicht einmal, weil ich eine Antwort erwartete, nein, nicht wegen einer Antwort, sondern damit sie aufhörte und mich so von meiner Ratlosigkeit erlöste. Und dann, nachdem ich meine Frage nicht ein Mal, sondern zwei Mal wiederholt hatte, kiekste sie in jener hohen Tonlage, in die man manchmal verfällt, nachdem man geweint hat: Ich bin nicht so, ich bin nicht so. Dann sackte ihr Kopf nach vorn, und es wurde ganz still. Ich dachte: Was für eine merkwürdige Art einzuschlafen. Aber sie schlief nicht, sie war tot.

An den folgenden Tagen war ich mehrmals in ihrer Wohnung, ich war der nächste Angehörige, musste für die Beerdigung sorgen und den Haushalt auflösen. Bei einem der ersten Besuche begegnete ich auf der Treppe wieder dem Mann in der zerschlissenen Kleidung. Er ging sehr langsam die Treppe hinauf, ich verlangsamte den Schritt, um ihm nicht zu nahe zu rücken, aber er hatte mich offenbar schon gehört, er blieb stehen, vielleicht, um mich vorbeizulassen. Er legte beide Hände ans Geländer und sah zu mir herunter.

»Ach, Sie sind das«, sagte er, es klang erleichtert.

»Sie erinnern sich an mich?«

»Natürlich. Wohnen Sie hier?«

Ich blieb eine Stufe unter ihm stehen, um ihm die Situation zu erklären, und er sah mich mit einem so wachen Blick an, dass ich dachte: Er ist verkleidet.

Als ich meine kurz gefasste Darstellung beendet hatte, drückte er mir in knappen Worten sein Beileid aus, dann fügte er hinzu:

»Ich habe gar nicht gewusst, dass sie tot ist. Ich habe sie schließlich gekannt. Sie war sehr zuvorkommend.«

»Na ja, zuvorkommend …«, antwortete ich, »das ist vielleicht ein bisschen übertrieben.«

»Nein, nein, überhaupt nicht, einmal hat sie mir sogar eine schwere Einkaufstasche nach oben getragen.«

»Tatsächlich?«, fragte ich überrascht.

»So etwas weiß man sehr zu schätzen, wissen Sie.«

»Obwohl es eigentlich selbstverständlich sein müsste.«

»Ach, das ist lange her. Die Zeiten ändern sich. Man muss seine Uhr umstellen. Um nicht enttäuscht zu werden, meine ich.«

Er bedachte mich mit einem kleinen Lächeln, dann drehte er sich um und ging weiter. Ich folgte ihm. Er wohnte in der Wohnung unter meiner Schwester. An der Tür befand sich kein Namensschild. Wir verabschiedeten uns voneinander, und erst, als ich fast oben war, hörte ich seine Tür ins Schloss fallen.

Eine Woche darauf begegnete ich ihm auf der Straße, ich ging gerade nach Hause nach einem weiteren Besuch in der Wohnung meiner Schwester. Ich sah ihn aus einigem Abstand, er kam auf mich zu, sein Gesicht wirkte verschlossen, er bemerkte mich nicht, bis ich vor ihm stand und Guten Tag sagte, da sah er kurz aus wie auf frischer Tat ertappt, aber nur einen Augenblick, dann lächelte er. Wir wechselten ein paar nichtssagende Worte, dann fragte ich, inspiriert davon, dass wir vor einer Konditorei standen, ob er nicht eine Tasse Kaffee mit mir trinken wolle. Er zögerte kurz, nahm dann an. Es war ein großer, heller Gastraum mit vielen runden, weißen Tischen. Er zog den Mantel nicht aus, darum tat ich es auch nicht. Langsam rührte er in seinem Kaffee, obwohl er weder Sahne noch Zucker genommen hatte. Ich hätte eine ganze Anzahl Fragen gehabt, wusste aber nicht, was ich sagen sollte. Da fragte er, woran meine Schwester gestorben sei, das war ein gutes Thema, wir waren beide geradezu begeisterte Anhänger von Hirnschlag als Todesursache. Die einzige Unannehmlichkeit bei einem solchen Tod, sagte er scherzhaft, sei ja, dass man sein Haus die ganze Zeit so bestellen müsse, dass man sicher sein könne, der Nachwelt nichts von seinen Geheimnissen, um nicht zu sagen Neigungen zu hinterlassen. Ich antwortete entsprechend scherzhaft, das sei aber ein fast eingebildeter Gedanke, und da blickte er mich mit einem kleinen, vielleicht ironischen Lächeln an und sagte:

»Sie werden doch nicht dazu neigen, mir Eitelkeit zu unterstellen?«

»Nein, woher denn«, antwortete ich etwas überrumpelt.

»Sie geben also nichts auf Äußerlichkeiten?«, fragte er, immer noch mit diesem Lächeln, das ich so schwer deuten konnte. Ich versicherte ihm, dass ich das nicht täte, jedenfalls nicht, was ihn betreffe. Er sah mich fragend an, ich begriff, dass ich zu viel und zugleich zu wenig gesagt hatte, darum sagte ich, er habe etwas an sich, das mich denken lasse, er sei verkleidet.

»Meinen Sie«, sagte er, »dass ich ein anderer bin als der, für den ich mich ausgebe?«

»Nicht unbedingt«, antwortete ich, »eher, dass Sie mit Ihrer Herkunft gebrochen haben, dass Sie sozusagen aus einem Rahmen herausgetreten sind.«

Das war ungeschickt formuliert, zudem persönlicher, als ich es gemeint hatte, ich fühlte mich alles andere als wohl in meiner Haut, die folgende Stille war höchst peinlich. Schließlich wollte ich mich entschuldigen, doch da winkte er ab, er sah fast erschrocken aus, ich hätte mich wirklich für nichts zu entschuldigen, im Gegenteil, er sei es ja, der mich ausgefragt habe, außerdem hätte ich im Großen und Ganzen recht, sein Dasein sei vor einer Anzahl von Jahren ziemlich drastisch umgekrempelt worden, nicht, dass er darüber klagen wolle, das solle ich nicht denken, wenn ihn jemand fragen sollte, ob es zum Besseren oder zum Schlechteren gewesen sei, müsste er einfach antworten, dass er das nicht wisse, es habe sich einfach verändert.

Nachdem er all diese Worte gesagt hatte, die in Wirklichkeit nichts bedeuteten, verstummte er. Ich wartete auf eine Fortsetzung, doch sie kam nicht, und da ich ihn als so intelligent einschätzte, dass er nichts sagte, ohne etwas damit zu beabsichtigen, meinte ich, dass er das Thema auf diese Weise hatte abschließen wollen. Mit oder ohne Grund fühlte ich mich zurechtgewiesen und tat nichts weiter, um ein neues Gespräch in Gang zu bringen. Wir wechselten ein paar beiläufige Worte, dann dankte er für Gespräch und Kaffee, es tue ihm leid, er müsse gehen. Draußen gaben wir einander die Hand und gingen unserer Wege.

Kurz darauf war ich mit meinem jüngeren Bruder in der Wohnung meiner Schwester verabredet. Ich sehe ihn nur selten, was mir nicht leidtut. Er ist Rechtsberater in einem Ministerium und ein sehr selbstzufriedener Mensch. Er kam eine halbe Stunde nach mir, zwanzig Minuten nach der vereinbarten Zeit, wofür er sich zwar entschuldigte, aber so nebenher, dass es fast beleidigend wirkte. Ich unterdrückte meine Verstimmung, und als er den Mantel aufgehängt hatte, händigte ich ihm eine ausführliche Liste über Hausrat und Wertgegenstände aus. Natürlich interessierte er sich vor allem für das Letztere, vor allem für Schmuck und Silber. Ich hatte alles relativ übersichtlich auf einem Tisch zwischen den Schlafzimmerfenstern arrangiert, und als ich ihm das sagte, sah er sich veranlasst zu monieren, es sei äußerst nachlässig, dass ich es nicht an einem sicheren Ort verwahrt hätte, man wisse doch, dass leer stehende Wohnungen ein bevorzugtes Ziel von Einbrechern seien. Ich entgegnete nichts, ich wollte nicht mit ihm rechten. Er ging ins Schlafzimmer, ich in die Küche, um Kaffeewasser aufzustellen. Durch die Wand hörte ich ihn Schubläden und Schranktüren öffnen, ich nahm an, dass er auch unter der Matratze nachsah, wie ich es getan hatte. Nach einer Weile kam er in die Küche und fragte, ob sie nichts Persönlicheres hinterlassen habe, Briefe und dergleichen. Ich antwortete, das liege alles in der Kommode. Er ging hinüber, und als ich den Kaffee hineinbrachte, saß er am Tisch, das ziemlich dicke Bündel Briefe vor sich. Er las. Ich hatte selbst einen guten Teil der Briefe gelesen, die von Mutter etwa, einen hatte ich eingesteckt, er enthielt drei Sätze über mich. Ich schlug vor, er könne die Briefe ja mit nach Hause nehmen und sie dort lesen. Das wollte er tun, und ich ging in die Küche, um eine Plastiktüte zu holen. Da klingelte es an der Wohnungstür. Ich hörte, dass mein Bruder öffnen ging. Ich wusste nicht mehr genau, wo die Plastiktüten waren, es dauerte einen Moment. In der Wohnzimmertür stieß ich auf meinen Bruder, er sah verwirrt aus, gelinde gesprochen, und er sagte: Es ist für dich. Ich verstand erst nicht, wie das sein konnte, erst, als er flüsterte: Kennst du ihn?, da war mir klar, wer es sein musste, zugleich verstand ich umso weniger die erschrockene, fast entsetzte Frage meines Bruders. Er war es; er stand vor der Tür, wirkte ebenfalls verwirrt. Er entschuldigte sich, er hatte Schritte in der Wohnung gehört, er wohnte ja direkt darunter, er hatte gedacht, ich sei es, nur ich, er habe nicht stören wollen, er wolle nur fragen, ob ich später, wenn ich fertig sei, bei ihm einen Kaffee trinken wolle, aber vielleicht passe es ja gar nicht, da ich ja nicht allein sei. Ich antwortete, ich käme gern, und es schien ihn zu freuen. Ich ging wieder zu meinem Bruder, der mitten im Zimmer stand und mich fragend ansah.

»Du kennst ihn?«, fragte er.

»Natürlich kenne ich ihn.«

»Meine Herren.«

»Bitte behalte deine Vorurteile für dich«, antwortete ich etwas aggressiv, aber er fuhr unbeeindruckt fort:

»Und er wohnt hier im Haus?«

»Ja, er wohnt hier im Haus.«

»Gabriel Grude Jensen.«

Ich stutzte.

»Kennst du ihn auch?«, fragte ich.

»Nein, Gott bewahre. Aber ich habe den Prozess verfolgt.«

»Den Prozess?«

»Den Prozess, ja. Du sagst doch, du kennst ihn?«

»Er hat nicht viel von seiner Vergangenheit erzählt.«

»Nein, das kann ich mir vorstellen. Er hat seine Frau umgebracht, hat Gott weiß wie viele Jahre abgesessen. Eine richtig hässliche Geschichte.«

Er erzählte noch einiges; er genoss die Rolle des Informierten sichtlich, doch da er sich nicht zu gut dafür war, meine so genannte Bekanntschaft mit dem Mann, wie er es ausdrückte, zu ironisieren, entgegnete ich, ich würde für gewöhnlich die Leute nicht fragen, ob sie jemanden umgebracht haben, und die Antwort ließe ich auch nicht darüber entscheiden, ob ich jemanden mochte oder nicht.

Danach taten wir, wozu wir gekommen waren, und nach einer Stunde ging er. Ich spülte die Kaffeetassen, löschte das Licht und sperrte die Tür hinter mir ab, dann ging ich eine Etage tiefer und klingelte. Er nahm mir den Mantel ab und führte mich ins Wohnzimmer. Es war ebenso groß und ebenso geschnitten wie das meiner Schwester, aber sehr sparsam möbliert. Mitten im Raum stand ein niedriger länglicher Tisch, zu dessen beiden Längsseiten je ein Sessel; hinter dem einen eine Stehlampe mit dunklem Schirm, deren Licht gerade stark genug war, um die fast kahlen Wände zu erreichen. Das ganze Zimmer sah aus wie ein Bühnenbild. Er bat mich, Platz zu nehmen, dann fragte er, ob er mir ein Glas Cognac zum Kaffee anbieten dürfe; ich nahm dankend an. Ich beschloss, mein Wissen über ihn für mich zu behalten. Als er eingegossen hatte, fragte er, wie mir seine Wohnung gefalle. Ich musste das, teils wegen des Tonfalls, mit dem er fragte, für eine etwas provozierende Frage halten, also antwortete ich, der spartanische Eindruck müsse entweder seinem Temperament oder seinem Geldbeutel entsprechen. Das nenne er eine diplomatische Antwort, sagte er, und dann fügte er hinzu – ziemlich unangebracht, fand ich –, dass er sonst nichts gegen Einsamkeit habe. Sie meinen dagegen, alleine zu sein?, fragte ich. Ja, ja, das hatte er gemeint. Doch letzthin, nach dem Tod meiner Schwester, war es so still geworden, vorher hatte er ihre Schritte gehört, ab und zu auch Stimmen oder Geräusche aus der Küche, das Haus sei sehr hellhörig, jetzt höre er nichts mehr, es komme ihm manchmal so vor, als existiere er gar nicht, und das mache ihm richtig Angst. Ob ich auch allein lebe? Ich nickte. Angst?, fragte ich. Ja, Sie wissen, wenn alles so bedrängend leer ist, man muss aufstehen und hin- und hergehen, möglichst etwas ins Leere sagen, sich mit sich selbst umgeben, sozusagen, das ist das Einzige, was hilft. Er nippte an seinem Glas. Ich wusste nicht, was ich sagen sollte, es liegt nicht in meiner Natur, mich anderen anzuvertrauen, und wenn andere sich mir anvertrauen, fühle ich mich beklommen und verlegen. Quäle ich Sie?, fragte er. Nein, nein, antwortete ich, und wahrscheinlich klang es überzeugend, denn er redete weiter von seiner Angst. Ich fühlte mich immer unwohler. Ich konnte es ihm nicht sagen, aber ich nahm an, dass er schon reichlich getrunken hatte, bevor ich kam, das war die sinnvollste Erklärung dafür, dass er so stark von dem Eindruck abwich, den er bei den bisherigen Begegnungen auf mich gemacht hatte. Und als er dann auch noch anfing, über Liebe zu reden, beschloss ich, den Besuch zu beenden. Es ist zu wenig Liebe in der Welt, sagte er, wir müssen mehr Liebe füreinander empfinden. Es war furchtbar peinlich. Wer ist wir, fragte ich, und was ist Liebe? Er beantwortete nur das erste. Alle, sagte er. Ich zuckte mit den Schultern, ich hätte es lassen können, aber ich hatte das Bedürfnis, Stellung zu beziehen, und es war ja auch eine immer noch sehr milde Reaktion. Sie sind nicht meiner Meinung?, fragte er. Ich antwortete, nein, das sei ich nicht. Das fand er wiederum interessant, und er wollte mir Cognac nachschenken. Ich sagte höflich, Nein, danke, und dass ich leider gehen müsse, ich hätte eine Verabredung. Aber ich stand nicht sofort auf, er sollte mich nicht durchschauen, außerdem hatte ich ein etwas schlechtes Gewissen, er hatte mir ja nichts getan, er hatte nur dahergeredet wie ein dummer Pfarrer. Um ihm also etwas Freundlichkeit zu erweisen, sagte ich, ich hoffe, es werde nicht allzu lange dauern, einen Käufer für die Wohnung meiner Schwester zu finden, damit die Stillheit nicht allzu beklemmend werde. Oh, das wird nicht dasselbe, sagte er, und als ich ihn fragend anblickte, fügte er hinzu: Verstehen Sie, Ihre Schwester hatte eine Art Güte für mich. Ach ja?, fragte ich perplex. Ja, sagte er, und zu wissen, dass das ihre Schritte waren ... Sie verstehen wohl, was ich meine. Ich nickte und stand auf. Jetzt befand sich mein Gesicht im Schatten des dunklen Lampenschirms, ich nickte immer weiter, als verstünde ich alles, eine Pantomime, die durchaus zum bühnenbildhaften Zimmer passte, ich hatte nicht einen einzigen vernünftigen Gedanken mehr im Kopf. Ich hörte ihn sagen, es sei eine Freude gewesen, sich mit einem Menschen zu unterhalten, der zu Verständnis in der Lage sei, eine große Freude, man begegne so selten jemandem, mit dem man auf einer Wellenlänge sei. Er half mir in den Mantel, dann gaben wir einander die Hand. Ich ging, fest entschlossen, nie wieder einen Fuß in die Wohnung meiner Schwester zu setzen.

Elisabeth

Es war früh an einem Sonntagvormittag. Ich hatte einen Liegestuhl von der Veranda geholt und ganz nach unten in die Ecke des Gartens gebracht, bei der Fahnenstange, dort saß ich jetzt und las *Esch oder die Anarchie*. Mein Bruder und meine Schwägerin waren noch nicht aufgestanden. Ab und zu blickte ich verstohlen zum Haus hoch, zum Schlafzimmerfenster, aber das Rollo war noch unten. Ich kam zu der Szene, in der Esch Mutter Hentjen verführt, wo sie widerwillig den Vorhang loslässt und er sie in den dunklen Alkoven drängen kann, zu ihrem Ehebett, und ich spürte, wie die Szene, fast eine Vergewaltigung, mich erregte. Und als Elisabeth, meine Schwägerin, gerade jetzt ans offene Schlafzimmerfenster trat, tat ich so, als würde ich sie nicht sehen.

Eine Weile später rief sie mich zum Frühstück hinein. Wir waren nur zu zweit. Sie sagte, Daniel habe Kopfweh. Sie saß mir direkt gegenüber, und ich sah sie mit noch größerem Vergnügen an als am Vorabend, was vielleicht teils daran lag, dass die Erregung noch nicht ganz abgeklungen war. Sie blickte meist in den Teller, und die wenigen Male, dass mein Blick ihrem begegnete, sah sie rasch weg. Ich fragte sie dies und das, vor allem, um die fast aufdringliche Stille auf Abstand zu halten, Fragen, die man einer

Schwägerin ohne Weiteres stellen kann, auch wenn man sie noch keine zwölf Stunden kennt, und sie antwortete auffallend schnell, als ob jede neue Frage ein Rettungsring wäre. Meinem Blick aber wich sie weiterhin aus, und diese Abkehr ließ meinen Augen freie Bahn. Der Anblick ließ in meiner Fantasie Bilder von Mutter Hentjens widerstrebender Unterwerfung im Alkoven erstehen.

Nach dem Frühstück ging ich quer durch die Stadt, um Mutter zu besuchen. Mein Junge, sagte sie und strich mir über die Wange. Sie war so alt geworden, es war fast nichts mehr von ihr übrig. Ich ging ihr in die Küche voraus. Ich setzte mich an den Tisch. Ach nein, Frank, sagte sie, wir sollten uns ins Wohnzimmer hinübersetzen. Können wir nicht hier sitzen, sagte ich. Sie stellte den Kaffeekessel auf und bedankte sich für die Karten, vor allem für die aus Jerusalem. Man stelle sich vor, du warst in Jerusalem, sagte sie. Warst du auf dem Berge Golgatha? Nein, sagte ich, ausgerechnet dort war ich nicht. Oh, sagte sie, schade. Vater und ich haben so oft darüber gesprochen, dass wir am allerliebsten nach Jerusalem reisen würden, und dann hätten wir vor allem zwei Orte aufsuchen wollen, Golgatha und Gethsemane. Ich antwortete nicht, lächelte sie nur an. Sie stellte zwei Tassen auf den Tisch und fragte, ob ich ein Stück Napfkuchen wollte. Ich sagte, ich hätte eben gefrühstückt. Sie warf einen Blick auf die Uhr im Regal neben dem Fenster, dann fragte sie, was ich von Elisabeth hielte. Ich sagte, ich fände sie sehr sympathisch. Findest du, sagte sie. Ja, ja, ich hoffe, du hast recht. Was meinst du damit, fragte ich. Oh, ich weiß nicht, sagte sie, ich glaube nicht, dass sie für Daniel so gut ist. Niemand ist gut genug für Daniel, sagte ich. Ja, ja, sagte sie, lass uns nicht mehr davon reden. Eine Weile redeten wir weder davon noch von etwas anderem. Ich hatte sie zwei Jahre lang nicht gesehen; Zeit und Abstand hatten meinen Widerwillen gegen sie verblassen lassen; jetzt erwachte er wieder. Du hast dich nicht verändert, sagte sie. Nein, antwortete ich, passiert ist passiert.

Ich saß fast eine Stunde bei ihr; so gut wie möglich vermied ich Themen, die den Abstand zwischen uns hätten spürbar werden lassen, und der Besuch hätte in einer versöhnlichen Stimmung ausklingen können, wenn sie es nicht für angebracht gehalten hätte, mir zu erzählen, wie viele Gebete sie dafür gesprochen hatte, dass ich zu Jesus zurückfinde. Ich hörte mir das eine Weile an, dann sagte ich: Hör auf damit, Mutter. Das kann ich nicht, sagte sie und bekam feuchte Augen. Ich stand auf. Dann gehe ich besser, sagte ich. Wie hart du bist, sagte sie. Ich?, fragte ich. Sie begleitete mich zur Tür. Dann danke ich dir, dass du gekommen ist, sagte sie. Alles Gute, Mutter, sagte ich. Und grüße Daniel, sagte sie. Gott segne dich, mein Junge.

Ich ging direkt zur Bahnhofsgaststätte und trank zwei Halbe. Ich wurde ruhiger. Ein Zug kam von Süden. Er hielt einige Minuten lang, und als er sich gerade wieder in Bewegung setzen wollte, stieg Daniel aus einem der Waggons. Mit dem intuitiven Gefühl, etwas gesehen zu haben, das nicht für meine Augen bestimmt war, wandte ich rasch den Kopf ab. Als ich den Zug nicht mehr hörte, sah ich wieder auf den Bahnsteig. Er war leer. Ich blieb noch ein wenig sitzen, dann trank ich aus und ging.

Als ich wieder zum Haus meines Bruders kam, war Daniel nicht zu Hause. Ich sagte Elisabeth, ich solle von Mutter grüßen. Hast du Daniel nicht getroffen?, fragte sie. Nein, sagte ich. Er ist hingegangen, um dich zu sehen, sagte sie. Bei Mutter?, fragte ich. Ja, sagte sie.

Ich holte *Esch oder die Anarchie* aus dem Wohnzimmer und ging in den Garten, hinunter zu dem Liegestuhl. Er stand in der Sonne, ich zog ihn in den Schatten des Apfelbaums. Elisabeth kam auf die Veranda und fragte, ob ich eine Tasse Kaffee wollte, kurz darauf brachte sie sie. Sie war klein und schlank, und während sie über den Rasen auf mich zukam, dachte ich, es müsse leicht sein, sie hochzuheben. Tausend Dank, Elisabeth, sagte ich. Sie lächelte und ging sofort wieder, ich blieb sitzen und sann über den Abstand zwischen einem kühnen Gedanken und einer konkreten Tat nach.

Eine halbe Stunde darauf kam Daniel. Er trug jetzt Shorts und ein buntes Hemd, unzugeknöpft, das seine behaarte Brust freilegte, um die ich ihn vor sehr langer Zeit einmal beneidet hatte. Er legte sich auf den Rücken ins Gras und schloss die Augen in der Sonne. Wir plauderten über Belanglosigkeiten. Ein Mal öffnete eine Frau ein Fenster des Nachbarhauses, gleich darauf kam sie in ihren Garten hinaus und setzte sich so hin, dass ich sie sehen konnte. Daniel erzählte von einem Kollegen, den ich kannte, wie er behauptete, und der neulich an Dickdarmkrebs gestorben war. Die Frau im Nachbargarten ging wieder ins Haus. Ich langweilte mich. Ich sagte, ich müsse auf die Toilette. Die leere Kaffeetasse nahm ich mit. Elisabeth war weder im Wohnzimmer noch in der Küche. Ich ging in mein Zimmer hinauf. Durchs Fenster sah ich, dass Daniel aufgestanden war und in *Esch oder die Anarchie* schaute. Das ist wohl eher nichts für dich, dachte ich. Die Frau kam aus dem Nachbarhaus; ich konnte sehen, wie sie den Mund öffnete, und Daniel ging zum Zaun. Ich warf mich aufs Bett und dachte, ich hätte nicht kommen sollen, ich hätte daran denken sollen, wie wenig ich mit Daniel gemeinsam hatte. Ich blieb ein paar Minuten liegen, dann ging ich die Treppe wieder hinunter und in den Garten. Daniel war nicht da. Ich setzte mich in den Liegestuhl. Ich nahm das Buch zur Hand und las. Nach einer Weile blätterte ich ein Stück zurück, um die Szene mit Esch und Mutter Hentjen noch einmal zu lesen, doch genau da kam Daniel aus der Verandatür des Nachbarhauses. Er sprang über den Zaun. Er wirkte sehr munter. Ich hab nur bei Nachbars geholfen, einen Schrank zu verschieben, sagte er, dann ging er zum Wasserhahn und wusch sich die Hände. Willst du auch ein Bier?, rief er. Ja, gern, rief ich. Ich legte das Buch ins Gras. Er kam mit zwei Halbliterflaschen Pils wieder heraus. Hat Elisabeth uns verlassen?, fragte ich. Sie kommt gleich zurück, antwortete er. Er legte sich auf den Rasen und sagte, ich solle nicht im Schatten sitzen. Ich antwortete nicht. Ah, das tut gut, sagte er. Ich antwortete nicht. Findest du nicht?, fragte er. Doch, doch, sagte ich. Elisabeth kam an der Westseite des Hauses herum. Ich stand auf. Setz dich her, sagte ich, ich hole noch einen Stuhl. Sie sagte, sie könne selbst einen Stuhl holen. Ich ging zur Veranda hoch und holte einen Klappstuhl. Sie hatte sich nicht gesetzt. Danke, sagte sie. Mein Bruder ist ein Gentleman, sagte Daniel. Ja, sagte sie. Sie setzte sich so, dass sie sowohl Daniel als auch mich sehen konnte. Ich will sie nur beeindrucken, sagte ich. Hörst du, Elisabeth?, fragte Daniel. Ja, sagte sie. Als Junge, sagte Daniel, hast du Mutter immer einen Strauß Wiesenblumen gebracht, erinnerst du dich? Ich erinnerte mich. Nein, sagte ich, ich erinnere mich nicht. Du erinnerst dich nicht? Mutter sagte immer: Du bist doch Mutters Bester, und manchmal gab sie dir eine Scheibe Weißbrot mit dick Zucker drauf. Erinnerst du dich nicht, dass ich dir so ein Brot mal aus der Hand schnappte und es in den Kies vor der Treppe warf? Nein, sagte ich, ich erinnere mich nicht. Ich erinnere mich an nichts aus meiner Kindheit. Du musst mindestens sieben oder acht gewesen sein, sagte er. Ich erinnere mich auch an fast nichts aus meiner Kindheit, sagte Elisabeth. Daniel lachte. Worüber lachst du?, fragte Elisabeth. Über nichts, sagte er. Elisabeth beugte den Kopf und blickte in ihren Schoß, ich konnte ihre Augen nicht sehen. Dann warf sie den Kopf jäh nach hinten und stand auf. Nein, ich werd mal gehen und… sagte sie. Sie ging. Ich schloss die Augen. Daniel sagte nichts weiter. Ich dachte, dass er in der Geschichte mit der Brotscheibe etwas verändert hatte: Er hatte mir die Hälfte weggegessen, und ich schlug ihm den Rest aus der Hand, so dass er im Kies landete. Ich machte die Augen auf und sah ihn an, ich spürte ein schwaches Unbehagen beim Anblick seiner behaarten Brust. Er lag da, er schmatzte mit seinen dünnen Lippen, dann sagte er: Wie findest du sie? Ich mag sie, sagte ich. Er setzte sich auf und nahm einen Schluck aus der Flasche, dann lehnte er sich zurück und blickte in den Himmel, sagte aber nichts. Ich stand auf und ging über den Rasen, zu dem kleinen Küchengarten, in dem Salat und Schnittlauch und eine Reihe Zuckerschoten wuchsen. Ich dachte: Wie soll ich das eine geschlagene Woche aushalten. Ich knipste eine Schote ab, ging zurück zu Daniel und sagte: Ich hab mir immer einen Küchengarten mit Zuckerschoten und Rettich und Rübchen gewünscht. Dann, sagte er, ist Elisabeth genau die richtige für dich. Willst du sie nicht mehr?, fragte ich. Er sah mich an. Wie meinst du das?, fragte er. Als Scherz, sagte ich. Er blickte mich noch eine Weile an, dann legte er sich wieder hin und schloss die Augen. Ich sagte, ich müsse einen Brief schreiben, nahm das Buch mit und ging. Elisabeth kam mir auf der Treppe ins Obergeschoss entgegen. Du hast so einen schönen Gemüsegarten, sagte ich. Findest du, sagte sie. Ich hab die Zuckerschoten gekostet, sagte ich. Sie stand eine Stufe über mir, wir sahen einander an, und wieder dachte ich: Es muss leicht sein, sie hochzuheben. Du kannst gern welche essen, sagte sie. Danke, sagte ich. Ich wandte den Blick von ihr ab, und sie ging weiter die Treppe hinunter. Ich hätte sie noch etwas ansehen sollen, dachte ich. Ich ging in mein Zimmer hoch und legte mich aufs Bett.

Ich wurde von einem Donnerschlag geweckt. Der Himmel war dunkel, und ich fror. Ich stand auf und schloss das Fenster. Ein Blitz zerriss die Wolkendecke, und gleich darauf ging ein heftiger Regenschauer nieder. Ein schöner Anblick.

Ich ging ins Wohnzimmer hinunter, Daniel stand an der Verandatür. Das Gewitter hatte mich versöhnlich gestimmt, ich ging zu ihm hin und sagte: Ist das nicht großartig? Großartig?, fragte er. Es reißt uns fast die unreifen Äpfel von den Bäumen, und schau dir mal die Zuckerschoten an. Ich sah hin; einige Stängel lagen schon flach am Boden. Ja, das ist schade, sagte ich, aber die kann man wieder aufbinden. Ich glaube nicht, sagte er. Doch, klar, sagte ich, ich mach das schon.

Nach einer Weile verzog sich das Gewitter, Blätter und Gras funkelten wieder in der Sonne. Ich fragte Daniel nach Bindegarn. Das musst du Elisabeth fragen, sagte er. Sie war in der Küche. Es sah aus, als hätte sie geweint. Sie gab mir eine Rolle Bindegarn und eine Schere. Ich ging hinaus. Unter jedem der drei Apfelbäume lagen nicht mehr als drei, vier abgefallene Früchte. Ich band die Erbsenstängel auf, es war rasch getan, dann ging ich hoch und setzte mich auf die Veranda. Ich hatte keine Lust, ins Haus zu gehen.

Während des Essens war die Spannung zwischen Daniel und Elisabeth so stark, dass meine sämtlichen Versuche, ein Gespräch in Gang zu bringen, tot zu Boden fielen. Schließlich saßen wir schweigend da. Irgendetwas Unwiderstehliches wuchs allmählich in mir heran, und bevor ich fertig gegessen hatte, legte ich das Besteck hin, stand auf und sagte: Danke fürs Essen. Ich bemerkte, dass Daniel aufsah, wollte seinen Blick aber nicht erwidern. Ich ging in mein Zimmer hoch und holte die Jacke, dann ging ich hinaus. Ich ging durch die Stadt in die Bahnhofswirtschaft. Ich saß vor einem Bier und spürte die Unruhe in mir hämmern. Ein Mann mit einem Bierglas in der Hand kam zu meinem Tisch und fragte, ob noch Platz sei. Ich wies ihn ziemlich brüsk ab, er setzte sich dennoch hin. Ich stand auf und wechselte den Tisch. Er saß drei Tische weiter und starrte mich an. Ich tat so, als ob ich es nicht sähe. Ich trank aus und holte mir am Tresen noch eine Halbe. Ich setzte mich ans andere Ende des Tischs, mit dem Rücken zu ihm. Ich dachte an Daniel, dass er aus dem Zug gestiegen war, dass er sich die Hände gewaschen hatte, als er aus dem Nachbarhaus gekommen war, und dass er über Elisabeth gelacht hatte. Ich dachte auch an Elisabeth. Dann kam der lästige Mensch wieder an und setzte sich direkt vor mich. Hau ab, sagte ich. Scheiß drauf, sagte er. Hau ab!, sagte ich. Scheiß drauf, scheiß drauf, scheiß drauf, sagte er. Ich stand auf. Ich packte mein Glas und schleuderte ihm den Inhalt ins Gesicht. Dann ging ich. Ich ging rasch, drehte mich aber nicht um, bevor ich bei der Tür war. Er kam mir nicht nach, er saß da und trocknete sich das Gesicht am Tischtuch ab.

Ich kam nach Hause, als die Sonne unterging. Ich schloss die Tür auf. Alles war still. Ich ging ins Wohnzimmer. Dort saß Daniel. Ach, sagte er, du kommst zurück. Ich antwortete nicht. Wo bist du gewesen, fragte er. Spazieren gegangen. Ich setzte mich hin. Einfach nur spazieren gegangen, sagte er. Ich antwortete nicht. Er sagte nichts mehr, saß da und schaute aus dem Fenster. Ist Elisabeth nicht da?, fragte ich. Sie hat sich hingelegt, sagte er. Er schaute weiterhin aus dem Fenster, dann sagte er: Es ist vielleicht am besten, wenn du wieder fährst. Das habe ich mir gedacht, sagte ich. Nicht wegen mir, meine ich, sagte er. Ach nein?, fragte ich. Er streifte mich mit einem Blick, antwortete aber nicht. Ich stand auf. Ich ging zum Tisch neben der Verandatür und holte *Esch oder die Anarchie.* Wegen Elisabeth, sagte er, sie ist zur Zeit nicht ganz auf der Höhe. Ach?, meinte ich. Ich habe keine Lust, darüber zu reden, sagte er. Ich ging zur Tür. Ich fahre morgen, sagte ich. Als ich eben die Tür hinter mir zuzog, sagte er meinen Namen, aber ich tat so, als ob ich es nicht hörte. Ich ging hoch in mein Zimmer. Es wurde allmählich dunkel, aber ich machte kein Licht an. Ich setzte mich ans Fenster, die Grashüpfer zirpten, sonst war es ganz still. Ich war nicht müde, mir war innerlich allzu kalt. Nach einer langen Weile hörte ich Schritte auf der Treppe, und eine Tür ging. Dann war es wieder still.

Ich zog mich im Dunkeln aus, denn ich hatte ein Fantasiebild von Elisabeth vorm inneren Auge, das, so fürchtete ich, kein Licht ertragen würde. Und vielleicht nahm ich das Bild mit in den Schlaf, denn im Laufe der Nacht weckte mich einmal ein Traum von einer Frau, die an den Bauch eines großen Tieres gefesselt war.

Am Morgen regnete es, ein stiller, dichter Regen. Ich hörte Geräusche aus dem Erdgeschoss und wollte nicht aufstehen, ich wollte warten, bis Daniel und Elisabeth zur Arbeit gegangen waren. Während ich so wartete, schlief ich wieder ein.

Ich wachte um neun herum wieder auf, und zwanzig Minuten später ging ich die Treppe hinunter ins Wohnzimmer. Es regnete nicht mehr, ich wollte in den Garten gehen, aber der Schlüssel zur Verandatür war fort. Ich ging in die Küche. Der Frühstückstisch war für mich gedeckt, und neben dem Teller lag ein Blatt Papier. Darauf stand: Tut mir leid, dass du fahren musst. Das findet Elisabeth auch. Hoffe, es ist nichts Ernstes. Bitte leg den Schlüssel unter den Sitz von einem der Verandastühle. Daniel.

Ich las es zweimal. Dann verstand ich.

Ich legte das Blatt Papier genau an den Platz, wo es gelegen hatte, dann ging ich ins Obergeschoss, in Elisabeths und Daniels Schlafzimmer. Ich war noch nicht drinnen gewesen. Das Bett war gemacht. Ich suchte nichts Spezielles. Es hingen keine Kleidungsstücke lose über den Rückenlehnen der Stühle, und es lag auch nichts auf den Nachttischen, das verraten hätte, wer wo schlief. Ich öffnete die Tür zu einem Verschlag, in dem Kleider und Anzüge hingen. Ich suchte nichts Spezielles. Ich ging in mein Zimmer hinüber. Ich packte meinen Koffer. Das war schnell getan. Ich trug ihn hinunter in den Eingangsflur. Es waren noch fast zwei Stunden, bis der Zug ging. Ich setzte mich ins Wohnzimmer. Ich hatte einen hartnäckigen Gedanken im Kopf, der nicht weichen wollte, seit ich die Nachricht gelesen hatte. Ich riss ein Blatt aus dem Notizbuch und schrieb: Tut mir leid, das mit Elisabeth. Hoffe, es ist nichts Ernstes. Grüß sie. Ich tu den Schlüssel in den Briefkasten. Frank.

Alles wie vorher

Der dicke Kellner stand ganz innen im Schatten des rostigen Wellblechdachs und rauchte. Es war kurz nach drei Uhr nachmittags, und das Thermometer hinter seiner linken Schulter zeigte 39 Grad. Dann schnippte er die Kippe weg und ging in die halbdunkle Bar, wo der kleine Schotte saß und eine Patience legte.

Carl drehte sich um und sah ein kleines Fischerboot um die lange, schmale Mole fahren. Gleich dahinter verschwand das Meer im Hitzedunst.

Er nippte am Bier, es war lau geworden. Das Fischerboot verschwand, und alles wurde unbeweglich.

Doch nur für einen Augenblick. Um die Ecke bei der Bushaltestelle kam Zakarias' kleiner grüner Hilux. Er parkte im Schattenfleck einer struppigen Palme. Zakarias stieg aus und lud Kisten mit Wein und Cola von der Ladefläche. Der dicke Kellner kam aus der Bar und rief irgendetwas, das Carl nicht verstand, Zakarias antwortete. Der Kellner schob seine fetten Schenkel aneinander vorbei und ging zu dem Pick-up. Sie trugen die Kisten in die Bar.

Als er herauskam, um noch Kisten zu holen, schaute Zakarias zu Carl herüber und rief:

»Your wife is not here?«

»No. She is sick.«

Er klopfte sich auf den Bauch, um die Lüge zu illustrieren.

»Sorry. Good wife – okay?«

»Okay.«

Sie trugen die übrigen Kisten hinein. Dann war es wieder still.

Carl trank das Bier aus, legte ein paar Münzen auf den Tisch und stand auf. Er ging in die Gasse beim Fassmacher. Der Schatten auf der südwestlichen Seite war zu schmal für ihn: Die Sonne stach unbarmherzig.

Er ging die dunkle Treppe zur Pension hinauf, in den zweiten Stock. Die Zimmertür war abgeschlossen. Er klopfte, aber Nina antwortete nicht. Er rief ihren Namen, keine Reaktion. Er war so sicher gewesen, dass sie drinnen war, dass er in der Rezeption nicht nach dem Schlüssel geschaut hatte. Er ging hinunter, um ihn zu holen. Er war nicht da.

Hol sie doch der Teufel, dachte er und ging in das brutale Licht hinaus. Er ging denselben Weg zurück. Der Tisch war noch nicht abgeräumt, die Münzen lagen noch da. Er setzte sich, das Gesicht der dunklen Türöffnung zugewandt. Er steckte die Münzen in die Tasche. Der dicke Kellner zeigte sich nicht, und nach einer Weile stand Carl auf und ging an die Bar, wo der große Ventilator eine Andeutung von Kühle schuf. Der Kellner und der Schotte spielten Schach. Carl bestellte ein Bier. Dann setzte er sich an einen anderen Tisch, mehr unter dem Wellblechdach, wo das Licht nicht so grell war. Er war überrascht, dass Nina so tun konnte, als wäre sie nicht im Zimmer, das sah ihr gar nicht ähnlich – und mit aufflackernder Selbsterkenntnis dachte er: Ich kenne sie nicht.

Er trank. Er dachte: Jetzt bleibe ich hier, sie weiß, wo sie mich findet. Jetzt besaufe ich mich, aber langsam.

Er trank sich in eine Verbitterung hinein und in eine Gleichgültigkeit hinaus, war aber nicht besonders stark berauscht. Allmählich kamen Leute, um halb fünf stellte der Kellner den Plattenspieler an, die Siesta war vorbei. Der kleine Schotte kam aus der Bar und setzte sich an den Tisch bei der Tür.

Carl trank, langsam, aber zielstrebig.

Heute war er dran.

Gestern war Nina an der Reihe gewesen.

Es hatte so schön angefangen. Sie hatten vor einem Fischgericht und einer Flasche Weißwein im »Barbarossa« gesessen. Die kurze Dämmerung kam und ging, die weiche Dunkelheit senkte sich herab. Sie sprachen über das Licht, das aus den Gassen geschlichen kam und sich überm Meer sammelte, bevor es hinterm Horizont verschwand. Sie tranken Wein, berührten ihre Finger, es ging ihnen gut. Die Dunkelheit verdichtete sich um sie herum, sie bezahlten und gingen zu dem alten Marktplatz, Hand in Hand.

Sie fanden Platz an einem Tisch auf der Straße und bestellten Bier. Danach wollte Nina einen Raki, und dann noch einen. Alles war gut; Carl spürte stark, dass sie einander nahe waren. Dann schlug Nina vor, sich ein wenig zu bewegen. Sie schlenderten durch enge, im Halbdunkel liegende Gassen, ziellos.

Auf einmal hörten sie Bouzouki-Klänge. Sie folgten der Musik und gelangten zu einem kleinen Wirtshaus. Der Musikant war Ende fünfzig. Sie setzten sich an den einzigen freien Tisch und bestellten Raki. An der Wand hinterm Tresen hingen Fotos und Bilder aus der Zeitung; sie zeigten den Bouzouki-Spieler. »Er muss bekannt sein«, sagte Nina begeistert. Sie leerte das Rakiglas und winkte der dünnen Frau hinterm Tresen, sie wollte mehr. Carl noch nicht. Und auf einmal war Nina nicht mehr bei ihm. Sie sah sich im Lokal um; sie hatte jetzt diesen ganz typischen direkten Blick – zugleich lüstern und unschuldig. Mit ihm peilte sie drei Männer an einem Tisch bei der Tür an, alle drei oder einen von ihnen, er wusste es nicht. Er wusste aber, dass er ihre Stimmung beeinflussen, nötigenfalls brechen musste, sonst würde es böse enden. Aber er konnte nichts machen, nicht sofort. Als sie noch einen Raki wollte, fragte er mit einem Lächeln – nun ja, mit einem gequälten –, ob sie vorhabe, sich zu betrinken. »Mir geht es gut«, antwortete sie und strahlte den Bouzouki-Spieler und die drei Männer bei der Tür an. Kurz darauf kam die Frau hinterm Tresen hervor und füllte ihre Gläser nach, wahrscheinlich nach einer Aufforderung von einem der dreien. Carl sagte, sie bräuchten ihn ja nicht auszutrinken, aber sie trank. Er desgleichen; er hatte verloren. Es mag gehen, wie es mag, dachte er, sie will es ja so, es ist wie ein Trieb in ihr. Trotzdem sagte er kurz darauf, er wolle gehen. »Bist du sauer?«, fragte sie, er verneinte, denn es traf nicht wirklich zu, er war traurig, und ratlos, und vielleicht auch etwas wütend. Oh ja, gar nicht so wenig wütend. Er saß als betrogener Ehemann da, in Gegenwart seiner Frau – er war verdammt noch mal wütend. Er winkte der Wirtin, bezahlte lächelnd, lächelte auch Nina zu, dem Musiker, niemand sollte ihm etwas anmerken, alles war normal, alles war gut. Er stand auf und fragte, ob sie mitkomme. »Es geht uns doch gerade so gut«, sagte sie. »Uns?«, fragte er lächelnd.

Sie kam mit.

Keiner von beiden sagte etwas. Sie ging einen Schritt hinter ihm.

Sie kamen zum Hafen hinunter, und Nina sagte. »Du

willst doch noch nicht nach Hause gehen, oder?« Er ant-
wortete ausweichend. »Ich jedenfalls nicht«, sagte sie.
»Wenn du nur keinen Raki mehr trinkst«, sagte er. »Mein
Gott, hab dich nicht so«, sagte sie. »Ja«, sagte er. »Also ein
Bier«, sagte sie.

Sie wählte Ort und Tisch aus, dort, wo am meisten Menschen waren. Carl suchte nach etwas, das er sagen konnte,
etwas, das sie zurückbringen würde, aber ihm fiel nichts
ein. Um dem quälenden Schweigen zu entkommen, ging
er auf die Toilette, wo er sich viel Zeit ließ. Als er zurückkam, hatte sie zu zwei Griechen am Nachbartisch Kontakt
aufgenommen; sie sprachen Englisch, über Nina – wo sie
herkomme, wo sie wohne, wie lange sie bleiben werde. Sie
waren freundlich, unaufdringlich, höflich. Carl fand sie
sympathisch, vor allem den, der näher bei Nina saß und
besser Englisch sprach, er hieß Nikos, war aus Athen im
Urlaub hier. Nach einer Weile rückte Nina ihren Stuhl näher zu Nikos, und Carl sagte zwischen den Zähnen, aber
lächelnd: »Du musst ihn vielleicht nicht gleich auffressen.«
Sie sah ihn an: »Du musst Englisch reden«, sagte sie.

Da hatte er nichts mehr zu sagen. Alles ging seinen Gang.
Nina bestellte Bier nach, wie nebenbei. Nikos' Freund
ging, Nikos zog seinen Stuhl an ihren Tisch, Nina legte ihm
die Hand auf den bloßen Arm, wie nebenbei. Carl tat so,
als sähe er es nicht, oder genauer: als bedeute es nichts, und
fuhr fort mit einem Gespräch über die juristische Aufarbeitung nach dem Sturz der Junta, eine Aufarbeitung, die nach
Nikos' Meinung eine Farce war, eine Katastrophe. Nina
unterbrach ihn und fragte, ob er Jurist sei. Nikos lachte,
legte seine freie Hand auf ihre – wenn auch nur für einen
Augenblick –, und sagte, er arbeite bei einer Versicherungs-
gesellschaft. Nina fand, so sehe er aber nicht aus. Carl sah

auf die Uhr und meinte, es sei recht spät. Nikos sah ebenfalls auf die Uhr und fand das auch. Er sagte, er habe denselben Weg wie sie. Sie zahlten. Nina schlug vor, sie könnten ja am Strand entlanggehen. Carl sah, dass Nina Nikos bei der Hand nahm, das tat weh. Er entfernte sich ein wenig von ihnen, nicht weit, doch weit genug, dass das Plätschern der kleinen Wellen am Strand ihr Gespräch übertönte. Plötzlich blieb Nina stehen, drehte sich zu Nikos und küsste ihn auf den Mund. Es war kein langer Kuss, und Nikos nahm ihn einfach nur entgegen. Aber ihre Hand ließ er nicht los. Carl sagte nichts, stand nur da und sah ihnen zu. Sein Gesicht lag in dem schwachen Licht, ihre Gesichter befanden sich im Schatten. Er betrachtete ihre Silhouetten vor den Lichtern der Strandpromenade, und er sah, dass Nikos die Hand aus Ninas löste. Dann gingen sie weiter, keiner von ihnen sagte etwas, Carl ging ein paar Meter voraus, wollte sich nicht umdrehen, er hatte auch seinen Stolz. Er blickte seitwärts zu den Lichtern hinauf, hörte, dass sie hinter ihm herkamen. Sie kamen zur Straße hoch, Carl ging zur Pension weiter, Nina und Nikos unterhielten sich in seinem Rücken, Nina lachte. Da drehte er sich doch um und sah, dass sie einander untergehakt hatten. Sie waren jetzt fast bei der Pension angelangt. Jetzt ist Schluss, dachte Carl, schleich jetzt nicht so, es ist sowieso Schluss. Er ging schneller. Nina rief ihm etwas nach, aber er tat so, als hörte er nicht. Er ging in die Pension, nickte Manos zu, der im Halbschlaf neben dem Fernseher saß, holte den Schlüssel hinterm Tresen. Er ging rasch ins Zimmer hoch. Die Balkontür stand offen und ließ das Licht der Straßenlaternen herein. Er machte kein Licht an, ging auf den Balkon, der fast genau überm Eingang lag. Er hörte nichts. Er lehnte sich übers Geländer und spähte hinab. Sie waren nicht da. Er setzte sich hin, zündete sich eine Zigarette an. Nach einer Weile hörte er die Tür aufgehen, er saß reglos da, glaubte eine verzweifelte Sekunde lang, sie sei nicht allein. Sie war es aber. Sie stand neben ihm. »Was hast du?«, fragte sie. Er antwortete nicht. »Dass du immer so sein musst«, sagte sie. Er verkniff sich eine Antwort, denn sie wollte eine hören. »Ach, Scheiße«, sagte sie und ging hinein. Er warf die halb aufgerauchte Zigarette auf die Straße und zündete sich noch eine an. Sie machte das Licht an. »Hab ich vielleicht was falsch gemacht?«, fragte sie. Er antwortete nicht. Sie kam wieder heraus. »Willst du nicht ins Bett gehen?« »Noch nicht«, antwortete er. »Willst du mich jetzt bestrafen?«, fragte sie. »Wofür denn?«, antwortete er, er fand das eine gute Antwort. »Dafür, dass du mich nicht befriedigen kannst mit deinem Schnellspritzschwanz.« Sie ging wieder hinein, löschte das Licht. Er blieb sitzen, sein Herz wollte nicht zur Ruhe kommen, das Blut pochte immer weiter. Jetzt ist Schluss, dachte er, irgendwann muss Schluss sein.

Er rauchte noch drei Zigaretten, dann nahm er an, sie schlafe. Er ging leise hinein, kleidete sich aus, zog die Gardinen zu, tastete sich zum Bett vor, breitete das Laken über sich. Nina rührte sich. »Hab ich vielleicht was falsch gemacht?«, fragte sie. Er antwortete nicht. »Du bist ein verdammter Sadist«, sagte sie. Er lag da und suchte eine Weile nach dem Schlimmsten, was er sich ausdenken konnte, und dann sagte er es: »Einmal hast du über eine Freundin von dir gesagt, dass die immer dasitzt und mit ihrer Fotze wedelt. Als ich dich heute Abend gesehen habe, habe ich auf einmal verstanden, was du gemeint hast. Du solltest ...«

Da war sie plötzlich über ihm, völlig überraschend, er spürte, wie ihre Finger sich um seinen Hals schlossen, sie fauchte. »Ich bring dich um!« Der Würgegriff war nicht fest, aber Carl geriet in Panik und schlug um sich. Der Griff löste sich, aber sie schlug zurück. Er schubste sie beiseite, strampelte die Laken weg, stand auf. Sie lag keuchend da. Er zog die Gardinen beiseite und ging auf den Balkon, ging wieder hinein und holte seine Kleider und die Zigaretten. Es war halb zwei.

Um Viertel nach zwei ging er wieder hinein und legte sich hin. Nina schlief. Um halb zehn wurde er wach und stand leise auf. Nina schlief. Sie hatte das Laken weggestrampelt. Vorn an der linken Schulter hatte sie einen blauen Fleck, faustgroß. Einen Augenblick übermannte ihn ein jähes zärtliches Gefühl, aber dann erinnerte er sich. Er ging leise hinaus.

Der dicke Kellner fing seinen Blick auf. Carl deutete auf das leere Glas. Der Kellner nickte und ging in die Bar. Carl vermisste Nina – und hoffte, sie würde nicht kommen.

Genau da kam sie. Sie trug eine blaue Bluse, die Schulter war bedeckt.

»Da bist du«, sagte sie und setzte sich. Sie lächelte verhalten. Er lächelte nicht, wich ihrem Blick aus. Als müsste ich ein schlechtes Gewissen haben, dachte er.

»Ich war wohl blau«, sagte sie. – »Bin ich auf dich losgegangen?«

Er nickte.

»Weil ich gesagt habe, was ich von dir halte.«

»Oh. Darum.«

Der Kellner brachte eine Flasche Bier. Nina bestellte auch eine.

»Darum«, sagte Carl.

»Und was hast du gesagt?«

»Dass ich auf einmal verstanden habe, was du gemeint

hast, als du über eine Freundin sagtest, sie wedelt immer mit ihrer Fotze.«

»Oh? Warum denn?«

»Du erinnerst dich auch nur an das, was du willst, oder?«

»Ich erinnere mich daran, dass ich wütend wurde und auf dich losgegangen bin.«

»Und Nikos?«

»Nikos?«

Er schilderte die Einzelheiten, die ihn am stärksten gedemütigt hatten, abgesehen von ihrer Bemerkung, er könne sie nicht befriedigen. Er schilderte alles detailliert und wartete darauf, dass sie sich mies fühlte.

Der Kellner brachte ihr Bier genau in dem Moment, als er fertig war. Sie goss es ins Glas, langsam, trank lange und sagte:

»Herrgott, Carl. Das war doch nichts Ernstes, ich war blau. Und ich hab ja wohl auch nichts gemacht.«

»Nein, wohl nicht. Nein, nein. Na dann.«

»Carl.«

»Wir verstehen uns nicht. Was würdest du sagen, wenn ich so was täte?«

»Du bist ja nicht so.«

»Oh, Herrgott.«

»Aber das ist wichtig. Du bist du und ich bin ich. Du kennst mich nicht.«

»Nein.«

»Sei jetzt nicht so.«

Er schaute lange an ihr vorbei und sagte ins Leere:

»Eben, kurz bevor du gekommen bist, habe ich dich vermisst, aber zugleich habe ich gehofft, du würdest nicht kommen. Ich hatte eine Art Angst davor, dass du plötzlich auftauchen könntest. Als müsste ich ein schlechtes Gewissen haben, sogar mit Grund. Das habe ich schon öfter erlebt. Dich vermisst und gehofft, du kommst nicht – völlig schizophren. Heute Nacht habe ich beschlossen, dass wir Schluss machen müssen. Es fühlt sich derart beschissen an, so behandelt zu werden.«

»Aber ich war blau.«

»Du hast dich gezielt betrunken, wie schon so oft. Und wenn du blau bist, trampelst du auf mir herum, fast jedes Mal. Ich bin nicht dumm, ich weiß, es muss einen Grund haben, einen Grund in unserer Beziehung, etwas, woraus du die Konsequenzen ziehen müsstest, aber das tust du nicht. Du schweigst, betrinkst dich und machst mich fertig. Ich bin kein Fußabtreter, und ich habe es satt, behandelt zu werden, als ob ich einer wäre.«

»Aber du hast gar nichts gesagt, warum hast du nichts gesagt?«

»Du musst schon selber entscheiden, wie du dich benimmst. Ich habe ja kein Recht auf dich – ich habe nur das Recht, mich von jemandem, der mit mir spielt, abzuwenden. Wenn ich noch mehr gesagt hätte, hätte mich das nur noch mehr gedemütigt. Ich hätte gehen sollen, aber dafür war ich zu schwach.«

Sie sagte nichts. Er fühlte sich plötzlich leer. Er goss Bier nach, obwohl sein Glas noch fast voll war. Er wollte gehen. Er hoffte, sie würde etwas Verletzendes oder Aggressives sagen, dass ihm einen Grund dazu geben könnte. Aber sie sagte nichts. Sie saßen einander an dem kleinen Tisch gegenüber, Carl tat so, als beobachte er das Treiben ringsum. Nina hielt den Kopf etwas schräg, ihr Blick verweilte auf der grünen Tischplatte. Einige Minuten verstrichen. Carl stand auf und ging hinein, auf die Toilette. Er stand da und pinkelte und ärgerte sich, und als er wieder ins Zwielicht der Bar zurückkam, hielt er inne, wegen einer Jazzmelodie, die aus dem Plattenspieler ganz hinten in der Ecke hinterm Tresen erklang. Ein Saxophon trat in den Vordergrund, es sang mit einer Verletztheit, die zu hören ihm jetzt wohltat. Er bestellte einen Raki, um nicht nur herumzustehen. Er konnte Nina sehen, er hörte die Musik und sah sie an. Er dachte: Warum habe ich ein schlechtes Gewissen?

Er leerte das Glas, ging hinaus und sagte:

»Ich habe ein schlechtes Gewissen, das ist komisch, aber auch etwas traurig. Es ist ja auch nicht sicher, dass es deine Schuld ist, es kann auch daran liegen, dass ich einfach nicht genügend Selbstachtung habe.«

Ihm war nicht ganz klar, warum er das gesagt hatte und was für eine Antwort er sich wünschte, aber sie antwortete nicht, sie starrte nur vor sich hin. Und auf einmal trat ihr nächtlicher Vorwurf, den er nicht erwähnt hatte, zwischen sie, wie ein Zaun und wie eine Freiheit, und er sagte beim Aufstehen:

»Ich reise nach Hause.«

Er legte einen Geldschein auf den Tisch und ging. Sie rief ihm etwas hinterher, aber er verstand es nicht. Er wusste nicht, wohin. Er ging in die Stadt hinein, in die Enge von Straßen und Gassen. Die Sonne stand jetzt niedriger am Himmel, nur noch hier und da drang sie zwischen die Häuser.

Er hatte sie verlassen, aber sie war wie in seinem Gehirn festgeklebt.

Als er nicht mehr wusste, wo er war, setzte er sich an einen Tisch, trank Raki, aß Schnecken und ging hart mit sich ins Gericht: Sklave, verfluchte Sklavenseele, jedes Mal, wenn du dir selbst ein bisschen Gerechtigkeit widerfahren lassen willst, brichst du vor lauter Mitleid mit dem Quälgeist zusammen, der dich verfolgt!

Er trank, es wurde dunkel, er fasste einen Beschluss. Er ging von Lokal zu Lokal, bis er betrunken war. Er bemerkte grinsend, dass er bei seinen Selbstgesprächen nicht mehr »du« sagte, sondern »wir«. Wir gehen heute Nacht nicht nach Hause, was?, sagte er. Wir besaufen uns und legen uns an den Strand, dann hat sie was zum Nachdenken. Wir scheißen auf sie, wir legen uns genau da hin, wo sie diesen Scheiß Versicherungsfritzen geküsst hat. Aber erst besaufen wir uns.

Und das tat er.

Den weiteren Verlauf des Abends bekam er nur noch wie durch eine Art Nebel mit. Er bemerkte vage, dass Nina auftauchte – er wusste nicht, wo –, dass er sich weigerte, mit nach Hause zu gehen, er wollte an den Strand. Dort übergab er sich, es war erniedrigend, daran erinnerte er sich.

Spät am Vormittag wachte er auf, in der Pension. Nina streichelte ihm die Brust und übers Haar und sagte, sie verstehe alles.

Er wusste, dass sie das nicht tat.

Aber vielleicht verstand sie etwas.

Ihre Finger liebkosten und streichelten ihn, schoben das Laken immer weiter von seinem Körper. Er erinnerte sich und wollte sich sträuben, sonst wäre ja alles wie nicht geschehen. Aber die Lust war stärker, unwiderstehlich, sie sah es, sie kümmerte sich darum, es führte kein Weg daran vorbei.

Kurz bevor er kam, entrang sich ihr ein unartikulierter Laut, durch ihren Körper ging ein langes Beben. Er wusste nicht, was er denken sollte, aber er wusste, was sie ihn denken lassen wollte.

Er fühlte sich leer und traurig.

Sie lag neben ihm und spielte mit seinen Haaren.

»Jetzt ist doch wieder alles wie vorher, oder?«, fragte sie

Er dachte nach.

»Doch, ja«, sagte er.

Carl Lange

Er stand am Fenster, als drei Stockwerke unter ihm ein Polizeiwagen parkte, am Bürgersteig gegenüber. Zwei Männer stiegen aus. Der Mann am Fenster glaubte zu wissen, wohin sie wollten, die Polizei war dort schon oft gewesen.

Er blieb am Fenster stehen, um zu sehen, ob sie den Mann mitnehmen würden. Da klingelte es an seiner Tür. Es waren sie.

»Carl Lange?«, fragte der Kleinere. Beide waren groß gewachsen.

»Ja?«

»Können wir hereinkommen?«

»Bitte sehr.«

Er bot ihnen nicht an, sich hinzusetzen. Er selbst blieb auch stehen. Ihm war etwas beklommen zumute, weil sie so groß waren.

»Dürfen wir Ihnen ein paar Fragen stellen?«

»Worum geht es?«

»Haben Sie vor ziemlich genau drei Stunden im Supermarkt eingekauft?«

Carl Lange sah auf die Uhr.

»Ja?«

»Können Sie uns sagen, was Sie anhatten?«

»Dasselbe wie jetzt, und einen halblangen grauen Mantel. Warum fragen Sie?«

»Ich komme gleich dazu. Es steht Ihnen frei, diese Fragen nicht zu beantworten … jedenfalls hier und jetzt.«

»Hier und jetzt?«

»Genau. Was sind Sie von Beruf?«

»Übersetzer. Wird mir etwas vorgeworfen?«

»Nein. Wie alt sind Sie?«

»Achtundvierzig.«

»Könnten Sie uns schildern, was Sie gestern getan haben?«

»Ich weiß nicht.«

»Sie wissen nicht?«

»Ich wüsste gern, warum Sie fragen.«

»Das verstehe ich. Aber Ihre Antwort ist umso wichtiger für uns, wenn Sie es nicht wissen.«

»Ich war zu Hause. Habe gearbeitet.«

»Den ganzen Tag?«

»Ich war ein Mal unten an der Ecke, einkaufen.«

»Wann war das?«

»Um zehn Uhr herum.«

»Und den restlichen Tag über haben Sie zu Hause gearbeitet? Wie lange?«

»Den ganzen Tag. Bis ich ins Bett ging.«

»Ah ja.«

»Was soll das hier werden?«

»Ich komme gleich dazu. Was würden Sie dazu sagen, dass man Sie gestern Abend um halb elf Uhr herum in der Nähe des Tøyen-Schwimmbads gesehen hat?«

»Das stimmt nicht.«

Carl Lange sah von dem einen der beiden großen Männer zum anderen. Ihr Blicke waren ruhig, forschend. Der

Größere, der noch nichts gesagt hatte, hatte die Hände auf dem Rücken verschränkt. Ihr Schweigen wirkte bedrohlich, Carl Lange hatte das Gefühl, sein Verhalten würde sie in ihrem Verdacht bestärken, darum sagte er:

»Und wenn dem so wäre? Wenn ich dort gewesen wäre, was dann?«

Sie sahen ihn an, antworteten nicht.

»Es ist ja wohl nicht gegen das Gesetz, sich um halb elf Uhr abends beim Tøyen-Schwimmbad aufzuhalten?«

»Natürlich nicht. Waren Sie dort?«

»Nein!«

»Dann gibt es ja wohl keinen Grund, sich so aufzuregen. Wenn Sie nicht dort waren – nun, dann waren Sie nicht dort. Haben Sie Zeugen dafür, dass Sie zu Hause waren?«

»Sie sagten, mir wird nichts vorgeworfen.«

»Richtig. Sie haben die Frage nicht beantwortet.«

»Ich werde keine Fragen mehr beantworten.«

»Das ist dumm von Ihnen.«

»Wollen Sie mir drohen?«

»Gestern Abend gegen halb elf wurde in der Nähe des Tøyen-Schwimmbads ein minderjähriges Mädchen vergewaltigt.«

Carl Lange sagte nichts. Er wollte vieles auf einmal sagen, stand aber ganz stumm da, während sich Panik und Wut in ihm ballten.

Der kleinere der beiden Männer sagte:

»Das Mädchen hat eine präzise Personenbeschreibung geliefert, die einige besondere Details enthält.«

Carl Lange sagte immer noch nichts.

»Der Mann ist ungefähr fünfundvierzig Jahre alt, hat einen kurzen Spitzbart und volles graues Haar, das bis über die Ohren reicht. Er trug helle Cordhosen, einen braunen Pullover, dessen Kragen den Hals bedeckte, und einen halblangen grauen Mantel von einem Schnitt, den sie noch nie gesehen hatte.«

Carl Lange stand stumm da. Er fühlte, dass er schuldig aussah.

»Wo haben Sie Ihren Mantel?«

Carl Lange nickte in Richtung Wohnungstür. Der größere Mann nahm die Hände hinterm Rücken hervor und ging den Mantel holen. Er kam zurück, öffnete den Mund zum ersten Mal und sagte:

»Der hier?«

»Ja.«

»Wir würden ihn gern mitnehmen«, sagte der andere. – »Und die Hose, die Sie gerade anhaben. Ist das recht?«

»Nein.«

»Dann machen Sie es kompliziert. Dann müssen wir Sie mitnehmen.«

»Sie sagten, mir wird nichts vorgeworfen.«

»Vorerst gibt es nur einen Anfangsverdacht. Wenn Sie nichts zu verbergen haben, ist es in Ihrem eigenen Interesse, den Verdacht auszuräumen. Wir sind hier, um ein Verbrechen aufzuklären. Nichts kann uns daran hindern, Sie mitzunehmen. Wir lassen Ihnen die Wahl, das ist alles.«

Bisher hatte Carl Lange den Blick des Polizisten erwidert. Jetzt schlug er die Augen nieder, stand eine Weile da, den Blick zu Boden gerichtet, dann zog er sich langsam die Hosen aus. Er verspürte einen gewaltigen Trotz, aber einen ohnmächtigen, fast resignierten, statt also ins Schlafzimmer zu gehen und sich dort auszuziehen, tat er es gleich hier vor ihren Augen. Jetzt stand er in grünen Unterhosen da, die helle Cordhose in der Hand. Der Polizist nahm sie wortlos. Carl Lange ging ins Schlafzimmer, schloss die Tür hinter sich. Er ließ sich reichlich Zeit. Es gelang ihm nicht nachzudenken. Er hörte leise Stimmen aus dem Wohnzimmer. Er zog eine Hose an, fast die gleiche wie diejenige, die er ihnen gegeben hatte. Das Telefon läutete. Er ging ins Wohnzimmer und nahm ab.

»Ja?«

»Hier ist Robert. Störe ich?«

»Ich … Rufst du von zu Hause an?«

»Ja.«

»Dann rufe ich dich in ein paar Minuten zurück.«

Schnell legte er den Hörer auf. Dann sah er die Polizisten an und fragte:

»Noch etwas?«

»Vorerst nicht. Hier haben Sie eine Empfangsbescheinigung für den Mantel und die Hose. Sie hören von uns. Sie planen keine Reise?«

»Nein.«

»Versuchen Sie, das hier nicht persönlich zu nehmen.«

»Tatsächlich. Sie haben mir übrigens Ihren Namen nicht genannt.«

»Hans Osmundsen.«

»Hans Osmundsen.«

Er ging zum Tisch und schrieb den Namen auf die Rückseite eines Briefumschlags, dann drehte er sich um und sagte:

»Gut, das war alles.«

Sie gingen. Carl Lange stand am Fenster und sah den Wagen starten und wegfahren.

Er ging in die Küche und sah sich im Spiegel an. Ihm fiel ein, dass er zurückrufen wollte, dann schob er es aber beiseite. Er nahm die blaue Plastik-Waschschüssel hervor und füllte sie mit heißem Wasser, dann ging er ins Schlafzimmer und holte das Rasiermesser und eine Schere. Einige Minuten darauf war der Bart ab. Er sah sich an und dachte: Warum hat er gefragt, ob ich im Supermarkt einkaufen war?

Als er die Waschschüssel ausgespült und wieder im Schrank verstaut hatte, ging er zum Telefon.

»Hier ist Carl. Mutter war zu Besuch, du verstehst, sie wollte gerade gehen.«

»Ja klar, ich hab schon begriffen, dass es nicht so gepasst hat. Ja, also, ich hab dich angerufen, weil ein Kollege aus Deutschland, aus Westdeutschland zu Besuch gekommen ist, mit dem du dich sicher gut unterhalten würdest, er spricht Englisch, aber er hat seine Frau dabei, und die kann nur Deutsch, das ist ja nicht gerade meine Stärke. Wenn du also heute Abend mal vorbeischauen würdest – kannst du?«

»Mal überlegen. Heute Abend? Ich sitze gerade an was Eiligem, weißt du.«

»Ach so. Schade. Versuch es doch, Carl, bitte.«

»In Ordnung, ich will es versuchen, aber versprechen kann ich nichts.«

»Schön, Carl, danke.«

Er legte auf, stand da, dachte nach: Wenn das mit der Personenbeschreibung kein Bluff war, warum haben sie mich dann nicht festgenommen? Es muss ein Bluff gewesen sein. Oder lassen sie die Zügel locker, um zu sehen, wie ich reagiere?

Carl Lange ging in dem nicht besonders großen Zimmer auf und ab; er überdachte das Gespräch mit dem Polizisten, versuchte, die Essenz dessen, was dieser gesagt hatte, zu ermitteln. Er kam stets auf dasselbe naheliegende Er-

gebnis: Man verdächtigte ihn, eine Minderjährige vergewaltigt zu haben.

Ein paar Stunden später verließ Carl Lange die Wohnung.
Im Treppenhaus begegnete er niemandem, und wenn, so
hätte der Betreffende festgestellt, dass er anders aussah.
Er hatte nicht nur den Bart entfernt, das Haar war deutlich kürzer, und er hatte eine graue Schirmmütze auf-
gesetzt, die er seit Jahren nicht mehr getragen hatte. Er
trug dunkelbraune Hosen und eine gebrauchte, etwas
abgetragene Schifferjacke. Jeder, der ihn kannte, hätte ihn
ohne Weiteres wiedererkannt, aber er sah anders aus. Die
Personenbeschreibung traf nicht mehr zu.

Aus zwei Gründen verließ Carl Lange das Haus. Er wollte herausfinden, ob die Polizei ihn beobachtete, und in dem
Fall wollte er den Beschatter abhängen. Das war der eine
Grund. Der andere war eine stetig wachsende Verzweiflung, die seine Wohnung zu eng werden ließ: Er war (im
Supermarkt? Von wem?) als Sittlichkeitsverbrecher bezeichnet worden, und zwei Polizisten waren, nachdem sie
ihn aufgesucht und mit ihm gesprochen hatten, bei dem
Verdacht geblieben. Sie hatten ihn gesehen und mit ihm
geredet, und es war ihm nicht gelungen, sie zu überzeugen,
dass er kein Sittlichkeitsverbrecher war!

Der erste Grund für sein Ausgehen führte schnell zum
Ziel. Er wurde von niemandem verfolgt. Erst, als er sich
dessen ganz sicher war, begriff er, warum: Natürlich nicht,
selbst die Polizei hielt es wohl für undenkbar, dass er sofort
das nächste ähnliche Verbrechen begehen würde.

Der andere Grund jedoch trieb ihn weiter durch die
Straßen, ohne dass es ihm gelungen wäre, das Gefühl der
Erniedrigung abzustreifen. Einmal wollte er sogar zum

Kommissariat gehen, diesen Osmundsen aufsuchen und ihm klarmachen, wer er war, doch wurde er von einer lähmenden Frage gebremst: Wer bin ich?

Er ging nicht zu Robert, es erschien ihm unmöglich, auch weil er sein Äußeres verändert hatte. Den Telefonstecker zog er heraus. Er versuchte zu arbeiten, gab aber auf. Ihn quälte eine Erinnerung, die während seiner Wanderung durch die Straßen aufgetaucht war. Sie war alt, über zwanzig Jahre, die Kinder waren noch klein gewesen. Sie hatten eine achtjährige Freundin, die sich gern um sie kümmerte. Eines Nachmittags, als er sich im Schlafzimmer ausruhte, nur unter einer leichten Decke, kam sie zu ihm herein, wollte wohl irgendetwas wissen. Er erinnerte sich nicht daran, was sie gesprochen hatten, aber während sie redeten, begann sie an einem seiner Hemdenknöpfe herumzufingern. Es erregte ihn, er bekam eine Erektion. Er wünschte, sie würde dableiben und weiter an ihm herumfingern, nicht nur am Hemdenknopf, es war vollkommen abwegig, aber so war es. Diese Erinnerung also quälte ihn.

Am nächsten Morgen saß er da und wartete, dass das Telefon läutete. Er wusste nicht, wie lange sie brauchen würden, um seine Kleidungsstücke zu untersuchen, aber er war fest entschlossen, nicht ewig zu warten, dass er reingewaschen würde. Am besten, er wurde aktiv, dachte er niedergeschlagen.

Das Telefon blieb stumm, und er ging zum Kommissariat. Er verspürte eine Mischung aus Aggression und Angst. Er verlangte, mit Hans Osmundsen zu sprechen. Er musste warten. Was er sagen wollte, wusste er nicht mehr. Alles, was er sich zurechtgelegt hatte, war entweder vergessen oder sinnlos.

Osmundsen saß zurückgelehnt auf dem Stuhl, er war weder freundlich noch unfreundlich.

»Bitte, setzen Sie sich«, sagte er, dann schwieg er.

»Ich habe vergeblich darauf gewartet, von Ihnen zu hören«, sagte Carl Lange.

»Ach ja? Warum?«

»Ich will diese Sache aus der Welt haben.«

»Um Ihrer selbst willen, meinen Sie?«

»Ja. Das ist ein hässlicher Verdacht.«

»Die Untersuchung Ihrer Kleidungsstücke ist noch nicht abgeschlossen. Nicht, dass das Ergebnis notwendigerweise etwas zu bedeuten hätte. Das verstehen Sie sicher.«

»Sie meinen, es kann mich richten, aber nicht retten?«

»Genau. Sie haben sich rasiert, sehe ich. Und die Haare geschnitten?«

Carl Lange antwortete nicht. Osmundsen sagte:

»Gestern sagten Sie, Sie hätten keine Zeugen dafür, dass Sie vorgestern zu Hause waren.«

»Nein.«

»Wie, nein?«

»Ich habe keine Zeugen dafür. In der Regel hat man keine Zeugen für seine Unschuld. Ich habe noch nie Zeugen gebraucht.«

»Nein?«

»Nein.«

»Denken Sie nach. Denken Sie mal acht Jahre zurück.«

Carl Lange begriff nicht, er wurde stutzig.

»Ich verstehe nicht, was Sie meinen«, sagte er.

»Nein? Die St. Olavs Gate, sagt Ihnen das was? Sie wurden festgenommen.«

»Oh, das. Ja, jetzt weiß ich es wieder.«

»Sie hatten es vergessen?«

»Ja.«

»Aber jetzt erinnern Sie sich.«

»Das sagte ich ja eben.«

»Auch an die Details?«

»Ja. Aber was hat das mit der Sache zu tun?«

»Vielleicht viel. Vielleicht nichts. Es ist zu früh, das zu sagen.«

»Jetzt hören Sie aber mal!«

»Momentchen, Lange. Der Polizeibericht liegt vor mir. Lassen Sie mich kurz das Wesentliche zusammenfassen. An jenem Abend wurde ein Streifenwagen telefonisch in die St. Olavs Gate gerufen, Höhe Hausnummer 8, wegen eines Mädchens, das schwer betrunken auf dem Bürgersteig lag und schlief. Es war kurz vor Mitternacht, es war kalt. Als die Polizei eintraf, hatten sich acht oder zehn Personen dort versammelt, einer davon waren Sie. Als die drei Beamten das Mädchen mitnehmen wollten, protestierten Sie und meinten, sie habe mit zu Ihnen nach Hause gewollt. Sie sagten, das sei so mit Ihnen besprochen, und Sie leisteten so erbitterten Widerstand dagegen, dass sie mitgenommen wurde, dass Sie schließlich festgenommen wurden. Und das Mädchen war minderjährig.«

Carl Lange saß eine Weile stumm da. Gelähmt. Dann stand er auf.

»Bleiben Sie ruhig sitzen«, sagte Osmundsen.

Carl Lange blieb stehen. Er stand da und hasste den Mann vor ihm. Er sagte:

»Danke für den Vortrag. Ich weiß nicht, ob Sie selbst die Tatsachen verdreht haben oder der Verfasser des Berichts. Wenn ich gegangen bin, machen Sie sich vielleicht die Mühe und lesen meine Version, falls die nicht vernichtet wurde.«

»Ich habe sie gelesen.«

»Dann dürften Sie wissen, dass ich zu einer Geldbuße wegen Widerstands gegen die Staatsgewalt verurteilt wurde. Dass ich Widerspruch dagegen einlegte und die Sache daraufhin eingestellt wurde. Warum wohl, was meinen Sie?«

Osmundsen sah ihn nur an.

Carl Lange sagte:

»Im Polizeibericht stand, dass ich sehr betrunken war. Das war eine Lüge, und ich gab das Restaurant an, aus dem ich gerade kam. Weiter hieß es, ich wäre gewalttätig gewesen, unter anderem wäre ich mit einem älteren Mann, der am Stock ging, handgreiflich geworden. Ich konnte hingegen beweisen, dass ich einen drei Tage alten Rippenbruch hatte. Ich konnte den Polizeibericht zerpflücken, Satz für Satz, darum wurde die Sache eingestellt.«

»Ja. Sie nutzen den Umstand aus, dass die Beamten ihre Sache schlecht gemacht hatten. Die Kollegen dachten, es sei ein Streit unter Betrunkenen, so dass sie die Namen und Adressen der Zeugen nicht aufnahmen. Aber wenn Sie eine saubere Weste haben, warum regen Sie sich dann so auf?«

»Und wie können Sie so seelenruhig dasitzen, obwohl Sie überhaupt nichts gegen mich in der Hand haben?«

»Warum haben Sie sich den Bart abgenommen und die Haare geschnitten?«

Carl Langes erster Impuls war, ihm das Wort abzuschneiden und zu sagen, das gehe ihn nichts an. Aber er verkniff sich die Antwort. Stattdessen sagte er:

»Weil ich Fantasie habe.«

Er drehte sich um und ging.

Carl Lange war zu Hause. Er stromerte auf und ab. Das Telefon läutete, er nahm nicht ab. Die Welt war nicht so. Es läutete lange. Es konnte die Polizei sein, es konnte sonst wer sein. Er war nicht da. Er ging seine Niederlage gegen Osmundsen ein weiteres Mal durch, überlegte, was er hätte sagen sollen. Zufrieden war er nur mit seiner Schlussreplik. Alles andere war unvollständig und allzu defensiv ausgefallen.

Osmundsens Triumph angesichts dieser acht Jahre alten Sache war leicht begreiflich, zumal er ins Feld führen konnte, dass es sich um eine Minderjährige gehandelt hatte, was er selbst übrigens nicht gewusst hatte. An jenem Abend war er die St. Olavs Gate entlanggegangen und hatte die Gestalt, die an der Hauswand kauerte, für einen Jungen gehalten. Es herrschte Schneeregen, er brachte es nicht über sich, einfach weiterzugehen. Er sprach die Gestalt an, bekam aber keine Antwort. Ein junges Paar kam an und blieb stehen. Er erklärte ihnen, dass er einen Rippenbruch habe, aber wenn sie den jungen Mann wachrütteln könnten, könne er mit zu ihm kommen, er wohne gleich in der Nähe. »Das ist kein Junge«, sagte die Frau, »das ist ein Mädchen.« Er antwortete, das mache keinen Unterschied. Sie brachten sie zu sich. Sie wollte mitgehen. Genau in dem Moment traf der Streifenwagen ein. Er versuchte, die Sache zu erklären und fragte, ob es wirklich nötig sei, sie mitzunehmen. Doch die Beamten wiesen ihn derart barsch ab, dass er wütend wurde und sagte, sie sollten sich gefälligst benehmen. Das genügte schon; einer der Beamten nahm ihn in den Polizeigriff, wegen des Rippenbruchs tat es besonders weh, und er gab einen Schrei von sich. Dann wurde er in den Wagen gestoßen und auf die Wache befördert.

Diesen Vorfall hatte Osmundsen gegen ihn benutzt. Er erkannte die Logik darin. Ein Mann mittleren Alters wollte eine betrunkene Minderjährige mit nach Hause nehmen. Ihm war klar, dass es so aussehen konnte, zumal heute. Er war verdächtig. Eine menschenfreundliche Handlung war im Lichte dieses Verdachts zu einer asozialen, verbrecherischen geworden.

Carl Lange stellte fest, dass ihn seit seinem Besuch im Kommissariat weniger der Verdacht der Vergewaltigung als die Person Hans Osmundsens umtrieb, oder genauer: das, wofür dieser stand. Hans Osmundsen war ein Feind. In Carl Langes Augen repräsentierte er die kalte, intelligente Arroganz der Macht. Seine Zusammenfassung des Polizeiberichts war eine Glanzleistung genau darin gewesen – nichts von dem, was er gesagt hatte, war direkt unwahr, jedoch ausgesucht tendenziös.

Carl Lange beschloss, ihn erneut aufzusuchen.

Stattdessen jedoch kam Hans Osmundsen zu ihm, am nächsten Vormittag, zusammen mit dem großen Polizisten, der ihn letztes Mal begleitet hatte. Sie hatten seine Kleidungsstücke dabei. Er forderte sie nicht auf, Platz zu nehmen, obgleich sie ihn überragten. Und er fragte nichts. Er sagte: »Ich wäre sonst selbst zu Ihnen gekommen.«

»Aha?«

»Mich hat gewundert, dass Sie mich nicht mit dem vergewaltigten Mädchen konfrontiert haben. Oder sie mit mir, genauer gesagt.«

»Und das sagen Sie jetzt, nachdem Sie Ihr Äußeres verändert haben?«

»Oh, einen anklebbaren Bart können Sie sicher auftreiben.«

»Natürlich, aber Sie haben sich die Haare geschnitten.«

»Ja, das tue ich regelmäßig. Wagen Sie es nicht, weil Sie befürchten, sie erkennt mich nicht wieder?«

Osmundsen antwortete nicht darauf, sondern sagte:

»Das Mädchen ist nach dem Vorfall seelisch nicht in der Lage für solche Erschütterungen, sagt der Arzt.«

Carl Lange schwieg eine Weile, dann sagte er:

»Verstehe. Darum also. Warum haben Sie das nicht gleich gesagt? Warum spielen Sie mit mir?«

»Warum haben Sie den Bart abgenommen und sich die Haare geschnitten?«

»Das habe ich bereits beantwortet.«

»Mit einer nichtssagenden Antwort.«

»Da ich nicht wünsche, wie ein Vergewaltiger auszusehen.«

»Es gibt sicher mehr Vergewaltiger ohne Bart als mit.«

»Das haben Sie aber nicht besonders intelligent gesagt.«

Zum ersten Mal schien Osmundsen kein Oberwasser mehr zu haben. In seinem Blick bewegte sich etwas. Aber er reagierte nicht. Carl Lange sagte:

»Sie kommen sicher nicht nur, um mich das zu fragen.«

»Wir bringen Ihnen Ihre Kleidungsstücke zurück.«

»Zwei Beamte, um Kleidungsstücke zu übergeben?«

»Sie haben nicht nach dem Ergebnis gefragt.«

»Das wäre wohl nicht besonders klug von mir. Dann würden Sie denken, ich wäre unsicher, ob Sie nicht doch etwas gefunden haben. Nicht wahr?«

»So denken Sie sich das also. Sie möchten also gern den Eindruck erwecken, sicher zu sein, dass wir nichts gefunden haben?«

»Ja.«

»Und wenn wir nun etwas gefunden haben?«

»Dann könnten Sie zufrieden sein.«

»Wir haben Spuren von Sperma gefunden.«

Carl Lange antwortete nicht. Er brauchte nicht lange nachzudenken, um zu wissen, dass das möglich war, und spürte, wie die Schamesröte sein Gesicht überzog. Zugleich packte ihn die Wut; das war sein Privatleben, seine Intimsphäre, und für alle außer ihm selbst tabu.

»Sie sagen ja gar nichts«, sagte Osmundsen.

»Ich sage nichts zu Gemeinheiten. Sie haben nichts entdeckt, was mit der Sache zu tun hat, also seien Sie still und tragen die Niederlage. Sie sind eine ziemlich widerliche Person, aber das wissen Sie sicher.«

»Warum sind Sie so getroffen. Ich versuche, ein widerliches Verbrechen aufzuklären, das widerlichste, das es gibt.«

Carl Lange wusste, dass er überreagiert hatte, aber die Wut hatte sich noch nicht gelegt, und er sagte:

»Und da sind widerliche Manöver zulässig?«

»Ich habe Ihnen berichtet, was gefunden wurde.«

»Freilich. Und welchen Schluss ziehen Sie daraus?«

»Keinen definitiven. Aber Ihre Reaktion war entschieden stärker, als ich erwartet hätte.«

»Das überrascht mich nicht. Sagen Sie mir eins, haben Sie überhaupt andere Verdächtige als mich?«

Osmundsen sah ihn wortlos an.

»Suchen Sie überhaupt nach anderen? Sie sagen, Sie versuchen, das widerlichste Verbrechen aufzuklären, das es gibt. Bin ich in ganz Oslo der Einzige, auf den die Personenbeschreibung einer schockierten Minderjährigen zutrifft?«

»Wollen Sie die Personenbeschreibung in Zweifel ziehen?«

»Sie weichen meiner Frage aus.«

Osmundsen blieb stumm.

Carl Lange drehte sich um, ging zum Fenster und blieb dort stehen, mit dem Rücken zu ihnen.

»Sie hören von uns«, hörte er Osmundsen sagen. Er drehte sich nicht um, hörte, wie sie gingen.

Carl Lange konnte nicht arbeiten. Er grübelte. Er nahm Schlaftabletten, um zu schlafen, und erwachte mit schwerem Kopf. Zwei Tage vergingen. Er grübelte, kam aber nicht weiter.

Dann hatte er eine Idee und suchte im Telefonbuch nach Hans Osmundsen. Er wollte einfach dessen Berufsbezeichnung sehen. Es gab vier Hans Osmundsens. Zwei davon hatten andere Berufsbezeichnungen. Von den übrigen beiden wohnte einer im Kirkevei. Der andere nur vier Häuserblocks weiter.

Und plötzlich kam ihm ein Gedanke. Wenn das nun *dieser* Osmundsen war. Und wenn er sein Aussehen schon vorher kannte und *er* ihn hatte in den Supermarkt hineingehen oder herauskommen sehen und ihn dann sofort mit der Personenbeschreibung durch das vergewaltigte Mädchen in Verbindung brachte.

Die Gedanken kreisten in seinem Kopf, in alle Richtungen, er erregte sich gewaltig.

Er hatte das Telefonbuch beiseite gelegt, jetzt schlug er es wieder auf, suchte den Namen und die Nummer heraus. Er wollte sie ausprobieren, um zu sehen, ob er recht hatte.

Dann entschied er sich wieder dagegen, wollte dem Polizisten nicht begegnen, wusste nicht so recht, was er in dem Fall sagen sollte. Stattdessen wählte er die Nummer im Kirkevei. Konnte er diese Adresse eliminieren, wessen er sich so gut wie sicher war, wäre die Sache klar. Ein Polizist musste ja ein Telefon haben.

Aber so sicher war er auch wieder nicht, er legte das Taschentuch über die Sprechmuschel und bekam gerade dadurch das Gefühl, etwas Gesetzwidriges zu tun.

Eine Frauenstimme antwortete. Er erkundigte sich, ob er bei Kommissar Osmundsen richtig sei. Das war er nicht. Er bat um Entschuldigung und legte auf.

Er zog den grauen Mantel an, zum ersten Mal, seit er ihn wiederbekommen hatte, und ging hinaus. Er war erregt. Er ging vier Blöcke gen Westen und fand das Haus, ein vierstöckiges, kürzlich renoviertes Mietshaus. Es war, wie er vermutet hatte: Der kürzeste Weg von Osmundsens Wohnung zur Polizeidirektion führte am Supermarkt vorbei.

Aber wie hatte Osmundsen ihn aufgespürt? War er ihm einfach nur gefolgt, bis zum Hauseingang und hatte ihn dann Mitmietern beschrieben und die genaue Wohnung erfahren?

Carl Lange blieb nicht vor dem Haus stehen, in dem er wohnte, und er ging auch nicht hinein. Er ging ein paar hundert Meter weiter, dann drehte er sich um und ging auf einem anderen Weg nach Hause. Er wollte nicht gesehen werden. Wieder hatte er das Gefühl, etwas Gesetzwidriges zu tun.

Im Treppenhaus traf er Osmundsen, der herunterkam, allein. Carl Lange war in seine Gedanken vertieft und völlig überrumpelt.

»Da sind Sie ja«, sagte Osmundsen.

Er antwortete nicht.

»Kann ich mit hochkommen?«

»Was wollen Sie jetzt?«

»Mit Ihnen reden.«

Carl Lange sagte nichts mehr, ging weiter die Treppe hinauf, Osmundsen folgte ihm. Er schloss die Tür auf, ging ins Wohnzimmer, ohne den Mantel auszuziehen, setzte sich. Osmundsen setzte sich ebenfalls.

Plötzlich verspürte Carl Lange eine große Ruhe, es war, als verwandelte sich alles Gegrübel der letzten Tage in Unverletzlichkeit. Er sagte:

»Seit wann kennen Sie mich? Oder vielleicht sollte ich sagen: wissen Sie von mir?«

»Wie meinen Sie das?«

»Ich erwarte keine Antwort von Ihnen. Was wollen Sie?«

»Ich komme wegen der Gegenüberstellung, von der wir sprachen.«

»Ich bin nicht mehr daran interessiert.«

»Sie missverstehen mich. *Wir* sind daran interessiert.«

Er antwortete nicht. Er war innerlich ganz ruhig. Er wartete, aber Osmundsen wartete ebenfalls; es war wie ein Duell mit der Waffe des Schweigens.

Carl Lange war es, der sich ergab, aber er war immer noch ruhig, fühlte sich fast überlegen:

»Wie viele Verdächtige haben Sie bislang?«

»Das haben Sie letztes Mal auch gefragt.«

»Und Sie haben nicht geantwortet. Sie sind vielleicht kein besonders geschickter Lügner?«

»Nein. Sie?«

»Ja, wenn es zweckmäßig ist. Wer hat mich im Supermarkt gesehen?«

»Und wann ist es zweckmäßig?«

Carl Lange stand auf und zog den Mantel aus, legte ihn über die Rückenlehne eines Stuhls und setzte sich wieder, das Gesicht jedoch in eine andere Richtung gewandt.

Osmundsen sagte:

»Sie waren verheiratet, nicht wahr?«

»Ja.«

»Die Ehe wurde vor rund acht Jahren geschieden.«

»Das wissen Sie also.«

»Ja. Meiner Information nach waren Sie es, der die Scheidung einreichte.«

»Wo haben Sie das her?«

»Stimmt es nicht? Sie verließen plötzlich die eheliche Wohnung. Sie sagten, Sie seien deprimiert und bräuchten etwas Zeit für sich. Nach ein paar Tagen riefen Sie an und sagten, Sie würden nicht zurückkommen.«

Osmundsen hielt inne. Carl Lange sagte nichts, aber die Ruhe war wie aus ihm weggefegt.

»Sie müssen zugeben«, sagte Osmundsen, »das war eine ungewöhnliche Art, eine Ehe zu beenden, sogar heutzutage. Aber Sie hatten ja vielleicht Gründe, die Sie vor Ihrer Frau lieber verborgen hielten?«

Carl Lange saß immer noch mit von Osmundsen abgewandtem Gesicht da. Er versuchte, seine Stimme unbeteiligt klingen zu lassen:

»Und was für Gründe sollen das gewesen sein?«

»Tja, zum Beispiel, dass Sie eine andere Beziehung geheim halten wollten.«

»Warum?«

»Genau. Warum?«

Carl Lange hielt es nicht mehr aus. Hier saß ein Mann, der es sich kraft seiner beruflichen Position erlauben konnte, in ihm herumzustochern, in seinem Privatleben, seinem Gefühlsleben, das war demütigend. Er stand auf, unvermittelt in gewaltigem inneren Aufruhr, er wusste nicht, was er tun sollte, aber er hielt es nicht mehr aus, und beinahe unwillkürlich ging er aus dem Wohnzimmer hinaus, aus der Wohnung hinaus, die Treppe hinunter, erst ohne jede Eile, dann in großen Sätzen, während er dachte: Jetzt hält er mich auf jeden Fall für schuldig. Aber genau das scherte ihn nicht weiter, im Gegenteil, es war eine Art Rache, Osmundsen in die Irre zu führen...

An der ersten Straßenecke sah er sich um. Kein Osmundsen zu sehen. Er ging rasch weiter, bis er sich sicher fühlte, dann betrat er ein kleines Café, es war so gut wie leer. Er setzte sich mit einer weichen Waffel und einem Kaffee ans Fenster.

Er versuchte, sich zu beruhigen, es gelang ihm aber nicht. Er sah Osmundsen vor sich, den zugleich ausgeglichenen und hintergründigen, bösartigen Osmundsen, der kalt und distanziert dasaß und mit all seinen hinterlistigen Unterstellungen in ihm herumstocherte. Wie er ihn verabscheute, wie er ihn hasste!

Zwei Stunden später schloss er erneut seine Wohnungstür auf. Er war immer noch durcheinander und nahm eine Schlaftablette, um ruhiger zu werden. Es war halb vier. Er tigerte auf und ab und wartete, dass die Tablette wirkte. Er spürte nichts, und nach einer halben Stunde nahm er eine weitere Tablette. Gleich darauf klingelte das Telefon. Er nahm nicht ab. Er ging auf und ab, doch nie so nah am Fenster, dass er von draußen hätte gesehen werden können. Dann fiel ihm ein, dass Osmundsen eine Gegenüberstellung erwähnt hatte, und er nahm den Mantel vom Stuhlrücken, holte die Schere aus dem Schlafzimmer, setzte sich aufs Sofa und zerschnitt den Mantel. Die Streifen tat er in eine Plastiktüte. Jetzt war er etwas ruhiger. Ich hätte ihn natürlich auch irgendwo verstecken können, dachte er. Er legte sich aufs Sofa, eine Decke über sich. Jetzt habe ich bald einen Wochenumsatz verloren, dachte er, das geht nicht, ich muss wieder zum Arbeiten kommen.

Da klingelte es an der Tür. Er erstarrte, lauschte, hörte nur sein Blut hämmern. Es klingelte noch einmal, lange, sozusagen ungeduldig, fand er. Ich habe alles Recht, nicht zu öffnen, dachte er, ich weiß ja nicht mal sicher, wer es ist. Aber ich brauche ein besseres Schloss.

Er wartete noch ein paar Minuten, dann stand er auf und schlich wie ein Dieb in den Flur und zur Tür. Er legte das Ohr daran, hörte nichts, wagte aber nicht, sie zu öffnen, um sich zu vergewissern, noch nicht. Er ging wieder ins Wohnzimmer, nahm den Schreibblock, schrieb. »Bin zu meiner Hütte im Hallingdal gefahren, um in Ruhe zu arbeiten. In ca. zwei Wochen zurück.« Dann faltete er das Blatt Papier zusammen und schrieb »Robert« darauf. Er zog die Schublade mit dem Büromaterial auf und nahm eine Reißzwecke, dann ging er wieder zur Wohnungstür, lauschte, öffnete sie und heftete die Nachricht unter der Klingel fest. Listig, Carl, sagte er fröhlich zu sich selbst. Nach einer Weile jedoch fiel ihm ein, Robert wusste ja, dass er gar keine Hütte im Hallingdal besaß, und er schrieb einen neuen Zettel: »Habe eine Hütte im Hallingdal gemietet, um in Ruhe zu arbeiten. Du hörst von mir.« Und auf den gefalteten Zettel schrieb er »Sylvia«, wohl wissend, dass niemals eine Sylvia bei ihm klingeln würde. Jetzt bin ich nicht mehr da, dachte er.

Aber dann wurde ihm klar, dass er ja etwas zu essen brauchte, und er ging rasch ins Geschäft an der Ecke.

Wieder zu Hause, zog er die Gardine des einen der beiden zur Straße gehenden Fenster zu und machte die Lampe beim Sofa an. Das ziemlich schwache Licht würde man von draußen nicht sehen, und heutzutage pflegte man sich ja gegen Einbrüche zu schützen, indem man eine leere Wohnung nicht über längere Zeit unbeleuchtet ließ. Jetzt bin ich nicht mehr da, dachte er erneut und setzte sich aufs Sofa. Er fühlte sich müde und legte sich hin, zog die Decke über sich, und während der Schlaf wie lange, ruhige Wellen an ihn heranbrandete, dachte er: Ich muss den Zettel so hinhängen, dass ich weiß, wenn Osmundsen ihn gelesen hat.

Er erwachte desorientiert. Er fror. Es war Nacht und dunkel, zehn nach fünf, er hatte über zwölf Stunden geschlafen. Er zog sich aus und legte sich ins Bett. Er schlief wieder ein und träumte, er schreibe sich selbst eine kurze Karte, dass er in Frankreich sei, und er klebe eine norwegische und eine französische Briefmarke darauf. Der Traum weckte ihn. Es war immer noch dunkel. Diesmal schlief er nicht wieder ein. Er lag da und dachte an die Umstände des vorigen Tages; sie erschienen ihm auf einmal ziemlich unverständlich; er musste einen Grund gehabt haben, den er jetzt nicht zu fassen bekam. Aber eines stand ihm nach einer Weile beunruhigend klar vor Augen: Seit dem Augenblick, in dem Osmundsen ihm gegenüber den Verdacht geäußert hatte, so unberechtigt er auch war, hatte dieser seine gesamte Lebensführung geprägt, um nicht zu sagen gelenkt. Davor hatte er sich als einen relativ freien, relativ selbstbestimmten Menschen empfunden, obgleich ihm schon klar war, dass er von den allgemeinen, gesellschaftlichen Einflüssen nicht unabhängig war. Jetzt hingegen empfand er, dass der Willen eines anderen, Osmundsens, ihn in immer neue Situationen trieb, in denen er unfrei und daher irrational reagierte.

Carl Lange igelte sich zwei Tage lang ein. Das Telefon klingelte fünf Mal. Deutlich öfter als sonst. Es konnte natürlich seine Mutter sein. Oder eines der Kinder. Oder jemand anderes. Carl Lange glaubte, es sei Osmundsen.

Er schlief viel, nahm Tabletten und wurde müde. Wenn er wach war, und vor allem kurz vorm Einschlafen, führte er mit Osmundsen Gespräche. Anfangs hatte vor allem er selbst das Sagen; er beschuldigte Osmundsen, ihm seine Identität zu rauben. Nach und nach jedoch kam Osmundsen immer mehr zu Wort und sagte bisweilen Dinge, die Carl Lange außer sich vor Wut brachten. Einmal sagte er: »Sie sind ein Häufchen Scheiße, Sie sind eine Laus ohne jedes soziale Gewissen. Es wird mir ein Vergnügen sein, Sie zu zerquetschen.«

Am dritten Tag, es war Sonntag, rief er Osmundsen an, privat, er nahm an, er habe frei. Und so war es, er kam selbst ans Telefon.

»Ja?«

»Carl Lange hier.«

Kurze Pause, dann:

»Ja?«

»Ich war ein paar Tage verreist.«

»Aha?«

»Ich frage mich, ob es etwas Neues gibt, ob Sie vielleicht versucht haben, Kontakt zu mir aufzunehmen.«

»Kontakt zu Ihnen aufzunehmen?«

»So antworten Sie schon!«

»Ganz ruhig jetzt, Lange. Sie glauben also, ich war es, der angerufen hat, während Sie weg waren?«

»Wie meinen Sie das?«

»Jetzt stellen Sie sich aber selbst und mich auch als dümmer hin, als wir sind. Im Hallingdal waren Sie, sagten Sie?«

»Ich habe nicht…«

»Schon in Ordnung, Lange. Man darf lügen, außer vor Gericht, und selbst da darf der Angeklagte es. Aber können Sie mich nicht morgen anrufen, ich bin im Aufbruch.«

Carl Lange schmiss den Hörer hin, ohne zu antworten, er wusste keine Antwort. Er war gedemütigt, abgefertigt, lächerlich gemacht. Dieser Teufel, fluchte er innerlich, dieser verdammte Teufel.

Er nahm zwei Tabletten. Was tue ich nur, dachte er hinterher. Was tut das mit mir.

Wie rasend tigerte er auf und ab, eine halbe Stunde lang, bis die Tabletten wirkten. Da setzte er sich, etwas ruhiger, aber ratlos. Er wusste die ganze Zeit, dass ich zu Hause bin, er weiß die ganze Zeit, wo ich bin. Er denkt wirklich, ich war der Täter, so viel er auch mit mir geredet hat.

Er stand auf und nahm seine Wanderungen wieder auf, erinnerte sich an den Zettel an der Tür, nahm ihn weg, konnte nicht erkennen, dass jemand ihn gelesen hätte. »Im Hallingdal waren Sie, sagten Sie?«

Er nahm noch eine Tablette, wollte schlafen, schlafen und weg sein, obwohl es erst Nachmittag war. Er legte sich hin und versuchte sich auszudenken, was er am nächsten Tag zu Osmundsen sagen würde, aber die Gedanken verschwammen zu einer Art Nebel, er konnte sie nicht festhalten. Die Müdigkeit rollte wie lange, schwere Wellen über ihn hin, und Osmundsens Gesicht befand sich in den Wellen, es kam an und verschwand, ein ruhiges, ernstes Gesicht.

Carl Lange kämpfte, um wach zu werden. Er wusste im Schlaf, dass dies hier ein Traum war: Er stand auf einem gewaltigen Gletscher, direkt vor einem schmalen Spalt, dessen Grund er nicht sehen konnte. Er wollte hineinspringen, er hatte lange nach genau diesem Spalt gesucht, einem, in dem er für immer verschwinden konnte. Jetzt aber lähmte ihn plötzlich ein furchtbarer Zweifel: Er konnte sich nicht erinnern, wohin er den Zettel gelegt hatte, auf dem er schrieb, falls ihm etwas zustoße, so sei der Nachbar der Schuldige, er habe oft gedroht, ihn umzubringen. Niemand würde ihm so etwas zutrauen, aber er ist der Schuldige, so hatte er geschrieben, doch jetzt wusste er nicht mehr, ob man den Zettel auch finden würde, und dann war ja all das sinnlos, der Spalt vor ihm war sinnlos, dass er nie gefunden würde, war ebenfalls sinnlos. Der eigentliche Albtraum aber, mit dem er rang, um aufwachen zu können, bestand in dem endlosen Gegrübel, was er mit dem Zettel gemacht hatte.

Es war später Vormittag. Der Traum saß ihm noch in den Knochen, als ob es mehr gewesen wäre als ein Traum.

Ich rufe nicht an, dachte er. Er wartet darauf, dass ich anrufe, also rufe ich nicht an.

Eine Weile darauf dachte er: Aber vielleicht denkt er, genau so würde ich denken.

Wieder eine Weile darauf zog er die abgetragene Schifferjacke an, setzte die Schirmmütze auf und ging zum Polizeipräsidium. Er hatte innerlich nichts fertig vorbereitet, keinen ganzen Satz, keinen zusammenhängenden Gedanken. Trotzdem ging er schnell.

Er nannte seinen Namen und sagte, wen er zu sprechen wünschte. Er musste warten. Natürlich, dachte er, das ist seine Taktik, heute muss ich sicher besonders lange warten. Aber das war nicht der Fall; eigentlich zu seiner Enttäuschung wurde er nach wenigen Minuten hereingerufen.

Er trickst mich die ganze Zeit aus, dachte er, und einen Augenblick lang erwog er, einfach wegzugehen.

Osmundsen saß hinter seinem Schreibtisch. Auf eine hochmütige Weise, dachte Carl Lange.

»Ich habe Sie schon erwartet«, sagte Osmundsen.

»Natürlich. Sie erwarten immer das Richtige, was?«

»Nein, leider nicht.«

»Doch, doch. Und darum denken Sie auch nicht, dass ich der Schuldige bin. Das haben Sie nie gedacht.«

»Und wenn? Ich denke nicht zwangsläufig, dass ein Verdächtiger der Schuldige sein muss. Verdächtigt zu werden bedeutet, in einen gewissen Rahmen zu passen. Dieser Rahmen kann weit oder eng sein.«

»Und ich passe in den Rahmen, weil Sie es so wollen.«

»Daran haben Sie entscheidend mitgewirkt.«

»Wegen gewisser äußerer Merkmale, wie Sie es ausdrückten.«

»Nein. Als ich Sie zum ersten Mal besuchte, ging es eigentlich nur darum, Sie von der Liste zu streichen. Aber Sie wirkten derart schuldbewusst und außerdem dem Verbrechen gegenüber auffällig gefühllos. Was Sie seitdem alles getan haben, um sich maximal verdächtig zu machen, das wissen Sie ja selbst.«

»Ich habe getan, wozu die Situation mich zwang.«

»Welche Situation? Entweder sind Sie unschuldig, oder Sie sind schuldig.«

»Ich hätte sagen müssen: wozu *Sie* mich zwangen.«

»Sie müssen sich Ihrer selbst sehr unsicher sein.«

»Können Sie denn nie bei der Sache bleiben«, fuhr Carl Lange auf, »müssen Sie immer plötzlich das Thema wechseln!«

»Oh, die Sache dürfte hinreichend klar sein. Aber ich

kann sie Ihnen gern noch klarer machen. Sie sagen, Sie sind gezwungen worden, seltsame Dinge zu tun, wie jetzt zuletzt, dass Sie vorspiegelten, Sie seien ins Hallingdal gefahren. Ich kann Ihnen nur sagen, wenn Sie sich zu solchen Dingen verleiten lassen, obwohl Sie sagen, dass Sie unschuldig sind, dann kann das nur daran liegen, dass Sie sich Ihrer selbst nicht sicher sind. Ich könnte es auch stärker ausdrücken. Ich habe den Eindruck, dass Sie sich nicht entscheiden können, wer Sie sind.«

»So ein Quatsch, so ein … Aha, jetzt haben Sie es mit mir, von wegen ich bin unsicher und weiß nicht, wer ich bin! Als Nächstes heißt es, ich wäre unzurechnungsfähig!«

Carl Lange war aufgestanden; er spürte eine unbezwingbare Wut in sich, und bevor er noch wusste, was er tat, beugte er sich über den Schreibtisch und spuckte Osmundsen an. Ins Gesicht traf er ihn zwar nicht, aber auf die Brust. Als ihm aufging, was er getan hatte, trat er erschrocken zwei Schritte zurück. Er öffnete den Mund, wusste aber nichts zu sagen, was seine brennende Scham ausgedrückt hätte.

Osmundsen war unbewegt sitzen geblieben, wie festgefroren. Jetzt zog er ein Taschentuch hervor und wischte sich erst die Speichelsprüher aus dem Gesicht, dann den nassen Fleck vom Pullover. Er blickte Carl Lange mit einem merkwürdigen, fast abwesenden Gesichtsausdruck an.

»Ich …«, sagte Carl Lange, kam aber nicht weiter.

Osmundsen sagte nichts, sondern ließ das Taschentuch neben sich auf den Boden fallen.

»Ich habe die Beherrschung verloren«, sagte Carl Lange. »Ich bitte Sie um Entschuldigung.«

Osmundsen nickte fast unmerklich. Carl Lange wusste nicht, was das zu bedeuten hatte.

»Das war eine strafbare Handlung, das ist Ihnen natürlich klar.«

Carl Lange antwortete nicht; ausgerechnet diese Seite der Sache war ihm restlos gleichgültig.

»Setzen Sie sich«, sagte Osmundsen.

»Mir ist es lieber zu stehen.«

»Mir ist es lieber, wenn Sie sitzen.«

Carl Lange blieb stehen.

»Na, wie Sie möchten«, sagte Osmundsen. »Sie haben Glück, dass keine Zeugen zugegen waren.«

»Ich habe nicht vor, es zu leugnen.«

»Gut.«

Osmundsen sagte nichts mehr; es entstand eine lange Pause. Carl Langes Beschämung über sein würdeloses Verhalten ließ langsam nach; er dachte fast hochmütig daran, dass er Osmundsens Aufforderung, sich hinzusetzen, nicht nachgekommen war. Hätte ich ihn doch geschlagen, statt ihn anzuspucken, dachte er. Wenn der Schreibtisch nicht im Weg gestanden hätte, hätte ich ihm eine geklebt, ich habe nur gespuckt, weil ich nichts anderes tun konnte.

»Nun, war das alles?«, fragte Osmundsen.

»Ja«, sagte er, »das war alles.«

Er drehte sich um und ging, er konnte sich das Lächeln gerade noch verkneifen. Aber als er durchs Präsidium nach draußen ging, da lächelte er. Und als er in das graue Wetter draußen trat, lachte er, zwar eher innerlich, aber fast laut. Ich habe ihn angespuckt, dachte er frohgemut, das war mal fällig, im Präsidium, die erste strafbare Handlung, die ich jemals begangen habe, das war mal fällig, jetzt kann er mir nichts mehr anhaben.

Doch die überschwängliche Begeisterung war nicht gekommen, um zu bleiben, schon ein paar Minuten später war der endgültige Sieg gar nicht mehr so endgültig. Und als Carl Lange nach Hause kam, verspürte er eine ungeheure Leere. Er setzte sich, ohne die Jacke auszuziehen, er fühlte sich fremd, ohne Verbindung. Jetzt bin ich fertig, dachte er. Das war alles.

Thomas F.s letzte Aufzeichnungen
für die Allgemeinheit

Schach

Die Welt ist nicht mehr, wie sie war. Heutzutage ist zum Beispiel das Leben viel zeitaufwändiger. Ich bin schon gut über achtzig, und es ist immer noch nicht genug. Ich bin zu gesund, obwohl ich nichts mehr habe, für das es sich lohnen würde, gesund zu sein. Wer nichts hat, für das er lebt, hat nichts, für das er sterben kann. Vielleicht liegt es daran.

Eines Tages vor langer Zeit, bevor meine Beine zu schwach wurden, ging ich zu meinem Bruder. Ich hatte ihn über drei Jahre lang nicht gesehen, aber er wohnte immer noch dort, wo ich ihn das letzte Mal besucht hatte. »Du lebst noch«, sagte er, obwohl er älter war als ich. Ich hatte belegte Brote dabei, und er gab mir ein Glas Wasser. »Das Leben ist hart«, sagte er, »es ist nicht auszuhalten.« Ich aß und antwortete nicht. Ich war nicht gekommen, um zu diskutieren. Also aß ich auf und trank das Wasser. Er saß da und starrte auf einen Punkt über meinem Kopf. Wenn ich aufgestanden wäre und er den Blick nicht von dort weggenommen hätte, hätte er mich direkt angesehen. Aber er hätte den Blick wahrscheinlich weggenommen. Er fühlte sich nicht wohl in meiner Gegenwart. Ich glaube, er hatte ein schlechtes Gewissen, jedenfalls kein gutes. Er hatte gut zwanzig dicke Romane geschrieben, ich nur ein paar, und die sind dünn. Er galt als ziemlich gut, aber ganz schön versaut. Er schrieb viel von Liebe, vor allem körperlicher, wo auch immer er das herhatte.

Er starrte weiter über meinen Kopf, er fand wohl, das könne er sich erlauben mit zwanzig Romanen auf dem fetten Buckel, und ich wäre am liebsten unverrichteter Dinge wieder gegangen, aber das wäre ja auch ein bisschen dumm gewesen nach dem weiten Weg, also fragte ich, was er von einer Partie Schach hielte. »Das dauert so lang«, sagte er, »ich habe nicht mehr so viel Zeit zur Verfügung. Du hättest früher kommen können.« In dem Moment hätte ich aufstehen und gehen sollen, das wäre ihm recht geschehen, aber ich bin zu höflich und rücksichtsvoll, das ist meine große Schwäche, eine meiner Schwächen. »Es dauert doch nicht länger als eine Stunde«, sagte ich. »Ja, das Spiel selbst«, antwortete er, »aber die Erregung hinterher, oder der Ärger, falls ich verlieren sollte. Das Herz, verstehst du, es ist nicht mehr, was es mal war. Deins wohl auch nicht, denke ich mir.« Ich antwortete nicht, ich wollte nicht nach seinen Vorgaben über mein Herz diskutieren. Also parierte ich: »Du hast also Angst vorm Sterben. Aha, aha.« »Unsinn. Es ist nur, mein Lebenswerk ist nicht abgeschlossen.« Genau so pompös drückte er sich aus, es hätte einem übel werden mögen. Ich hatte den Stock auf den Boden gelegt, jetzt bückte ich mich und hob ihn auf, ich wollte seiner Selbstbeweihräucherung ein Ende bereiten. »Wenn wir sterben, hören wir wenigstens auf, uns selbst zu widersprechen«, sagte ich, und man durfte kaum erwarten, dass er begriff, was ich damit meinte. Aber er war zu hochmütig, um danach zu fragen. »Ich hatte dich nicht verletzen wollen«, sagte er. »Mich verletzen«, antwortete ich ziemlich laut, es war begreiflich, dass ich mich ein wenig erregte, »ich pfeif doch auf das Wenige, das ich geschrieben habe, und das Wenige, das ich nicht geschrieben habe.« Ich stand auf, und dann hielt ich ihm eine kleine Ansprache: »Zu jeder Stunde befreit die Welt sich von Tausenden Dummköpfen. Denk drüber nach, mach dir ein Bild davon, wie viel gespeicherte Dummheit im Lauf eines Tages verschwindet. All die Hirne, die aufhören zu arbeiten, denn in ihnen sitzt ja die Dummheit. Und trotzdem bleibt so viel zurück, so viel Dummheiten, weil jemand sie in Büchern verewigt hat, und so werden sie am Leben gehalten, solange die Leute Romane lesen, und zwar gewisse Romane, die verbreitetsten, so lange wird es viel Dummheit geben.« Und dann fügte ich hinzu, vielleicht ein wenig nebulös, das muss ich zugeben: »Darum bin ich hergekommen, um mit dir eine Partie Schach zu spielen.« Er saß lange stumm da, bis ich mich zum Gehen anschickte, dann sagte er: »Das waren viele Worte mit geringem Nutzen. Aber ich werde aus ihnen machen, was ich kann, ich werde sie verwenden, ich werde sie einem Ignoranten in den Mund legen.«

Genau so war er, mein Bruder. Übrigens starb er an demselben Tag, es ist nicht unwahrscheinlich, dass ich seine letzten Worte hörte, denn ich ging, ohne ihm etwas zu antworten, das gefiel ihm wohl nicht. Er wollte natürlich das letzte Wort haben, und das gelang ihm, aber er hätte wohl gern noch so einiges dazu gesagt. Wenn ich mich erinnere, wie erregt er war, muss ich einfach daran denken, dass die Chinesen ein eigenes Schriftzeichen dafür haben, während des Geschlechtsakts vor Erschöpfung zu sterben.

Wir waren schließlich Brüder, trotz allem.

Carl

Als meine Frau noch lebte, dachte ich, wenn sie stirbt, habe ich endlich mehr Platz. Allein ihre ganze Unterwäsche, dachte ich, drei Kommodenschubladen voll, dann kann ich in die eine meine Kupfermünzen tun, die Streichholzschachteln in die andere und die Korken in die dritte. So, wie es jetzt ist, dachte ich, herrscht ja ein einziges Durcheinander.

Und dann starb sie, sie war ein anspruchsvolles Wesen, aber Friede ihrer Asche, sie hat mir irgendwann meinen Frieden gelassen. Ich leerte ihre Hinterlassenschaften aus Schubladen und Regalen und Schränken, es brachte mir jede Menge freien Raum, mehr, als ich brauchen konnte. Und was leer ist, ist leer. Also zerschlug ich zwei Schränke. Wonach ich allerdings mit einem leereren Zimmer dasaß statt nur mit zwei leeren Schränken. Das war eine äußerst gedankenlose Handlung gewesen, aber wie gesagt, es ist lange her, ich war damals viel jünger.

Nun gut, einige Wochen oder vielleicht Monate, nachdem ich diese unbedachte Vergrößerung des Leerraums meines Zimmers vorgenommen hatte, bekam ich überraschend Besuch von meinem zweitältesten Sohn Carl. Er wollte einen Schal seiner Mutter haben, er wollte ihn seiner Frau schenken, als Erinnerung an seine Kindheit. Als ihm klar wurde, dass ich alles weggetan hatte, zeterte er los. »Ist dir denn nichts heilig?«, rief er. Und das von ihm, einem Geschäftsmann, der vom Kaufen und Verkaufen lebt. Ich wäre ihm am liebsten ins Wort gefallen, aber ich ließ es sein, ich bin ja trotz allem mitschuldig daran, dass es ihn gibt. »Was war denn so Besonderes an diesem Schal?«, fragte ich stattdessen versöhnlich. »Mutter hat ihn gehäkelt, als sie mit mir schwanger war. Sie hat ihn besonders gern gemocht.« »Oh, verstehe. Er entstand zugleich mit dir. Du warst vielleicht ihr Lieblingssohn?« »Zufällig ja.« »Oh, nicht zufällig«, antwortete ich, ich verlor allmählich die Geduld mit ihm, er war ihr wie aus dem Gesicht geschnitten, und er würde ebenso wenig wie sie die Gesetzmäßigkeit des Daseins entdecken. »Nun, der Schal ist weg, ein für alle Mal«, sagte ich, »tröste dich damit, dass man auf ewig nur das Verlorene besitzt.« Das ist natürlich eine idiotische Behauptung, aber ich dachte, sie wäre nach seinem Geschmack. Da irrte ich mich allerdings, kurz hatte ich vergessen, dass er schließlich Geschäftsmann ist. Er trat fast drohend einen Schritt auf meinen Sessel zu, dann leierte er mir eine zornentbrannte, aber langweilige Tirade über meine Gefühllosigkeit vor. Zum Schluss sagte er, manchmal glaube er nicht, dass ich sein Vater sei. »Deine Mutter war eine ehrbare Frau!«, sagte ich, aber er begriff nicht den Zusammenhang – warum sind meine Kinder nur so schwer von Begriff. »Das brauchst du mir nicht zu erzählen«, sagte er. Er hatte mittlerweile ein ziemlich rotes Gesicht, plötzlich traf mich der Gedanke, er könnte ein schwaches Herz haben, immerhin war er auch schon sechzig, und um einer eventuellen Tragödie vorzubeugen, sagte ich, das mit dem Schal tue mir leid, und wenn er früher gekommen wäre, hätte er alles haben können, was seine Mutter hinterlassen hatte. Ich finde das heute noch sehr versöhnlich, aber er wurde nur noch röter. »Willst du damit sagen, du hast alles weggeworfen?«, rief er. »Alles«, antwortete ich. »Aber warum?« Das wollte ich nicht sagen, ich sagte: »Das wirst du nie verstehen.« »So etwas Unmenschliches!« »Im Gegenteil. Ich habe aus freiem Willen gehandelt, und das ist so gut wie das Einzige, was uns spezifisch menschlich sein lässt.«

Das war natürlich reine Wortklauberei meinerseits, aber er schien nicht einmal gehört zu haben, was ich sagte. »Dann habe ich nichts mehr in diesem Haus zu suchen!«, rief er, er hatte sich angewöhnt, meistens zu rufen, als wäre seine Frau taub, ich habe ein ausgezeichnetes Gehör, bisweilen ist es geradezu eine Plage, einzelne Geräusche sind sehr viel lauter als früher, außerdem ist etwas ganz Neues dazugekommen, von Pressluftbohrern oder so, ich hätte nichts dagegen, ein bisschen taub zu sein. »Ich höre, was du sagst«, sagte ich, »aber ich sehe keine Konsequenz daraus.« Da ging er endlich, es war höchste Zeit, sonst hätte ich vielleicht doch noch die Geduld verloren, wenn ich auch geduldiger bin als früher, es ist wohl das Alter, alte Menschen müssen eben viel erdulden.

Du lieber Himmel

Eines Sommers bekam ich an einem Tag, als es nicht regnete, Lust, mich zu bewegen, mindestens einmal um den Häuserblock zu spazieren. Die Vorstellung belebte mich, ich hatte auf einmal bessere Laune als seit Langem. Es war draußen so warm, dass ich schon zu kurzen Unterhosen übergehen wollte, aber als ich sie heraussuchen wollte, fiel mir ein, dass ich sie im Jahr davor in einem Anfall von Melancholie allesamt weggeworfen hatte. Aber der Gedanke an kurze Unterhosen war gekommen, um zu bleiben, also schnitt ich an den langen, die ich gerade trug, die Beine ab. Man wird nie so alt, dass man die Hoffnung ganz aufgäbe.

Es war merkwürdig, nach so langer Zeit ins Freie zu kommen, obwohl ich mich natürlich noch auskannte. Darüber werde ich etwas schreiben, dachte ich, und plötzlich spürte ich eine Erektion, mitten auf dem Bürgersteig, aber es machte nichts, denn ich hatte tiefe, geräumige Hosentaschen.

Als ich zur ersten Ecke gelangte – es dauerte seine Zeit, die Puste war willig, doch die Beine waren schwach –, stellte ich fest, dass ich doch nicht um den ganzen Häuserblock gehen wollte. Da jetzt nun einmal Sommer war, hatte ich Lust, etwas Grünes zu sehen, und sei es auch nur einen Baum, also ging ich weiter geradeaus. Es war warm, so warm wie in meiner Kindheit, und ich war froh wegen der kurzen Unterhosen. Die Erektion hatte ich fest im Griff, und ich fühlte mich wohl. Das klingt möglicherweise übertrieben, aber so war es.

Als ich fast drei Häuser weiter gekommen war, hörte ich, dass jemand meinen Namen rief. Obwohl es eine alte Stimme war, drehte ich mich nicht um, so viele heißen Thomas. Beim dritten Mal aber sah ich dorthin, wo die Stimme herkam, es war ein so ungewöhnlicher Tag, da konnte alles passieren. Und tatsächlich, auf dem Bürgersteig gegenüber stand der alte Studienrat Storm. »Felix!«, rief ich, aber ich hatte meine Stimme schon so lange nicht mehr benutzt, dass es kein richtiger Ruf wurde. Uns trennte all der Verkehr, und keiner von uns beiden wagte die Straße zu überqueren, es wäre auch zu dumm gewesen, vor Freude das Leben zu verlieren, wo ich schon so lange freudlos lebte. Das Einzige, was ich tun konnte, war, mit dem Stock zu winken und seinen Namen nochmals zu rufen. Es war eine große Enttäuschung, aber ein Trost war doch, dass er mich gesehen und meinen Namen gerufen hatte. »Auf Wiedersehen, Felix!«, rief ich und ging weiter.

Doch als ich nach geraumer Zeit die nächste Kreuzung erreichte, stand er auf einmal vor mir, da hatte ich mich umsonst mit dem Bedauern herumgeschlagen. »Thomas, alter Freund«, sagte er, »wo um alles in der Welt hast du gesteckt?« Das wollte ich nicht beantworten, also sagte ich: »Die Welt ist groß, Felix.« »Und alle sind tot oder fast tot.« »Ja, das Leben hat seinen Preis.« »Wohl gesprochen, Thomas, wohl gesprochen.« Ich fand das durchaus nicht wohl gesprochen, und fast, um sein Lob doch noch zu verdienen, sagte ich: »Solange wir einen Schatten werfen, gibt es noch Leben.« »Oh ja, da hast du recht, das Böse nimmt kein Ende.« An dieser Stelle fing ich an, mich zu fragen, ob er senil geworden war, und beschloss, ihn auf die Probe zu stellen. »Nicht das Böse ist das Problem«, sagte ich, »sondern der Unverstand, zum Beispiel junge Männer auf schweren Motorrädern.« Er sah mich lange an, dann sagte er: »Ich glaube, ich verstehe nicht ganz, was du meinst.« Ich wollte mich ja nicht über ihn lustig machen, also sagte ich mehr oder weniger beiläufig: »Tja, was ist das Böse?« Darauf blieb er mir natürlich die Antwort schuldig, er war ja kein Theologe, und ich fügte rasch hinzu: »Aber lass uns nicht darüber reden – wie geht es dir?« Aber ich hatte ihn offenbar in schlechte Laune gebracht, denn er sah auf seine Uhr, lange, dann sagte er: »Ich werde immer einsamer, je mehr Menschen ich begegne.« Das war keine sehr feinfühlige Aussage, aber ich ließ mir nichts anmerken. »Ja«, sagte ich, »das ist wirklich wahr.« Mir wurde klar, wenn ich mich nicht rasch verabschiedete, würde er mir zuvorkommen, doch ich war nicht rasch genug, schon tat er es: »Ich muss jetzt aber weiter, Thomas, ich habe Kartoffeln auf dem Feuer stehen.« »Ja, natürlich, Kartoffeln«, antwortete ich. Dann reichte ich ihm die Hand und sagte: »Nun, wenn wir uns nicht mehr sehen sollten –« ich ließ die Worte in der Luft hängen, es war genau einer von diesen Sätzen, die besser unvollständig bleiben. »Ja«, sagte er und drückte mir die Hand. »Leb wohl, Felix.« »Leb wohl, Thomas.«

Ich drehte mich um und ging nach Hause. Ich hatte nichts Grünes gesehen, aber du lieber Himmel, was für ein ereignisreicher Tag.

Menschen im Café

Bei einem der letzten Male, dass ich an einem Sommersonntag im Café war, das weiß ich noch genau, denn fast alle liefen in Hemdsärmeln herum und ohne Schlips, dachte ich: Ist vielleicht doch gar nicht Sonntag?, und weil ich genau das dachte, erinnere ich mich daran. Ich saß an einem Tisch mitten im Gastraum, um mich herum eine Menge Leute, die Kuchen und Smørbrød aßen, meist nur einer pro Tisch. Sie sahen recht einsam aus, und da ich schon länger mit niemandem mehr geredet hatte, hätte ich nichts dagegen gehabt, mit irgendwem wenigstens ein paar Worte zu wechseln. Ich überlegte lange, wie ich das anstellen sollte, je länger ich die Gesichter um mich herum studierte, desto schwieriger wirkte es, alle schienen so blicklos, die Welt ist wirklich deprimierend geworden. Aber ich hatte mir nun mal in den Kopf gesetzt, dass es nett wäre, wenn jemand ein paar Worte an mich richten würde, also überlegte ich weiter, das ist das Einzige, das hilft. Und nach einer Weile wusste ich, was zu tun war. Ich ließ meine Brieftasche auf den Boden gleiten, tat so, als geschehe es vollkommen überraschend. Sie lag neben meinem Stuhl, vollkommen sichtbar für mehrere Gäste an den Tischen rundum, und ich sah, wie der eine oder andere danach schielte. Ich hätte gedacht, einer, vielleicht zwei würden aufstehen und sie mir aufheben, ich bin ja ein alter Mann, oder mir wenigstens etwas zurufen, zum Beispiel: »Ihre Brieftasche ist heruntergefallen.« Dass man auch nie aufhört zu hoffen, wie viele Enttäuschungen könnte man sich ersparen. Schließlich, nach etlichen Minuten Geschiele und Gewarte, tat ich so, als würde ich plötzlich entdecken, dass sie am Boden lag, ich wagte nicht mehr länger zu warten, ich fürchtete, einer der schielenden Menschen würde unvermittelt aufspringen, sich die Brieftasche schnappen und zur Tür hinausstürzen. Niemand konnte wissen, dass nicht viel Geld darin war, manche alten Menschen sind ja nicht arm, sondern geradezu reich, so ist die Welt, ja, wer in seiner Jugend oder in den besten Jahren etwas zusammengeräubert hat, der wird dafür im Alter belohnt.

So sind Menschen im Café also heutzutage, das habe ich dabei gelernt, man lernt, solange man lebt, wozu auch immer das gut sein soll, so kurz, bevor man sterben muss.

Maria

Eines Herbstes traf ich überraschend meine Tochter Maria auf dem Bürgersteig vorm Uhrmacher, sie war dünner geworden, aber ich erkannte sie leicht wieder. Ich weiß nicht mehr, was ich draußen zu tun hatte, aber es musste etwas Wichtiges gewesen sein, denn es war, nachdem das Geländer im Treppenhaus kaputtgegangen war und ich eigentlich nicht mehr ausging. Jedenfalls traf ich sie, und obwohl ich es besser weiß, dachte ich einen Moment: Was für ein merkwürdiger Zufall, dass ich ausgerechnet heute rausgegangen bin. Sie wirkte froh, mich zu sehen, denn sie sagte Vater und nahm meine Hand. Sie war mir das liebste meiner Kinder gewesen, als sie klein war, sagte sie oft, ich sei der beste Vater von der ganzen Welt. Und dann sang sie mir etwas vor, ein bisschen schief zwar, aber dafür konnte sie nichts, das hatte sie von ihrer Mutter. »Maria«, sagte ich, »bist das wirklich du, wie gut du aussiehst.« »Ja, ich trinke Urin und esse Rohkost«, antwortete sie. Da musste ich lachen, das hatte ich schon lange nicht mehr getan, man stelle sich vor, meine Tochter hatte Humor, sogar einen etwas frechen Humor, wer hätte das gedacht, es war ein guter Moment. Aber ich irrte mich, man ist nie zu alt, um seine Illusionen genommen zu bekommen. Meine Tochter machte ein großes Gesicht, und es war, als würde ihr Blick ersterben. »Du machst dich über mich lustig«, sagte sie, »aber du hast keine Ahnung.« »Ich dachte, du hast gesagt Urin«, sagte ich, und das stimmte ja auch. »Urin, ja, ich bin ein neuer Mensch.« Das bezweifelte ich nicht, das war logisch, wer Urin trinkt, kann unmöglich derselbe Mensch sein wie zuvor. »Ja, ja«, sagte ich versöhnlich, ich wollte über etwas anderes reden, vielleicht etwas Nettes, man kann nie wissen. Da sah ich, dass sie einen Ring trug, und ich sagte: »Wie ich sehe, bist du verheiratet.« Sie blickte auf den Ring. »Ach, der«, sagte sie, »den trage ich nur, um mir aufdringliche Männer vom Hals zu halten.« Das musste jetzt aber ein Witz sein, ich rechnete mir rasch aus, dass sie mindestens fünfundfünfzig sein musste, und so gut sah sie auch wieder nicht aus. Also lachte ich erneut, zum zweiten Mal seit Langem, und das auch noch mitten auf dem Bürgersteig. »Worüber lachst du«, fragte sie. »Ich glaube, langsam werde ich alt«, antwortete ich, als mir aufging, dass ich mich abermals geirrt hatte. »So macht man das also heutzutage.« Darauf antwortete sie nichts, also weiß ich es nicht, aber ich will stark hoffen, dass meine Tochter nicht besonders repräsentativ ist. Warum habe ich bloß solche Kinder. Warum.

Einen Moment lang sagten wir nichts, und ich dachte, es ist Zeit, sich zu verabschieden, eine unerwartete Begegnung sollte nicht zu lange dauern, aber da fragte sie, ob ich gesund sei. Ich weiß nicht, was sie damit meinte, aber ich antwortete wahrheitsgemäß, das Einzige, was mir Sorgen bereite, seien die Beine. »Sie wollen nicht mehr so wie ich, die Schritte werden immer kürzer, ich komme fast nicht mehr vom Fleck.« Ich weiß nicht, warum ich ihr so viel über meine Beine erzählte, und wie sich erwies, war das dumm von mir. »Das ist sicher das Alter«, sagte sie. »Natürlich ist es das Alter«, sagte ich, »was sonst.« »Aber du musst ja nicht mehr so viel herumlaufen.« »Findest du«, sagte ich, »findest du.« Sie bemerkte meine Ironie nicht im Geringsten, das muss man ihr zugute halten, und sie wurde ärgerlich, aber nicht auf sich selbst, und sagte: »Alles, was ich sage, ist verkehrt.« Darauf hatte ich keine Antwort, was hätte ich sagen sollen, stattdessen wackelte ich bewusst nichtssagend mit dem Kopf, es sind allzu viele Worte in Umlauf auf der Welt, wer viel sagt, weiß nicht, was am Ende dabei herauskommt.

»Nein, ich werd dann mal wieder«, sagte meine Tochter nach einer kurzen, aber hinreichend langen Pause, »ich muss noch zu einem Kräuterladen, bevor er zumacht. Wir hören voneinander.« Sie reichte mir die Hand. »Auf Wiedersehen, Maria«, sagte ich. Dann ging sie. So war meine Tochter. Ich weiß, alles hat seine innewohnende Logik, auch wenn sie nicht immer leicht zu erkennen ist.

Frau M.

Eine der wenigen, die wissen, dass es mich noch gibt, ist Frau M. vom Laden an der Ecke. Zwei Mal pro Woche bringt sie mir vorbei, was ich zum Leben so brauche, einen Bruch hebt sie sich nicht. Ich sehe sie nur selten, sie hat einen Wohnungsschlüssel und stellt die Sachen hinter die Tür, so ist es am besten, auf diese Weise schützen wir uns selbst und einander und pflegen ein friedliches, man könnte fast sagen freundschaftliches Verhältnis.

Ein Mal jedoch musste ich sie rufen, als ich den Schlüssel hörte. Ich war gestürzt, hatte mir das Knie aufgeschlagen und schaffte es nicht zum Sofa. Zum Glück war es einer der Tage, an denen sie kam, ich hatte nicht länger als vier Stunden daliegen müssen. Also rief ich nach ihr. Sie wollte sofort einen Arzt holen, es war gut gemeint, nur die allernächsten Verwandten rufen den Arzt mit schlechten Absichten, wenn sie alte Menschen loswerden wollen. Ich erklärte ihr alles Nötige über Krankenhäuser und Altersheime ohne Rückkehr, und die Frau hatte ein Erbarmen und machte mir einen Umschlag. Dann schmierte sie mir drei belegte Brote und stellte sie mit einer Wasserkaraffe auf den Tisch neben meinem Bett. Schließlich brachte sie noch einen alten Milchkrug, den sie in der Küche gefunden hatte, »falls Sie mal müssen«, wie sie es ausdrückte.

Dann ging sie. Später am Abend aß ich eine Scheibe Brot, und währenddessen kam sie, um nach mir zu sehen. Es war so unerwartet, ich muss zugeben, dass meine Gefühle mich übermannten, ich sagte: »Was für ein guter Mensch Sie sind.« »Na, na«, antwortete sie und erneuerte den Umschlag. »Das wird schon wieder«, sagte sie und fuhr fort: »Sie wollen also nicht ins Altersheim. Übrigens müssen Sie wissen, es heißt heutzutage nicht mehr Altersheim, sondern Seniorenresidenz.« Darüber mussten wir beide herzlich lachen, es herrschte eine geradezu übermütige Stimmung, es ist eine große Freude, Menschen zu begegnen, die Humor haben.

Das Bein machte mir fast eine Woche lang zu schaffen, und sie kam jeden Tag, um mich zu versorgen. Am letzten Tag sagte ich: »Jetzt geht es mir wieder gut, das habe ich Ihnen zu verdanken.« »Jetzt werden Sie mal nicht feierlich«, unterbrach sie mich, »alles ist genauso gelaufen, wie es sollte.« Darin musste ich ihr recht geben, bestand aber darauf, dass mein Leben ohne sie eine unglückliche Wendung hätte nehmen können. »Oh, Sie kommen immer zurecht«, antwortete sie, »Sie sind zäh. Mein Vater, der war ganz ähnlich, ich weiß, wovon ich rede.« Ich dachte zwar, dass sie ihre Schlüsse auf recht dünner Grundlage zog, sie kannte mich ja nicht, aber ich wollte sie nicht zurechtweisen, also sagte ich nur: »Ich fürchte, Sie haben eine zu hohe Meinung von mir.« »Iwo«, antwortete sie, »Sie hätten ihn mal kennen sollen, das war ein sehr selbstständiger und schwieriger Mann.« Sie sagte das zutiefst überzeugt, ich muss zugeben, es beeindruckte mich, ich hätte am liebsten vor Freude gelacht, blieb aber ernst und sagte: »Aha.

Wurde Ihr Vater auch so furchtbar alt?« »Oh ja, sehr, sehr alt. Er sprach immer verächtlich vom Leben, aber ich kenne niemanden, der mehr gekämpft hat als er, um es nicht aufgeben zu müssen.« Darüber konnte ich ohne Risiko lächeln, das war befreiend, ich kicherte sogar ein bisschen, und sie auch. »So ist es eben«, sagte sie, und dann fragte sie spontan, ob sie mir aus der Hand lesen dürfe. Ich hielt ihr eine Hand hin, ich weiß nicht mehr, welche, aber sie wollte die andere. Sie betrachtete sie forschend eine Weile, dann lächelte sie und sagte: »Hatte ich mir's doch gedacht, Sie müssten schon lange tot sein.«

Der Haltepunkt

Vor einigen Monaten bekam ich Besuch vom neuen Hauseigentümer. Er klingelte drei Mal, bevor ich an der Tür war, dabei ging ich so schnell, wie ich konnte. Ich wusste ja nicht, dass er es war. Es kommt so selten jemand, fast nur noch Vertreter irgendwelcher religiöser Sekten, die sich erkundigen, ob ich weiß, dass Jesus auch für mich gestorben ist. Die finde ich ganz lustig, aber ich lasse sie nicht rein, Leute, die ans ewige Leben glauben, sind nicht ganz zurechnungsfähig, man weiß nie, was denen einfällt. Diesmal aber war es also der Hauseigentümer. Ich hatte ihn vor bald einem Jahr schriftlich informiert, dass das Geländer im Treppenhaus kaputt war, und ich dachte, er komme deswegen, darum ließ ich ihn herein. Er sah sich um. »Gut wohnen Sie hier«, sagte er, eine so tendenziöse Bemerkung, dass ich gleich wusste, ich musste auf der Hut sein. »Das Treppengeländer ist kaputt«, sagte ich. »Ja, ja, das habe ich gesehen, waren Sie das?« »Nein, wieso ich?« »Sie dürften der Einzige sein, der es benutzt, sonst wohnen nur junge Leute in diesem Aufgang, und von selbst wird es ja wohl nicht kaputtgegangen sein.« Ganz offensichtlich war er ein unverträglicher Mensch, und ich wollte mit ihm kein Gespräch darüber beginnen, wie und warum Dinge kaputtgehen, also sagte ich recht kurz angebunden: »Wie Sie meinen, aber ich brauche dieses Geländer, und ich habe ein Recht darauf.« Darauf antwortete er nicht, sondern sagte, die Miete werde ab nächstem Monat erhöht, um zwanzig Prozent. »Schon wieder«, sagte ich, »und gleich zwanzig Prozent, das ist viel.« »Es müsste mehr sein«, sagte er, »ich mache Verlust mit dem Haus, ich verliere Geld.« Ich diskutiere schon lange, wohl schon seit dreißig Jahren, nicht mehr über ökonomische Fragen mit Leuten, die darüber klagen, dass sie mit Dingen Geld verlieren, derer sie sich leicht entledigen könnten, also sagte ich nichts. Aber er brauchte keinen Kommentar, um weiterzureden, er war einer von den Typen, die aus eigener Kraft laufen. Er lamentierte über all seine anderen Häuser, die ebenfalls Verlust einbrächten, es war ein Jammer, sich das anzuhören, er war offenbar ein sehr armer Kapitalist. Aber ich sagte nichts, und irgendwann endete das Wehklagen, es war höchste Zeit. Stattdessen fragte er ohne erkennbaren Grund, ob ich an Gott glaube. Um ein Haar hätte ich ihn gefragt, an welchen, begnügte mich aber damit, den Kopf zu schütteln. »Aber das müssen Sie«, sagte er, also hatte ich doch einen von denen in die Wohnung gelassen. Ich war an und für sich wenig überrascht, es ist ja üblich, dass Menschen, die viel besitzen, an Gott glauben. Indessen wollte ich nicht, dass er sich über dieses neue Thema ausließ, Evangelisierern habe ich ein für alle Mal die Tür gewiesen, ich ließ ihn nicht weitermachen. »Die Miete steigt also um zwanzig Prozent«, sagte ich, »das wollten Sie mir mitteilen, darum sind Sie hier.« Der Widerstand überraschte ihn mehr oder weniger, er öffnete und schloss den Mund zwei Mal, ohne dass ein Ton herauskam, ich denke, das war für ihn relativ untypisch. »Des Weiteren hoffe ich, Sie sorgen dafür, dass das Geländer repariert wird«, fuhr ich fort. Er lief rot an. »Das Geländer, das Geländer«, sagte er ungeduldig, »Sie immer mit diesem Geländer.« Das fand ich ziemlich unverschämt, und ich wurde so langsam wütend. »Verstehen Sie denn nicht«, sagte ich, »in gewissen Situationen ist das Geländer mein Haltepunkt im Leben.« Ich bereute sofort, das gesagt zu haben, präzise Formulierungen sollten denkenden Menschen vorbehalten bleiben, sonst führt es zu nichts Gutem. So auch diesmal. Ich mag nicht wiedergeben, was er sagte, aber es ging im Wesentlichen ums Jenseits. Schließlich redete er davon, am Rande des Grabes zu stehen, er meinte mich damit, und da wurde ich wütend. »Jetzt gehen Sie mir nicht mit Ihren Geldsorgen auf die Nerven«, sagte ich, denn eigentlich drehte sich alles ja darum, und als er nicht gleich ging, erlaubte ich mir, ein Mal mit meinem Stock hart auf den Boden zu stoßen. Da ging er. Es war eine Erleichterung, ich fühlte mich mehrere Minuten lang froh und frei, und ich weiß noch, wie ich zu mir selbst sagte, innerlich, wie sich versteht: »Gib nicht auf, Thomas, gib nicht auf.«

Ein Menschenauflauf

Wenn ich lese oder Schachaufgaben löse, sitze ich oft am Fenster und schaue hinaus. Man weiß ja nie, ob etwas passiert, was zu beobachten sich lohnt, so wenig wahrscheinlich das auch ist, das letzte Mal war vor drei, vier Jahren. Aber auch Alltägliches kann eine gewisse Zerstreuung bringen, und draußen vorm Fenster ist wenigstens immer etwas, das sich bewegt, hier drinnen sind nur ich und der Uhrzeiger.

Vor drei, vier Jahren aber beobachtete ich etwas Merkwürdiges, das letzte Bemerkenswerte, das ich gesehen habe, obwohl ich wie gesagt alltäglichen Ereignissen nicht gleichgültig gegenüberstehe, zum Beispiel sich prügelnden Menschen, die einander schlagen und treten, oder Leuten, die auf dem Bürgersteig umfallen und dort liegen bleiben, weil sie zu voll oder zu krank sind, um heimzukommen, wenn sie denn ein Heim haben, es gibt zu wenige Heime auf dieser Welt.

Doch was ich damals sah, war anders. Es muss zu Ostern oder Pfingsten gewesen sein, denn es war nicht im Winter, und ich weiß noch, wie ich dachte, so ein Ereignis müsse billigerweise mit einer der kirchlichen Feierlichkeiten im Zusammenhang stehen.

Von meinem Fenster blicke ich in eine Nebenstraße, sie ist nicht allzu lang, ich kann ohne Schwierigkeiten ihr Ende sehen, ich habe gute Augen.

Ich saß da und beobachtete zwei Fliegen, die sich auf dem Fensterrahmen paarten, also muss es zu Pfingsten gewesen sein, es war mal eine kleine Abwechslung, obwohl sie sich praktisch nicht bewegten. Der Anblick erregte mich nicht, es war anders, als ich jung war, das weiß ich noch, oh ja, das weiß ich noch gut.

Ich betrachtete also diese beiden Fliegen, und eben hatte ich behutsam einen Flügel des Weibchens gegriffen und danach einen des Männchens, ohne dass sie es zu bemerken schienen, das fand ich eine bemerkenswerte Vertieftheit in ihr Tun, er saß schon seit mindestens zehn Minuten auf ihr drauf, ich übertreibe nicht, ich hätte mich in meinem Leben mehr dem Studium der Insekten widmen sollen, obwohl, warum eigentlich – da erblickte ich einen Mann ganz hinten auf der Straße, der sich höchst auffällig verhielt. Er bewegte die Arme irgendwie flatternd, und er rief etwas, erst verstand ich nicht, was. Außerdem war er offenbar ein Systematiker mit ausgeprägtem geografischen Ordnungssinn, denn er ging oder eher hastete vom ersten Fenster auf der rechten Straßenseite zum ersten auf der linken, dann zum zweiten auf der rechten, von dort wiederum zum zweiten auf der linken, und so weiter, und er klopfte an alle Fenster und rief etwas. Das war ungewöhnlich und seltsam, ich öffnete mein Fenster, das war, bevor die Scharniere kaputtgingen, und ich hörte ihn rufen: »Jesus ist gekommen!« Doch nein, er rief etwas anderes, für mich klang es wie »Ich bin gekommen«, und als er näher kam, stellte ich fest, dass er genau dieses rief: »Jesus ist gekommen. Ich bin gekommen.« Ununterbrochen eilte er von der einen Straßenseite auf die andere und klopfte an die Fenster, ein erschütternder Anblick, religiöser Wahnsinn hat etwas Erschütterndes.

Die erste Reaktion war ebenso überraschend wie angemessen: Aus einem Fenster im dritten Stock ungefähr in der Mitte der Straße wurde ein Hocker nach ihm geworfen. Er traf ihn nicht, das war hoffentlich auch nicht die Absicht gewesen, sondern zerschellte natürlich auf dem Pflaster. Eine überaus vergebliche Mühe, der Mann wurde nur noch lauter, vielleicht brauchte er genau diese Bestätigung für die große Wichtigkeit seiner Mission.

Die nächste Reaktion war mit der ersten verwandt, aber weniger handgreiflich, und nicht ohne einen Anflug von Komik. Ein Fenster flog auf, eine sich vor Wut überschlagende Stimme schrie: »Sie sind wohl völlig verrückt geworden, Mann!« Jetzt erst ging mir auf, dass der Mann auf der Straße regelrecht gefährlich sein mochte, dass er bei manchen seiner Mitmenschen latente Neigungen auslöste, und ich dachte: Gibt es denn keinen vernünftigen Menschen mit gesunden Beinen, der runtergehen und dem Ganzen ein Ende bereiten kann? Unterdessen waren ziemlich viele Köpfe in den Fenstern erschienen, doch der Verrückte tobte unten allein weiter.

Ich war fasziniert, das muss ich zugeben, wenn auch allmählich eher von der Straßenszenerie als von der Hauptfigur. Die Leute gaben jetzt Laute von sich, sie lachten und riefen einander etwas zu, nie war ich Zeuge solch spontaner sozialer Kontaktaufnahme gewesen, aus dem Nachbarhaus rief mir sogar jemand etwas zu. Ich bekam nur das letzte Wort mit, »Blasphemie«, und selbstverständlich anwortete ich nichts. Hätte er noch etwas Vernünftiges gesagt, zum Beispiel »Krankenhaus«, so hätten wir, wer weiß, eine Art Grußkontakt von Fenster zu Fenster aufnehmen können. Doch mit einem erwachsenen Mann, er war alt genug, dass er der Sohn meiner längst verstorbenen Frau hätte sein können, der nichts Vernünftigeres zu sagen hatte als »Blasphemie«, Bekanntschaft zu schließen, verspüre ich nicht den geringsten Drang, so einsam bin ich nun doch nicht.

Genug davon. Wie gesagt, ich war fasziniert von dem wimmelnden Fensterleben, es erinnerte mich an meine

Kindheit, es war damals wohl besser, alt zu sein, denke ich, weniger einsam, vor allem starb man zu passenderer Zeit – da kam ein Mann aus einer Hauseinfahrt. Er hatte es eilig, und er setzte Kurs auf den Verrückten. Er packte ihn von hinten, riss ihn herum und schlug ihm so hart ins Gesicht, dass er seitwärts stolperte und hinfiel. Einen Moment war es in der Straße ganz still, als hielten alle den Atem an. Dann brach der Lärm wieder los, jetzt jedoch richtete sich die Empörung gegen den Angreifer. So dauerte es nicht lange, und Leute kamen aus den Hauseinfahrten; während der ursprüngliche Verursacher des ganzen Aufruhrs stumm und wie ratlos ein paar Meter weiter auf der Straße saß, entspann sich eine erregte Diskussion, deren Einzelheiten nicht zu verstehen waren, offensichtlich aber hatte auch der Angreifer seine Fürsprecher, denn plötzlich kriegten zwei Jugendliche sich in die Wolle. Ach, es war ein schwarzer Tag für die Vernunft.

Unterdessen war der Verrückte aufgestanden, und während die Jugendlichen aufeinander einprügelten, wohl seinetwegen, vielleicht aber auch aus ganz anderen Gründen, und einige Zuschauer versuchten dazwischenzugehen, entfernte er sich rückwärtsgehend, bis er die mir zunächst gelegene Straßenecke erreichte, wo er sich umdrehte und losrannte, es war eine Erleichterung, und ich muss schon sagen, rennen konnte er.

Als der Haufen auf der Straße bemerkte, dass der Mann fort war, kehrte langsam Ruhe ein, ein Fenster nach dem anderen wurde geschlossen. Auch ich schloss meines, es war kein warmer Tag. Die Welt ist voller Unvernunft und Verwirrung, die Unfreiheit hat tiefe Wurzeln, die Übermacht ist zu groß, so sieht es aus. Wir müssen froh sein, dass es uns so gut geht, sagen die Leute, den meisten geht es schlechter. Und dann nehmen sie eine Tablette gegen die Schlaflosigkeit. Oder gegen Depressionen. Oder gegen das Leben. Wann endlich kommt ein neues Geschlecht, das die Bedeutung der Gleichheit begreift, ein Geschlecht von Gärtnern und Forstmännern, die die großen Bäume fällen können, welche die minder großen verschatten, und die die wilden Triebe vom Baum der Erkenntnis entfernen.

Beim Friseur

Seit vielen Jahren schon gehe ich nicht mehr zum Friseur, der nächste ist fünf Häuserblocks entfernt, das wurde mir einfach zu weit, auch schon, als das Treppengeländer noch heil war. Aber ich habe nur wenig Haare, ich kann sie selbst schneiden, was ich auch tue, ich will in den Spiegel schauen können, ohne dass es mich allzu sehr deprimiert, auch lange Nasenhaare reiße ich aus.

Einmal jedoch, vor weniger als einem Jahr, als ich mich aus einem Grund, auf den ich hier nicht näher eingehen will, besonders einsam fühlte, verfiel ich plötzlich auf die Idee, ich könnte mir die Haare schneiden lassen, obwohl sie eigentlich kurz genug waren. Ich versuchte sogar, mir diesen Plan noch selbst auszureden, es ist zu weit, sagte ich mir, deine Beine schaffen das nicht, du brauchst mindestens eine Dreiviertelstunde hin und noch einmal so lange zurück. Aber es half nichts. Na und, antwortete ich, ich habe genug Zeit, Zeit ist das Einzige, wovon ich mehr als genug habe.

Also zog ich mich an und ging hinaus. Ich hatte nicht übertrieben, es dauerte lange, ich habe nie von jemandem gehört, der so langsam geht wie ich, es ist eine Quälerei, lieber wäre ich taubstumm, denn was lohnt sich schon zu hören, und warum reden, wer hört zu, und gibt es noch etwas zu sagen? Ja, doch, es gibt etwas zu sagen, aber wer hört zu?

Irgendwann war ich am Ziel. Ich öffnete die Tür und ging hinein. Oh, die Welt verändert sich. Alles drinnen war anders, nur der Friseurmeister war noch derselbe wie früher. Ich grüßte, aber er erkannte mich nicht wieder. Das war enttäuschend, aber ich tat natürlich so, als ob nichts wäre. Und kein Stuhl war frei. Drei Kunden wurden rasiert oder bekamen gerade die Haare geschnitten, vier warteten, kein Stuhl war frei. Ich war so müde, aber niemand stand auf, die Wartenden waren zu jung, sie wussten nicht, was Altsein bedeutet. Also wandte ich mich zum Fenster und sah hinaus, tat so, als wollte ich genau das, damit ich niemandem leidtat. Höflichkeit lasse ich mir gefallen, aber ihr Mitleid können sie sich für die Tiere aufheben. Allzu oft habe ich – gut, es ist einige Zeit her, aber ist die Welt menschlicher geworden? –, allzu oft habe ich jüngere Leute gesehen, die stumm über hilflose, auf dem Bürgersteig liegende Menschen hinwegschritten, doch kaum erblicken sie eine verletzte Katze oder einen Hund, läuft ihr Herz vor Mitleid über. »Armes Hundchen«, sagen sie, oder: »Oh Gott, Mieze, was ist denn dir passiert?« Oh, es gibt viele Tierfreunde!

Zum Glück brauchte ich nur fünf Minuten zu stehen, es war eine Erlösung, sitzen zu können. Aber niemand redete. Früher wurde im Friseursalon die kleine und die große Welt beschworen, jetzt war alles stumm, ich hatte mich vergebens herbemüht, es gab keine Welt mehr, über die man reden wollte. Also stand ich nach einer Weile auf und ging. Witzlos. Meine Haare waren kurz genug. Und so sparte ich mir das Geld, ich war sicher, es wäre nicht wenig gewesen. Dann ging ich die vielen tausend Schritte zurück nach Hause. Oh, die Welt verändert sich, dachte ich. Und die Stummheit breitet sich aus. Zeit zu sterben.

Thomas

Ich bin jetzt allmählich furchtbar alt. Bald fällt mir das Schreiben ebenso schwer wie das Gehen. Es geht so langsam. Ein paar Sätze pro Tag, mehr bringe ich nicht zustande. Und vor ein paar Tagen bin ich ohnmächtig geworden. Es geht jetzt wohl aufs Ende zu. Ich saß gerade über einem Schachproblem. Da spürte ich plötzlich eine große Mattheit. Als würde das Leben abfließen. Es war nicht schlimm. Aber ein bisschen unangenehm. Und dann habe ich wohl das Bewusstsein verloren, denn als ich wieder zu mir kam, lag ich mit dem Kopf auf dem Schachbrett. Könige wie Bauern waren umgestürzt. Genauso will ich sterben. Es ist wohl zu viel verlangt, ohne Schmerzen zu sterben. Sollte ich krank werden, schwere Schmerzen haben und spüren, dass Krankheit und Schmerzen nie wieder vergehen würden, dann wäre es gut, einen Freund zur Hand zu haben, der mir ins Nichts hinüberhilft. Die Gesetze verbieten das zwar eigentlich. Gesetze wollen leider bewahren. Also verlängern sogar die Ärzte die Schmerzen, selbst wenn sie wissen, dass es keine Hoffnung mehr gibt. Das nennt sich dann ärztliche Ethik. Niemand findet das zum Lachen, seltsam. Menschen, die Schmerzen erdulden, lachen für gewöhnlich nicht. Die Welt ist unbarmherzig. Es heißt, bei den großen Säuberungsaktionen in der Sowjetunion wurden die zum Tode Verurteilten durch einen Nackenschuss hingerichtet, auf dem Weg zurück in die Zelle. Plötzlich, ohne Vorwarnung. Ich finde, das ist ein Hauch Menschlichkeit mitten in all dem Elend. Doch die Welt schrie auf: Sie sollten doch wenigstens Auge in Auge mit dem Exekutionspeloton sterben dürfen. Religiös fundierter Humanismus ist nicht weniger zynisch, ach, Humanismus überhaupt.

Also, ich kam wieder zu mir, das Gesicht zwischen den Schachfiguren. Ansonsten war es fast, wie nach einem gewöhnlichen Schlaf aufzuwachen. Ich war ein wenig verwirrt. Mir fiel nichts Besseres ein, als die Schachfiguren wieder aufzustellen. Aber ich konnte mich nicht mehr auf die Lösung des Problems konzentrieren. Gerade wollte ich mich ans Fenster setzen. Da klingelte es an der Tür. Ich gehe nicht hin, dachte ich. Sicher nur wieder ein Frömmler, der mir den Glauben ans ewige Leben einreden will. Letzthin gibt es so viele von denen. Der Aberglaube scheint einigen Aufschwung zu erleben. Aber dann klingelte es wieder, und ich bekam Zweifel. Die klingeln sonst nur ein Mal. Also rief ich »Einen Moment« und ging aufmachen. Es dauerte eine Weile. Es war ein Junge. Er verkaufte Tombolalose zugunsten der Blaskapelle der örtlichen Schule. Die Gewinne waren ein unbeabsichtigter Hohn für alte Menschen. Fahrräder, Rucksäcke, Fußballstiefel und dergleichen. Aber ich wollte nicht abweisend wirken. Also kaufte ich ein Los. Obwohl ich keine Blasmusik mag. Aber der Geldbeutel lag drinnen in der Kommodenschublade, also musste ich ihn hereinbitten. Sonst hätte er zu lange warten müssen. Er kam hinter mir her. So langsam war er wohl noch nie gegangen. Ich wollte ihm die Zeit verkürzen und fragte, welches Instrument er denn spiele. »Nein, ich weiß nicht«, sagte er. Das fand ich eine merkwürdige Antwort, aber ich nahm an, es war ihm einfach peinlich. Ich hätte sein Urgroßvater sein können. Vielleicht war ich es sogar. Ich weiß, dass meine Enkel viele Kinder haben, aber ich kenne keines davon. »Tun Ihnen die Beine sehr weh?«, fragte er. »Nein, nein, sie sind nur so furchtbar alt«, antwortete ich. »Ach so, ja«, sagte er, offenbar beruhigt. Wir waren jetzt bei der Kommode, und er bekam das Geld. Da erlitt ich einen Anfall von Sentimentalität. Ich fand, für den Verkauf eines Loses dauere das ja viel zu lange. Also kaufte ich noch eines. »Das muss nicht sein«, sagte er. Genau da bekam ich einen heftigen Schwindelanfall. Das Zimmer begann zu schwanken. Ich musste mich an der Kommode festhalten, und das offene Portemonnaie fiel zu Boden. »Ein Stuhl«, sagte ich. Als ich saß, sammelte der Junge die auf dem Boden verstreuten Münzen ein. »Danke, Junge«, sagte ich. »Nichts zu danken«, antwortete er. Er legte das Portemonnaie auf die Kommode. Er sah mich ernst an und fragte: »Können Sie nie rausgehen?« Und da wurde mir klar, dass ich womöglich wirklich nie wieder rausgehen konnte. Ich will nicht riskieren, auf der Straße ohnmächtig zu werden. Das würde Krankenhaus oder Heimeinweisung bedeuten. »Jetzt nicht mehr«, antwortete ich. »Oh«, sagte er, und die Art, wie er es sagte, ließ mich wieder sentimental werden. Ich bin ein alter Narr geworden. »Wie heißt du?«, fragte ich, und die Antwort machte es nur noch schlimmer. »Thomas.« Natürlich wollte ich nicht sagen, dass ich auch so heiße, aber es versetzte mich in eine seltsame, fast feierliche Stimmung. Na, so seltsam war das wohl nicht. Mein Stündchen hatte geschlagen, mehr oder weniger. Unerwartet verfiel ich auf den Gedanken, dass ich dem Jungen etwas schenken wollte, so dass er sich an mich erinnern würde. Ich weiß, ich weiß, aber ich war nicht ganz ich selbst. Also sagte ich, er solle die geschnitzte Eule vom Bücherschrank herunternehmen. »Ich schenke sie dir«, sagte ich, »sie ist noch älter als ich.« »Oh nein«, sagte er, »warum?« »Nimm sie ruhig, Junge, schon gut. Und vielen Dank für die Hilfe. Und sei so nett und mach die Tür hinter dir zu, wenn du gehst.« »Vielen Dank.« Ich nickte ihm zu. Dann ging er. Er sah froh aus. Aber vielleicht spielte er nur.

Seither habe ich mehrere Schwindelanfälle gehabt. Aber ich habe meine Stühle an strategischen Punkten aufgestellt. Das Zimmer sieht ziemlich durcheinander aus auf diese Weise. Es wirkt fast unbewohnt. Aber ich wohne hier noch. Wohne und warte.

Eine weite, verlassene Landschaft

Man hatte mir auf die überdachte Veranda hinausgeholfen. Meine Schwester Sonja hatte mir Kissen unters Bein gelegt, und ich hatte fast keine Schmerzen. Es war ein heißer Augusttag, meine Frau wurde gerade beigesetzt, ich lag im Schatten und blickte in den mattblauen Himmel hinauf. So viel Licht war ich nicht gewohnt, und einmal, als Sonja nach mir schauen kam, hatte ich Tränen in den Augen. Ich bat sie um die Sonnenbrille, sie sollte es nicht missverstehen. Sie ging sie holen. Wir waren allein, die anderen waren bei der Beerdigung. Sie kam zurück und setzte mir die Brille auf. Ich spitzte die Lippen zu einem Kuss. Sie lächelte. Ich dachte: Wenn sie nur wüsste. Die Brillengläser waren so dunkel, dass ich ihren Körper betrachten konnte, ohne dass sie es bemerkte. Als sie gegangen war, blickte ich wieder in den Himmel. Von ziemlich weit her hörte ich Hammerschläge, es war ein beruhigendes Geräusch, ich mag es nicht, wenn es ganz still ist. Einmal hatte ich das zu Helen gesagt, meiner Frau, und da antwortete sie, das liege daran, dass ich zu viele Schuldgefühle hätte. Über solche Sachen konnte man einfach nicht mit ihr sprechen, sofort musste sie in einem herumstochern.

Als ich ziemlich lange dagelegen hatte, die Hammerschläge waren längst verstummt, wurde es um mich herum plötzlich viel dunkler, und bevor ich begriff, dass es an der gemeinsamen Wirkung einer Wolke und der dunklen Brille lag, wurde ich von einer unerklärlichen Angst gepackt. Sie verzog sich fast unmittelbar darauf wieder, aber etwas von ihr blieb hängen, ein Gefühl von Leere oder Verlassenheit, und als Sonja kurz darauf herauskam, um nach mir zu sehen, bat ich sie um eine Tablette. Sie sagte, es sei zu früh. Ich bestand darauf, und sie nahm mir die Brille ab. Lass das, sagte ich. Ich schloss die Augen. Sie setzte sie mir wieder auf. Tut es so weh?, fragte sie. Ja, sagte ich. Sie ging. Gleich darauf kam sie zurück, brachte die Tablette und ein Glas Wasser. Sie stützte mir die unverletzte Schulter, schob mir die Tablette in den Mund und hielt mir das Glas an die Lippen. Ich konnte ihren Geruch erschnuppern.

Nicht lange danach kamen Mutter, meine beiden Brüder und die Frau des einen von der Beerdigung nach Hause. Etwas später dann auch Helens Vater, ihre beiden Schwestern und eine Tante, die ich so gut wie nicht kannte. Alle kamen zu mir und sagten ein paar Worte. Die Tablette hatte begonnen zu wirken, ich lag hinter der dunklen Brille verborgen und fühlte mich königlich. Ich fand, ich bräuchte nicht groß was zu sagen, alle schrieben mir natürlich tiefe Trauer zu, sie konnten ja nicht wissen, dass ich eine große Gleichgültigkeit in meinem Inneren hatte. Und als Helens Vater kam und irgendetwas sagte, dachte ich mit einem Gefühl, das Zufriedenheit glich, jetzt, da Helen tot war, war er nicht mehr mein Schwiegervater, und Helens Schwestern waren nicht mehr meine Schwägerinnen.

Etwas später deckten die Frau meines Bruders und Helens Schwestern den großen Gartentisch unten vor der Veranda, und jedes Mal, wenn sie auf dem Weg ins Wohnzimmer an mir vorüberkamen, nickten sie mir lächelnd zu, obwohl ich so tat, als ob ich sie nicht sähe. Dann muss ich weggedöst sein, denn meine nächste Erinnerung ist das Stimmengesumm aus dem Garten, und ich konnte ihre Köpfe sehen, neun Köpfe, die sich fast nicht bewegten. Es war ein friedvolles Bild, die neun Köpfe im Schatten der großen Birke, und am Ende des Gartentischs, das Gesicht mir zugewandt: Sonja. Nach einer Weile hob ich einen Arm, um sie auf mich aufmerksam zu machen, aber sie sah es nicht. Kurz darauf stand mein jüngerer Bruder auf und kam zur Veranda hoch. Ich schloss die Augen und tat so, als ob ich schliefe. Ich hörte ihn einen Augenblick stehen bleiben, als er bei mir vorbeikam, und ich dachte: Wir sind ja vollkommen hilflos.

Irgendwann stand man vom Tisch auf, und die ganze Zeit über, während alle außer Sonja und Mutter sich zum Gehen bereit machten, lag ich mit geschlossenen Augen da und tat so, als ob ich schliefe. Dann kam Mutter aus dem Wohnzimmer und trat zu mir. Ich lächelte ihr zu, und sie fragte, ob ich Hunger hätte. Ich hatte keinen. Hast du Schmerzen?, fragte sie. Nein, sagte ich. Innerlich, meine ich, sagte sie. Nein, sagte ich. Ja, ja, sagte sie und zog das Laken zurecht, das auf mir lag, obwohl nichts an ihm zurechtzuziehen war. Würdest du lieber nach Hause fahren?, fragte ich. Warum denn?, antwortete sie, willst du mich nicht hier haben? Doch, sagte ich, ich dachte nur, vielleicht vermisst du Vater. Sie antwortete nicht. Sie ging zum Korbsofa und setzte sich. Genau da kam Sonja. Ich nahm die Sonnenbrille ab. Sie hatte ein Glas Wein in der Hand. Sie gab es Mutter. Ich möchte auch welchen, sagte ich. Nicht zusammen mit Tabletten, sagte sie. Also komm, sagte ich. Aber nur ein Glas, sagte sie. Sie ging. Mutter schaute in den Garten, sie hielt das Weinglas in der Hand. Gehört das alles jetzt dir?, fragte sie. Ja, sagte ich, es war gemeinsamer Besitz. Das wird viel Leere, sagte sie. Ich antwortete nicht, ich war nicht sicher, was sie meinte. Sonja kam mit zwei Gläsern wieder heraus, das eine stellte sie auf den Beistelltisch neben Mutter. Das andere brachte sie mir, stützte mich unter der Schulter, hielt es mir an die Lippen. Sie stand tiefer gebeugt als letztes Mal, und ich konnte ein wenig ihre Brüste sehen. Als sie das Glas wegnahm, begegneten sich unsere Blicke, und ich weiß nicht, vielleicht sah sie etwas, das ihr bislang nicht aufgefallen war, denn etwas zog durch ihre Augen hindurch, etwas Ähnliches wie Wut. Dann lächelte sie und setzte sich neben Mutter. Prost, Mutter, sagte sie. Ja, sagte Mutter. Sie tranken. Ich setzte die Sonnenbrille wieder auf. Keiner von uns sagte etwas. Ich fand es kein gutes Schweigen, wollte etwas sagen, wusste nicht was. Hier sind ja gar keine Vögel, sagte Sonja. Bei uns auch nicht, sagte Mutter. Nur Möwen. Früher gab es Schwalben, jede Menge Schwalben, aber die sind fort. Wie schade, sagte Sonja. Woran liegt das? Das weiß niemand, sagte Mutter. Dann sagten sie eine Weile lang nichts mehr. Jetzt können wir nicht mehr erkennen, ob es Regen gibt oder das Wetter gut bleibt, sagte Mutter. Aber ihr könnt den Wetterbericht hören, sagte Sonja. Auf den kann man sich nicht verlassen, sagte Mutter. Im Süden fliegen die Schwalben immer tief, auch wenn kein Regen kommt, sagte Sonja. Dann ist das wohl eine andere Schwalbenart, sagte Mutter. Nein, sagte Sonja, es ist dieselbe Art. Seltsam, sagte Mutter. Sonja sagte nichts weiter. Sie trank. Stimmt das, was Sonja da sagt?, fragte Mutter. Ja, sagte ich. Gott im Himmel, kannst du nie glauben, was ich sage, sagte Sonja. Du solltest an einem Tag wie heute nicht fluchen, sagte Mutter. Sonja trank den Wein aus und stand auf. Ja gut, sagte sie, dann warte ich bis morgen. Pfui, wie böse, sagte Mutter. Dabei war ich als Kind so lieb, sagte Sonja. Sie kam zu mir und gab mir noch einen Schluck Wein. Sie hielt meinen Kopf nicht hoch genug, ein wenig Wein rann aus dem Mundwinkel und übers Kinn. Sie trocknete mich etwas unsanft mit einem Zipfel des Lakens ab, ihre Lippen waren böse. Dann ging sie ins Wohnzimmer. Was hat sie denn?, fragte Mutter. Sie ist erwachsen, Mutter, sagte ich, sie will nicht zurechtgewiesen werden. Ich bin immerhin ihre Mutter, sagte sie. Ich antwortete nicht. Ich will doch nur ihr Bestes, sagte sie. Ich antwortete nicht. Sie fing an zu weinen. Was ist denn, Mutter?, fragte ich. Nichts ist mehr, wie es war, sagte sie, alles ist so … fremd geworden. Sonja kam wieder heraus. Ich dreh mal eine Runde, sagte sie. Ich glaube, sie sah, dass Mutter weinte, aber ich bin nicht sicher. Sie ging. Wie schön sie ist, sagte ich. Was hilft das schon, sagte Mutter. Also Mutter, sagte ich. Oh, sagte sie, ich weiß bald nicht mehr, was ich sage. Wenn du Heimweh hast, sagte ich, jetzt ist doch Sonja hier. Sie fing wieder an zu weinen, lauter diesmal, unbeherrschter. Ich ließ sie eine Weile weinen, lang genug, wie ich fand, dann sagte ich: Warum weinst du? Sie antwortete nicht. Ich wurde ziemlich wütend, ich dachte: Was hast du zu flennen, verdammt. Da sagte sie: Vater hat eine andere. Eine andere?, fragte ich. Vater? Ich hatte es nicht erzählen wollen, sagte sie. Als hättest du nicht genug mit deiner eigenen Trauer zu schaffen. Ich habe keine Trauer, sagte ich. Also, wie du redest, sagte sie. Ich antwortete nicht. Ich lag da und dachte an den kleinen dünnen Mann, der mein Vater war, dreiundsechzig – einen Mann, dem ich nie mehr Geschlechtstrieb zugetraut hätte, als unbedingt nötig war, um mich und meine Geschwister zu zeugen. Kurz sah ich ihn vor mir, nackt zwischen den Beinen einer Frau, und ich verspürte ein bohrendes Unbehagen. Mutter brachte die leeren Gläser hinein, kam aber gleich wieder zurück, mir war klar, dass sie reden wollte. Sie stand mit dem Rücken zu mir und blickte in den Garten. Und was machst du jetzt?, fragte ich. Was soll ich machen, sagte sie, er sagt, ich kann machen, was ich will, also kann ich nichts machen. Du kannst hierbleiben, sagte ich. Ich konnte an ihrem Körper erkennen, dass sie wieder weinte, und vielleicht, damit ich es nicht sah, ging sie die Verandatreppe hinunter. Sie hatte wohl Tränen in den Augen und musste fehlgetreten sein, denn sie verlor das Gleichgewicht und stürzte vornüber, ich konnte sie nicht mehr sehen. Ich rief nach ihr, sie antwortete nicht, ich rief mehrmals. Ich versuchte, mich aufzurichten, konnte mich aber an nichts festhalten. Ich wälzte mich auf die Seite und schob das eine eingegipste Bein über die Kante des Liegestuhls. Ich stützte mich auf die Ellbogen und drückte mich in eine sitzende Position hoch. Da sah ich sie. Sie lag mit dem Gesicht im Schotter. Ich hob das andere Bein aus dem Liegestuhl, es war ebenfalls eingegipst. Die Schulter und der eine Arm schmerzten. Auf den eingegipsten Beinen konnte ich nicht gehen, also ließ ich mich auf den Boden gleiten. Ich robbte zur Treppe. Ich konnte ja nicht viel ausrichten, sie aber auch nicht einfach da liegen lassen. Ich kroch die Treppenstufen hinab. Ich versuchte, sie auf die Seite zu drehen, es gelang mir nicht. Ich schob ihr die Hand unter die Stirn. Sie war feucht. Der Schotter schnitt mir in den Handrücken. Ich hatte keine Kraft mehr, ich legte mich auf die Seite neben sie. Da rührte sie sich. Mutter, sagte ich. Sie antwortete nicht. Mutter, sagte ich. Sie ächzte und drehte mir das Gesicht zu, sie blutete und sah erschrocken aus. Wo tut es weh?, fragte ich. Oh nein!, sagte sie. Lieg ganz ruhig, sagte ich, aber sie wälzte sich auf den Rücken und setzte sich auf. Sie blickte auf ihre blutenden Knie und fing an, Steinchen aus den Wunden zu pulen. Oh nein, oh nein, wie konnte das nur … Du bist ohnmächtig geworden, sagte ich. Ja, sagte sie, es wurde ganz dunkel. Dann drehte sie sich um und starrte mich an. William!, sagte sie. Was hast du getan! Oh mein Junge, was hast du getan! Sch, sch, sagte ich. Das Liegen tat mir weh, und mit Hilfe des gesunden Arms robbte ich auf den Rasen. Dort legte ich mich auf den Rücken und schloss die Augen. Die Schulter schmerzte, es war, als wäre der Bruch wieder aufgegangen. Mutter sagte etwas, mir fehlte die Kraft zum Antworten. Ich fand, ich hatte alles getan, was ich konnte. Ich hörte, wie sie aufstand. Ich wollte die Augen nicht aufmachen. Sie klagte. Komm her und setz dich ins Gras, sagte ich. Und du?, fragte sie. Alles in Ordnung, sagte ich, komm, setz dich her, Sonja kommt sicher bald wieder. Ich sah sie an. Sie konnte fast nicht gehen. Sie setzte sich vorsichtig neben mich. Ich glaube, ich muss mich ein bisschen hinlegen, sagte sie. Wir lagen in der Sonne, es war warm. Du darfst nicht einschlafen, sagte ich. Nein, ich weiß, sagte sie. Dann sagten wir eine Weile lang nichts mehr. Erzähl das mit Vater aber nicht Sonja, sagte sie. Warum nicht?, fragte ich. Es ist so demütigend, sagte sie. Für dich?, fragte ich, obwohl ich wusste, dass sie das gemeint hatte. Ja, sagte sie. Von einem betrogen zu werden, dem du vierzig Jahre lang vertraut hast. Er kommt zurück, sagte ich. Wenn er zurückkommt, sagte sie, kommt er als ein anderer zurück. Und er kommt zu einer anderen. Nein, sagte ich, weiter kam ich nicht. Sonja stand in der Verandatür. Sie schrie meinen Namen. Ich schloss die Augen, ich konnte nicht mehr, ich wollte, dass man mir hilft. Mutter!, schrie sie jetzt. Als ich hörte, dass sie neben mir war, öffnete ich die Augen und lächelte ihr zu, dann schloss ich sie wieder. Mutter erklärte, was geschehen war. Ich sagte nichts, ich wollte hilflos und Sonja ausgeliefert sein. Sie brachte Kissen, legte sie mir unter Kopf und Schultern, und ich bat um eine Tablette. Sie blieb lange weg, wahrscheinlich rief sie da den Krankenwagen, aber sie sagte nichts darüber, als sie wieder herauskam. Sie gab mir die Tablette und fragte mich, wie es mir gehe. Gut, sagte ich, was stimmte, auch wenn ich hoffte, dass sie es nicht glaubte. Eigentlich schmerzte die Schulter, aber es ging mir gut. Sie sah mich ziemlich lange an, dann ging sie zur Veranda hoch und holte den Liegestuhl. Aber nicht für mich. Für Mutter. Ich dachte nach und fand das in Ordnung, zugleich dachte ich, sie hätte mich ruhig fragen können, so hätte ich Gelegenheit gehabt, darauf zu verzichten. Mutter protestierte, sie fand, ich solle ihn haben. Nein, sagte Sonja, er ist für dich. Ich sagte nichts. Ich dachte: Ich hab Sonja ja gesagt, dass es mir gut geht, darum. Sonja half Mutter in den Liegestuhl, dann ging sie ins Haus. Ich spürte, dass der Rasen doch unbequem hart war, ich fragte mich, wie lange Sonja mich hier liegen lassen wollte, ich wusste ja nicht, dass sie im Krankenhaus angerufen hatte. Es war ganz still, und ich hörte, dass ein Wagen vorm Haus hielt und an der Tür geklingelt wurde. Eine Weile darauf kamen Sonja und zwei Männer in weißen Kitteln über die Veranda herunter. Sie gingen gleich zu Mutter. Der eine sprach mit ihr, der andere drehte sich um und starrte auf meine Beine. Seit wann sind die dran?, fragte er und deutete auf die Gipse. Seit einer Woche, sagte ich. Vom Dach gefallen? Autounfall, sagte ich. Ich wandte das Gesicht ab. Muss das denn sein, sagte Mutter. Ja, Mutter, sagte Sonja. Der Mann, der mich angesprochen hatte, holte eine Trage, der andere kam zu

mir und fragte, wie es mir gehe. Gut, sagte ich. Sonja musste von der Schulter erzählt haben, denn er beugte sich über
mich und betastete sie. Sein Helfer kam mit der Trage, sie
hoben mich darauf. Sie trugen mich die Treppe hoch, ins
Schlafzimmer. Sonja ging voran und wies ihnen den Weg.
Sie legten mich aufs Bett, dann gingen sie, Sonja ebenfalls.
Etwas später kam sie zurück. Ich fahre mit Mutter ins
Krankenhaus, sagte sie. Ja, gut, sagte ich. Brauchst du
etwas?, fragte sie. Nein, sagte ich. Sie ging. Ich hätte nicht
so kurz angebunden sein sollen, eigentlich nicht, mir war
ja klar, dass Mutter sie auch mal brauchte.

Und dann war es im Haus ganz still. Die Augen fielen
mir von selbst zu, und ich blickte in die weite, verlassene
Landschaft hinein, in jene, deren Anblick wehtat, sie ist
allzu verlassen und allzu weit, sie ist irgendwie zugleich
in mir und außer mir. Ich machte die Augen auf, damit sie
verschwinden konnte, aber ich war so müde, sie fielen mir
wieder zu. Das lag wohl an den Tabletten. Ich habe keine
Angst, sagte ich laut, nur um etwas zu sagen. Ich sagte es
mehrmals. Dann erinnere ich mich an nichts mehr.

Ich erwachte im Halbdunkel. Die Gardinen waren zu-
gezogen, der Wecker zeigte halb fünf. Die Schafzimmer-
tür war angelehnt, ein dünner Lichtstreif fiel durch den
Spalt. Auf dem Nachttisch stand eine Flasche Wasser, das
Becken befand sich in Reichweite meiner gesunden Hand.
Ich hatte keine Ausrede, um Sonja zu wecken. Ich machte die Lampe an und las in *Maigret und die junge Tote*,
was Sonja mitgebracht hatte. Nach einer Weile wurde ich
hungrig, aber es war zu früh, um Sonja zu rufen. Ich las
weiter. Als der Wecker auf halb sieben stand, wurde ich
allmählich ungeduldig und etwas ärgerlich. Ich fand es
wenig fürsorglich von Sonja, dass sie mir nicht ein paar

Brote geschmiert hatte, ihr hätte klar sein müssen, dass ich im Laufe der Nacht aufwachen könnte. Ich lauschte nach Geräuschen, aber das Haus war ganz still. Ich sah Sonja vor mir, und ein anderer Hunger kam in mir auf. Ich sah sie deutlicher als jemals in der Wirklichkeit, und unternahm nichts, um das Bild wegzuwischen. So lag ich lange, bis ich einen Wecker hörte. Ich nahm das Buch zur Hand, las aber nicht weiter. Ich wartete. Schließlich rief ich nach ihr. Da kam sie. Sie trug einen rosafarbenen Bademantel. Ich hatte das Buch so in der Hand, dass sie sehen musste, ich hatte wachgelegen. Ich hab deinen Wecker gehört, sagte ich. Du hast so tief geschlafen, sagte sie, ich wollte dich nicht wecken. Hast du Schmerzen? In der Schulter, sagte ich. Soll ich eine Tablette holen?, fragte sie. Ja bitte, sagte ich. Sie ging. Barfuß. Sie trat nicht mit den Fersen auf. Ich legte das Buch auf den Nachttisch. Sie brachte die Tablette und ein Glas Wasser. Sie stützte mich unter der anderen Schulter. Ich konnte ihre eine Brust sehen. Dann bat ich sie, mir noch ein Kissen unter die Schulter zu legen. Du bist so schön, sagte ich. Liegst du jetzt besser?, fragte sie. Ja, danke, sagte ich. Das Frühstück ist bald fertig, sagte sie, ich zieh mich nur erst an. Das muss nicht sein, sagte ich. Hast du keinen Hunger?, fragte sie. Doch, sagte ich. Sie sah mich an. Es gelang mir nicht, ihren Blick zu deuten. Dann ging sie. Sie blieb lange weg.

Als sie das Frühstück brachte, war sie komplett angezogen. Ihre weite Bluse war bis ganz zum Hals hinauf zugeknöpft. Sie sagte, ich solle versuchen, mich aufzusetzen, und holte noch ein paar Kissen, die sie mir in den Rücken steckte. Sie war verändert. Sie vermied es, mich anzusehen. Sie stellte das Tablett mit Broten und Kaffee vor mir auf die Bettdecke. Ruf mich, wenn etwas ist, sagte sie und ging.

Als ich gegessen hatte, beschloss ich, sie nicht zu rufen, sie sollte von sich aus kommen dürfen. Ich stellte den Teller und die Kaffeetasse auf den Nachttisch und ließ das Tablett auf den Boden fallen, ich war ziemlich sicher, dass sie das hören musste. Es gelang mir, die Kissen aus meinem Rücken wegzunehmen. Ich lag da und wartete, lange, aber sie kam nicht. Mir fiel ein, dass ich vergessen hatte, sie zu fragen, wie es Mutter ging. Dann dachte ich, wenn ich wieder gesund würde, würde ich ganz allein bleiben. Ich würde das Haus für mich haben, niemand würde wissen wollen, wann ich kam und ging, niemand würde wissen wollen, was ich tat. Ich bräuchte mich nicht zu verstecken.

Irgendwann kam sie. Die Tablette hatte längst gewirkt, ich war ihr gegenüber deutlich milder gestimmt. Ich fragte, wie es Mutter gehe, sie sagte, sie werde gleich aufstehen. Ich dachte, sie ist im Krankenhaus, sagte ich. Nein, sagte sie, die Verletzungen waren nur äußerlich. Ich erzählte ihr, was Mutter mir erzählt hatte. Erst sah sie aus, als würde sie mir nicht glauben, dann schien ihr Köper zu erstarren, ihr Blick ebenfalls, und sie sagte: So etwas… so etwas… bäh! Ich wunderte mich über die heftige Reaktion, sie war doch eine moderne junge Frau. So was passiert eben, sagte ich. Sie starrte mich an, als hätte ich etwas Unmögliches gesagt. Aha, ja, sagte sie, dann nahm sie das Tablett vom Boden und stellte Teller und Tasse mit harten, erbosten Bewegungen darauf. Sag Mutter nicht, dass ich es dir erzählt habe, sagte ich. Warum nicht?, fragte sie. Sie hat mich gebeten, es nicht zu erzählen, sagte ich. Warum hast du es dann getan?, fragte sie. Ich fand, du solltest es wissen. Warum?, fragte sie. Ich antwortete nicht, ich wurde allmählich wütend, ich mag es nun mal nicht, zurechtgewiesen zu werden. Damit wir beide ein kleines Geheimnis haben?, fragte sie in einem Ton, der mir nicht gefallen sollte. Ja, warum nicht, sagte ich. Sie sah mich an, es dauerte ein bisschen, dann sagte sie: Ich glaube, wir beide haben uns ineinander getäuscht. Wie schade, sagte ich. Ich hörte, wie sie ging und die Tür hinter sich schloss, die seit meiner Rückkehr aus dem Krankenhaus nicht geschlossen gewesen war, und sie wusste, dass ich sie offen haben wollte. Ich war ohnehin schon wütend, und die geschlossene Tür steigerte meine Wut noch. Sie musste aus dem Haus, ich wollte sie nicht mehr sehen. So hilflos war ich nicht, dass ich alles hinnehmen musste. Ich hatte ihr nichts getan.

Es dauerte lange, bis ich innerlich ein wenig zur Ruhe fand. Da dachte ich, ihr Verhalten hatte sicher mehr mit Vater als mit mir zu tun, und wenn sie sich ein wenig besann, würde sie selbst erkennen, wie unangemessen sie sich aufgeführt hatte.

Ganz zur Ruhe fand ich jedoch nicht, und ich musste mir selbst eingestehen, dass ich mich davor fürchtete, dass sie zurückkam. Immer wieder dachte ich, ich würde Schritte vor der Tür hören, jedes Mal schloss ich die Augen, als ob ich schliefe. Und jedes Mal war ich gleichermaßen erleichtert, dass sie nicht kam. Schließlich lag ich mit geschlossenen Augen da, lauschend und wartend, dann erinnere ich mich an nichts mehr, bis Mutter neben meinem Bett stand, einen Gazeverband mit Pflaster auf der Stirn und eine Art Haube auf dem Kopf. Hast du schlecht geträumt?, fragte sie. Habe ich im Schlaf geredet?, fragte ich. Nein, sagte sie, aber Grimassen geschnitten. Hast du Schmerzen? Ja, sagte ich. Ich bringe dir eine Tablette, sagte sie. Sie konnte fast nicht gehen. Ich dachte, Sonja sei ihr unpassendes Verhalten wohl peinlich, darum komme Mutter statt ihrer, doch als Mutter dann mit der Tablette kam, sagte sie: Ja, jetzt sind wir beide allein. Sie sagte es, als wäre ihr wichtig, dass mir das klar war. Ich antwortete nicht. Sie gab mir die Tablette und wollte meine Schulter stützen, aber ich sagte, das sei nicht nötig. Ich nahm die Tablette in den Mund und trank aus der Wasserflasche. Sie setzte sich auf den Stuhl neben dem Fenster. Sie sagte, Sonja hat zwar gefürchtet, es könnte mir zu viel werden, aber sie hatte so Heimweh. Ich nickte. Ja, sagte sie, sie hat gesagt, du würdest verstehen, dass sie abreisen musste. Ja, sagte ich. Sie lächelte mir zu, dann sagte sie: Du weißt nicht, wie dankbar ich bin. Wofür denn?, fragte ich, obwohl ich wusste, was sie meinte. Als ich aufwachte und du lagst da neben mir, sagte sie, da dachte ich, wenigstens für William zähle ich noch. Natürlich, sagte ich. Ich schloss die Augen. Nach einer Weile hörte ich, dass sie aufstand und hinausging. Ich schlug die Augen wieder auf und dachte: Wenn sie nur wüsste.

Der Nagel im Kirschbaum

Mutter stand in dem Gärtchen hinterm Haus, das ist jetzt lange her, ich war viel jünger als heute. Sie hämmerte einen langen Nagel in den Stamm des Kirschbaums, ich konnte sie aus dem Fenster im ersten Stock sehen, es war ein warmer, bewölkter Augusttag, ich sah, wie sie den Hammer an den langen Nagel hängte, dann ging sie zu dem Lattenzaun ganz unten im Garten, stellte sich da hin und blickte über die weite, baumlose Fläche, lange, und vollkommen reglos. Ich ging die Treppe hinunter und in den Garten hinaus, ich wollte nicht, dass sie da stehen blieb, wer weiß, was sie sah. Ich stellte mich neben sie. Sie berührte meinen Arm, blickte auf und lächelte. Sie hatte geweint. Sie lächelte und sagte: Ich überstehe das nicht, Nicolay. Nein, sagte ich. Wir gingen zum Haus hoch, in die Küche, und genau da kam Sam, er klagte über die Hitze, und Mutter stellte Teewasser auf. Die Fenster waren geöffnet. Sam erzählte Mutter von einem Bett, in dem seine Frau Kreuzschmerzen bekam, und ich ging in das Zimmer hoch, das wir Sams Zimmer nannten, weil er der Älteste von uns war und als Erster ein eigenes Zimmer bekommen hatte. Ich stand mitten in Sams Zimmer und ließ Zeit verstreichen, dann ging ich wieder hinunter. Sam redete von einem Außenbordmotor. Mutter tat sich Zucker in den Tee und rührte, ohne aufzuhören. Sam trocknete sich den Nacken mit einem blauen Taschentuch ab, ich wollte ihn nicht mehr sehen, ich sagte zu Mutter, ich würde Tabak kaufen gehen, und ich ließ mir viel Zeit, aber als ich nach Hause kam, saß er immer noch da. Er redete von der Beerdigung, meinte, der Pfarrer habe genau die passenden Worte gefunden. Findest du?, fragte Mutter. Ich frage Sam, wie alt sein Sohn jetzt sei. Er sah mich an. Sieben, sagte er, das weißt du doch. Ich antwortete nicht, er sah mich weiter an, Mutter stand auf und brachte die Tassen zur Spüle. Dann geht er schon zur Schule, sagte ich. Klar, sagte er, alle gehen zur Schule, wenn sie sieben sind. Ja, antwortete ich, ich weiß. Ich stand auf und ging in den Flur, die Treppe hinauf und in Sams Zimmer, mein Kopf fühlte sich an, als befände er sich am Grund eines Sees. Ich tat das Tabakpäckchen in den Koffer, schloss ihn ab und steckte den Schlüssel in die Tasche. Nein, sagte ich zu mir selbst. Ich öffnete den Koffer wieder, nahm den Tabak heraus, nahm das andere Päckchen aus der Tasche und ging in die Küche, beide Tabakpäckchen in der Hand. Sam hörte zu reden auf. Mutter trocknete das Geschirr mit einem rot karierten Tuch ab. Ich setzte mich hin, legte beide Tabakpäckchen auf den Tisch, drehte mir eine Zigarette. Sam sah mich an. Es war ganz still, lange, dann fing Mutter an zu summen. Und du, sagte Sam, du machst dasselbe wie immer. Ja, sagte ich. Das werd ich nie begreifen, sagte er. Erwachsene Menschen, die Gedichte schreiben. Ich meine, die sonst nichts tun. Lass gut sein, Sam, sagte Mutter. Aber ich begreife es nicht, sagte Sam. Schon in Ordnung, sagte ich. Ich stand auf und ging in den Garten. Er war mir zu klein, ich kletterte über den Lattenzaun und ging übers Gelände. Ich wollte sichtbar, aber auf Abstand sein. Ich ging achtzig, neunzig, vielleicht hundert Meter weit, dann blieb ich stehen und drehte mich um. Rechts vom Haus sah ich die Hälfte von Sams Auto. Die Luft stand ganz still. Ich fühlte fast nichts. Lange blickte ich auf das Haus und den Wagen, vielleicht eine Viertelstunde lang, vielleicht noch länger, bis Sam wegfuhr, ich sah nicht ihn, nur das Auto. Gleich darauf kam Mutter in den Garten, und als ich sah, dass sie mich gesehen hatte, ging ich zurück. Sie sagte, Sam habe aufbrechen müssen, sie solle mich grüßen. Ach tatsächlich, sagte ich. Er ist dein Bruder, sagte sie. Lass mal, Mutter, sagte ich. Da schüttelte sie den Kopf und lächelte. Ich fragte, ob sie sich nicht ein bisschen hinlegen wolle, und sie wollte. Wir gingen hinein. Sie stand mitten im Zimmer. Sie riss den Mund weit auf, als wollte sie schreien oder bekäme keine Luft, dann schloss sie ihn wieder und sagte mit dünner Stimme: Ich glaube, ich überstehe das nicht, Nicolay. Ich will so gern sterben. Ich umfasste ihre dünnen, spitzen Schultern. Mutter, sagte ich. Ich will so gern sterben, wiederholte sie. Ja, Mutter, sagte ich. Ich geleitete sie zur Couch, sie weinte, ich breitete ihr die Decke über die Beine, sie kniff die Augen fest zusammen und weinte laut, ich saß auf dem Rand der Couch und sah auf die Tränen und dachte an Vater, und dass sie ihn geliebt haben musste. Ich legte ihr die Hand auf die Brust, halbwegs war mir klar, was ich da tat, sie kniff die Augen nicht mehr zusammen, öffnete sie aber auch nicht. Oh, Nicolay, sagte sie. Schlaf, Mutter, sagte ich. Ich nahm die Hand nicht weg. Nach einer Weile atmete sie ganz ruhig, da stand ich auf und ging in Sams Zimmer hoch. Es waren noch fast fünf Stunden, bis mein Zug fuhr, aber ich war sicher, sie würde verstehen. Ich packte den Koffer, legte den schwarzen Anzug ganz nach oben. Mein Kopf fühlte sich an, als wäre er in einem großen Raum. Ich ging die Treppe hinunter und aus dem Haus. Ich ging den ganzen Weg zum Bahnhof zu Fuß, es war weit, aber ich hatte ja viel Zeit. Im Gehen dachte ich, dass sie Vater sehr geliebt haben musste, und dass Sam … dass sie ihn sicher auch lieb hatte. Und ich dachte: Das macht nichts.

Das Gesicht meiner Schwester

Eines späten Novembernachmittags wurde ich, als ich die Treppe zu meiner Wohnung im zweiten Stock hinaufging, eines Schattens gewahr, der sich auf meiner Wohnungstür abzeichnete. Mir war gleich klar, er musste von einer Person stammen, die sich zwischen meiner Tür und der Glühbirne neben der Tür zum Dachboden befand, und ich blieb stehen. In der Gegend hatte es jüngst etliche Einbrüche gegeben, auch den einen oder anderen Überfall, das lag wohl an der hohen Arbeitslosigkeit, und ich hatte Grund zur Annahme, dass jemand, der reglos auf der Bodentreppe stand, nicht entdeckt werden wollte. Darum machte ich kehrt und ging wieder hinunter; es ist ein Erfahrungswert, dass man jemanden, der ungesehen bleiben möchte, nicht aufstören sollte. Nach ein paar Stufen hörte ich hinter mir Schritte; ich erschrak, dann hörte ich, wie eine Stimme meinen Namen rief. Es war Oskar, der Mann meiner älteren Schwester, und obgleich ich nicht viel für ihn übrig habe, atmete ich auf, bildlich gesprochen.

Ich ging hinauf, ihm entgegen, und da mir gleich klar war, dass ich ihn unvermeidlich würde hineinbitten müssen, drückte ich ihm die Hand. Wir hängten unsere Mäntel an den Garderobenständer in dem kleinen Eingangsflur, dann ging ich ihm voraus ins Wohnzimmer und machte die beiden Stehlampen an. Er stand mitten im Zimmer und sah sich um. Er sagte, er sei noch nie hier gewesen. Nein, sagte ich, das stimmt. Er fragte, wie lange ich hier schon wohne. Sechs Jahre, sagte ich. Ja, das kann hinkommen, sagte er. Ja, sagte ich. Er nahm die Brille ab und rieb sich das Auge. Ich bat ihn, Platz zu nehmen, aber er blieb stehen und putzte seine Brille mit einem großen Taschentuch, während er im Zimmer herumblinzelte. Dann setzte er die Brille wieder auf. Du hast ja ein Telefon, sagte er. Ja, sagte ich. Aber du stehst nicht im Telefonbuch, sagte er. Nein, sagte ich. Ich setzte mich hin. Er sah mich an. Ich fragte, ob er eine Tasse Kaffee wolle. Nein, danke, sagte er, außerdem werde er gleich wieder gehen. Er setzte sich mir direkt gegenüber. Er sagte, meine Schwester schicke ihn, ich solle sie besuchen, sie habe einen verstauchten Knöchel und müsse etwas mit mir besprechen, er wisse nicht, was, das habe sie nicht sagen wollen, ach doch, sagte er dann, es habe etwas mit unserer Kindheit zu tun, und als er gesagt habe, sie könne mir doch schreiben, sei sie hysterisch geworden und habe eine Tube Kleber über dem Teppichboden ausgedrückt. Kleber?, fragte ich. Ja, sagte er, Fotokleber, sie war dabei, Fotos einzukleben, die sich in einem alten Album gelöst hatten. Erneut nahm er die Brille ab und rieb sich das Auge, dann holte er wiederum das Taschentuch hervor und putzte die Brillengläser. Ich werde sie anrufen, sagte ich. Ja, sagte er, dann weiß sie wenigstens, dass ich wirklich hier war. Übrigens, fuhr er fort, wenn du mir deine Telefonnummer gibst, kann sie dich auch mal anrufen, wenn etwas ist, dann muss ich nicht wieder quer durch die Stadt laufen. Ich wollte ihm die Nummer nicht geben, aber um ihn nicht zu beleidigen, sagte ich, ich hätte sie vergessen. Er musterte mich durch die dicken Brillengläser, es war ein wenig unangenehm, ich lüge eher selten und in Notwehr, und dann sieht man es mir vielleicht an, jedenfalls spürte ich, dass er es mir ansah, und ich sagte, ich benutze sie ja nie, man rufe sich ja nicht selbst an. Nein, natürlich nicht, sagte er, und er sagte es so, dass es mich ärgerte, ich fühlte mich zurechtgewiesen, und ich ging hinaus und holte die Zigaretten aus der Manteltasche. Leider kann ich dir nur Kaffee anbieten, sonst nichts, sagte ich. Er antwortete nicht. Ich setzte mich wieder hin und machte eine Zigarette an. Du hast wirklich Glück, sagte er. Ach ja?, fragte ich. Wohnst hier ganz allein, sagte er. Nun ja, sagte ich, obwohl ich seiner Meinung war. Ich weiß manchmal nicht, wohin mit mir, sagte er. Ich antwortete nicht. Also, ich gehe dann mal, sagte er und stand auf. Er tat mir ein wenig leid, also fragte ich: Geht es euch nicht so gut? Nein, sagte er. Er ging zur Tür. Ich folgte ihm. Ich half ihm in den Mantel. Er sagte: Sie freut sich sicher, wenn du anrufst. Sie sagt, du bist der Einzige, der sie überhaupt noch mag.

Sie musste neben dem Telefon sitzen, denn sie nahm sofort ab. Ich nannte meinen Namen. Oh Otto, sagte sie, das freut mich. Es klang aufrichtig und kein bisschen überspannt, und auch das anschließende Gespräch verlief in einem ruhigen, freundlichen Ton. Nach einer Weile bat sie mich, sie zu besuchen, und ich sagte zu. Dann sagte sie: Denn du hast uns nicht vergessen, oder? Euch vergessen?, fragte ich. Nein, sagte sie, uns, dich und mich. Nein, sagte ich. Kommst du morgen?, fragte sie. Ich zögerte. Ja, sagte ich. Um eins herum?, fragte sie. Ja, sagte ich.

Als ich aufgelegt hatte, war ich munter, fast begeistert, ein Gefühl, das ich oft empfinde, wenn eine Schwierigkeit gemeistert ist, und ich belohnte mich mit einem kleinen Schluck Whisky, was ich zu dieser Tageszeit sonst nie zu tun pflege. Die Munterkeit hielt sich, jetzt vielleicht auch dank des Whiskys, und ich genehmigte mir noch einen Schluck. Und als die Uhr auf halb acht ging, verließ ich die Wohnung und ging ins *Koryféen*, eine Kneipe, die nicht hält, was ihr Name verspricht, wo ich aber dann und wann ein Bier oder zwei trinke.

Karl Homann saß im Gastraum, ein Mann meines Alters, der hier im Viertel wohnt und zu dem ich ein etwas gezwungenes Verhältnis habe, da er mir einmal das Leben gerettet hat. Zum Glück saß er nicht allein, also fand ich, ich könne es mir leisten, seine Einladung, mich dazuzusetzen, auszuschlagen. Ich ging ganz nach hinten. Dass ich mich ermannt hatte abzulehnen, machte mich fast übermütig, so dass ich Marion erst entdeckte, als ich schon saß, eine Frau, mit der ich eine nicht ganz unkomplizierte Beziehung gehabt hatte. Sie saß drei Tische weiter. Sie blätterte in einer Zeitung und hatte mich möglicherweise noch nicht gesehen. Und auch ich musste sie nicht notwendigerweise gesehen haben, so bestellte ich ein Bier und überließ mich dem Lauf der Dinge. Nun hatte die Situation nichts Unerträgliches an sich, und ich suchte Blickkontakt zu ihr. Als sie kurz darauf von der Zeitung aufblickte und mich direkt ansah, war mir klar, dass sie mich längst gesehen hatte. Ich lächelte ihr zu und erhob das Glas. Sie tat desgleichen, dann faltete sie die Zeitung zusammen und kam zu mir herüber. Ich stand auf. Otto, sagte sie und umarmte mich kurz. Dann sagte sie: Kann ich mich zu dir setzen? Natürlich, sagte ich, aber ich muss bald gehen, ich bin auf dem Weg zu meiner Schwester. Sie holte ihr Glas. Sie sah fröhlich aus. Sie sagte, es sei schön, mich zu sehen, und ich sagte, es sei schön, sie zu sehen. Sie sagte, sie denke oft an mich. Ich antwortete nicht, obwohl auch ich bisweilen an sie dachte, allerdings mit gemischten Gefühlen, nicht zuletzt wegen ihrer sexuellen Gier, mit der ich nie ganz hatte mithalten können, bis zu jenem letzten Mal, als sie plötzlich gerufen hatte, der Geschlechtsverkehr sei doch kein Gottesdienst. Ich fragte ausweichend, wie es ihr gehe, und wir unterhielten uns in aller Ruhe, bis ich ausgetrunken hatte und sagte, ich müsse jetzt gehen. Dann wolle sie auch gehen, sagte sie. Und dann sagte sie, als wir aufstanden: Wenn du nicht zu deiner Schwester müsstest, würdest du dann mit mir kommen? Ich wäre versucht, sagte ich. Ruf mich doch mal an, sagte sie.

Sie begleitete mich zur Bushaltestelle, dort drückte sie sich an mich und flüsterte mir einige frivole Gewagtheiten ins Ohr, die meinen Körper in eine gewisse Verlegenheit brachten, und wenn der Bus nicht gekommen wäre, aber er kam, und sie sagte: Ruf an.

Ich stieg am nächsten Halt aus, und unter dem Eindruck des Selbstbewusstseins, das Marions Annäherungsversuch mir verliehen hatte – sie ist eine attraktive Frau –, nahm ich Kurs zur nächsten Bar auf. Allerdings kam ich nur bis zur Tür; als ich sie öffnete, die Menschenansammlung sah und den Lärm hörte, sank mein Mut. Diese Situation bin ich schon gewohnt, das erschreckende Fremdheitsgefühl an einem unbekannten Ort, so schloss ich die Tür wieder und ging nach Hause.

Irgendwann nachts wachte ich von einem Traum auf, der vielleicht von dem erwähnten Selbstbewusstsein wegen Marion beeinflusst war. Es war ein stark erotischer Traum, und anders als sonst in dergleichen Träumen, in denen das Gesicht der Frau – oder die Gesichter der Frauen – unbekannt oder sogar unsichtbar sind, traten die Züge dieser Frau mit einmal deutlich hervor, ohne dass mein Begehren dadurch geringer wurde. Es war das Gesicht meiner Schwester.

*

Sie machte auf, bevor ich klingeln konnte. Sie stützte sich auf zwei Krücken. Ich hab dich kommen sehen, sagte sie. Verstehe, sagte ich. Sie umarmte mich, dabei fiel ihr eine Krücke zu Boden. Ich bückte mich, um sie aufzuheben. Stütz mich, sagte sie und legte mir den Arm um die Schultern. Ich tat es, das heißt, sie stützte sich auf mich. Sie humpelte neben mir einher ins Wohnzimmer und platzierte sich an einen fertig gedeckten Couchtisch. Nachdem ich den Mantel aufgehängt hatte und wieder ins Wohnzimmer gekommen war, aßen wir Sandwiches und sprachen über ihren Fuß. Ich blickte verstohlen auf den Teppichboden, sah aber keine Reste von Kleber.

Wir hatten eine Weile über dies und das geplaudert, als sie sagte: Du wirst Vater immer ähnlicher. Da ich glaubte, sie wisse, was für ein Verhältnis ich zu ihm gehabt hatte, nahm ich ihr das nicht übel, sagte aber nichts. Ich stand auf, um einen Aschenbecher zu holen. Wohin willst du?, fragte sie. Einen Aschenbecher holen, sagte ich. Sie sagte mir, wo einer zu finden war, und ich ging in die Küche. Als ich wieder zurückkam, sagte sie, sie habe in der letzten Zeit so viel über mich nachgedacht, über uns, wie schade es sei, dass wir uns nicht mehr sähen, wo wir uns doch so nah gestanden hätten. Tja, sagte ich, man hat ja sein eigenes Leben. Vermisst du mich denn nie?, fragte sie. Doch, natürlich, sagte ich. Wenn du wüsstest, wie allein ich mich manchmal fühle, sagte sie. Ja, sagte ich. Du bist auch allein, sagte sie, das weiß ich, ich kenne dich. Du kennst mich schon lange nicht mehr, sagte ich. Du hast dich nicht verändert, sagte sie. Oh doch, sagte ich. Wie denn?, fragte sie. Ich antwortete nicht. Dann sagte ich: Du hast eben selbst gesagt, ich würde Vater immer ähnlicher. Was hast du damit eigentlich gemeint? Deine Art zu lächeln, sagte sie, und du wiegst den Oberkörper hin und her, genau wie er. Hat er das gemacht, fragte ich, daran erinnere ich mich nicht. Merkwürdig, sagte sie. Ich habe ihn wohl nicht so ausgiebig beobachtet wie du, sagte ich. Wie meinst du das?, fragte sie. So, wie ich es sage, sagte ich, ich habe ihn nicht gern angesehen. Er hatte etwas Unappetitliches an sich. Also jetzt aber, sagte sie. Wir schwiegen eine Weile; dann bemerkte ich, dass ich den Oberkörper hin und her wiegte, richtete mich auf und lehnte mich an. Irgendwann sagte sie: Ganz unten im Eckschrank steht eine Flasche Sherry, kannst du die bitte holen. Und zwei Gläser, wenn du auch welchen magst. Auf dem Weg zum Schrank beschloss ich, nur ein Glas zu holen, verwarf es aber wieder. Ich goss ihr viel ein, mir nur wenig. Das hast du noch nie erzählt, sagte sie. Nein, sagte ich, lass uns über was anderes reden. Prost. Prost, sagte sie. Ich leerte mein Glas. Du hast dir so wenig genommen, sagte sie. Ich trinke nichts mitten am Tag, sagte ich. Ich auch nicht, sagte sie. Ich goss mir noch etwas Sherry ein. Ich wusste nicht, worüber wir reden sollten. Ich schaute auf die Uhr. Schau nicht auf die Uhr, sagte sie. Wo ist Oskar?, fragte ich. Bei seiner Mutter. Samstags ist er immer bei seiner Mutter. Vor fünf kommt er nie, nur die Ruhe. Ich bin ganz ruhig. Ja?, fragte sie. Natürlich, sagte ich. Wie schön, sagte sie, gibst du mir noch etwas Sherry? Ich goss ihr ein, aber nicht so viel wie beim ersten Mal.

Mehr, sagte sie. Ich goss das Glas voll. Prost, sagte sie. Ich leerte mein Glas. Bedien dich, sagte sie. Mir fiel ein, was sie zu Oskar gesagt hatte, dass ich der Einzige sei, der sie mag, und mit einem unvermittelten und fast triumphierenden Freiheitsgefühl goss ich mein Glas fast voll. Sie schaute mich an, ihre Augen glänzten. Wie du mich ansiehst, sagte sie. Ja, sagte ich. Weißt du noch, ich hab dich immer Großer genannt, sagte sie. Ich nickte. Und du mich Schwesterherz, sagte sie. Ich griff zum Glas und trank. Sie ebenfalls. Ich wusste es noch. Hast du jetzt eine Freundin?, fragte sie. Nein, sagte ich. Ist dir keine gut genug?, fragte sie. Mach dich nicht über mich lustig, sagte ich. Ich mache mich nicht über dich lustig, sagte sie. Ich lebe lieber allein, sagte ich. Da kannst du ja trotzdem eine Freundin haben, sagte sie. Ich antwortete nicht. Du bist ein Mann. Ich antwortete nicht. Ich stand auf, ging ins Bad. Ich tat den Stöpsel ins Waschbecken und drehte das kalte Wasser auf. Ich steckte die Hände ins Wasser und ließ sie dort, bis sie wehtaten, dann trocknete ich mich ab und ging wieder ins Wohnzimmer. Ich setzte mich hin und sagte, was ich mir zurechtgelegt hatte: Mir sind Frauen lieber, die nichts verlangen, sondern die geben und nehmen und gehen. Sie sagte nichts. Ich zündete mir eine Zigarette an. Und du behauptest, du bist nicht allein, sagte sie, und dann fügte sie hinzu: Großer. Ich sah sie an; ihr Gesicht war halb abgewandt, die Lippen leicht geöffnet; im Zimmer war kein Ton zu hören und auch nicht von draußen; die Stille dauerte an. Stell dir vor –, sagte sie. Was denn, fragte ich. Nein, sagte sie. Doch, sagte ich. Also Otto, sagte sie, du weißt doch nicht, was ich gedacht habe – was glaubst du, habe ich gedacht? Ich war haarscharf davor, es zu sagen, doch ausgerechnet da reichte mein Mut nicht dazu. Stattdessen sagte ich:

Nein, woher soll ich das auch wissen. Sie nahm das Glas und hielt es mir hin. Es ist leer, sagte sie. Sag halt, sagte ich. Nein, sagte sie. Ich goss das Glas voll. Wir trinken viel für Leute, die nichts trinken, sagte ich. Ausnahmen bestätigen die Regel, sagte sie. Ja, sagte ich, Ausnahmen gibt es bei allem. Ach ja?, meinte sie. Sie sah mich nicht an. Ja, sagte ich. Die Wohnungstür ging. Oh nein, sagte sie. Ich stand auf. Eine Reflexbewegung. Geh nicht, sagte sie. Ich setzte mich wieder hin. Oskar trat in die Türöffnung; er stützte sich auf die Krücke meiner Schwester. Er blieb stehen. Ganz offenkundig wusste er nicht, dass ich hier war. Tach, Oskar, sagte ich. Tach, sagte er. Er sah meine Schwester an und sagte: Deine Krücke hat bei der Tür gelegen. Ich weiß schon, sagte sie. Dann entschuldige, sagte er und ließ die Krücke umfallen. Was soll das jetzt wieder, fragte sie. Er antwortete nicht. Er schob die Krücke mit der Spitze seines Schuhs an die Wand, dann ging er in die Küche. Er schloss die Tür hinter sich. Geh jetzt nicht, bitte, sagte sie. Doch, sagte ich. Mir zuliebe, sagte sie. Mir ist das zu viel, sagte ich. Oskar kam aus der Küche. Er streifte mich mit einem Blick. Ich wusste nicht, dass du hier bist, sagte er. Ich gehe gleich, sagte ich. Nicht wegen mir, sagte er. Nein, sagte ich. Er ging quer durchs Zimmer und durch eine Tür. Ich sah meine Schwester an, sie starrte mir direkt ins Gesicht und sagte: Du bist feige, ich hatte vergessen, wie feige du bist. Ich stand auf. Ja, geh nur, sagte sie, geh. Ich trat zu ihr. Was hast du gesagt, fragte ich. Dass du feige bist, sagte sie. Ich schlug ihr ins Gesicht. Nicht hart. Nein, ich glaube nicht, dass ich besonders hart zuschlug. Trotzdem schrie sie auf. Fast gleichzeitig hörte ich Oskar die Tür öffnen; er musste gelauscht haben. Ich drehte mich nicht zu ihm um. Ich hörte keine Schritte. Ich schaute an die Wand. Ich hörte nur meinen Atem. Dann sagte meine Schwester: Otto geht sofort. Oskar antwortete nicht. Ich hörte, wie die Tür zuging. Ich sah meine Schwester an, unsere Blicke begegneten sich; in ihrem war etwas, das ich nicht deuten konnte, etwas Mildes. Ich sah, dass sie etwas sagen wollte. Ich wandte den Blick ab. Entschuldige, Großer, sagte sie. Ich antwortete nicht. Geh jetzt, sagte sie, aber ruf mich an, ja? Ja, sagte ich. Dann drehte ich mich um und ging.

Die Hunde in Thessaloniki

Wir tranken unseren Vormittagskaffee im Garten. Wir sprachen fast nicht. Beate stand auf und stellte die Tassen aufs Tablett. Wahrscheinlich bringen wir die Stühle am besten auf die Terrasse, sagte sie. Warum?, fragte ich. Es wird sicher regnen, sagte sie. Regnen?, sagte ich, es ist keine Wolke am Himmel. Es liegt was in der Luft, merkst du nichts? Nein, sagte ich. Vielleicht irre ich mich ja, sagte sie. Sie ging die Terrassentreppe hoch und ins Wohnzimmer. Ich blieb noch eine Viertelstunde sitzen, dann brachte ich den einen Stuhl auf die Terrasse hoch. Ich stand eine Weile da und blickte in den Wald auf der anderen Seite des Lattenzauns, aber es war nichts zu sehen. Durch die offene Terrassentür hörte ich Beate summen. Natürlich, sie hat den Wetterbericht gehört, dachte ich. Ich ging wieder in den Garten hinunter und ums Haus auf die Vorderseite, zum Briefkasten neben dem schwarzen schmiedeeisernen Tor. Er war leer. Ich schloss das Tor, das aus irgendeinem Grund offen stand; da sah ich, dass sich jemand direkt davor erbrochen hatte. Das machte mich etwas unwillig. Ich schraubte den Gartenschlauch an den Hahn bei der Kellerluke, drehte das Wasser voll auf und ging mit dem Schlauch zum Tor. Der Strahl traf nicht ganz richtig, ein Teil des Erbrochenen flog in den Garten, der Rest spritzte über den

Asphalt. Es war kein Gully in der Nähe, so konnte ich die gelbliche Masse nur vier, fünf Meter vom Tor wegspritzen, mehr nicht. Trotzdem war es eine Erleichterung, die Sauerei ein bisschen auf Abstand zu bringen.

Als ich das Wasser zugedreht und den Schlauch aufgerollt hatte, wusste ich nicht mehr, was ich tun sollte. Ich ging auf die Terrasse und setzte mich. Nach ein paar Minuten fing Beate wieder an zu summen; es klang, als würde sie an etwas denken, an das sie gern dachte, sie wusste wohl nicht, dass ich sie hörte. Ich hustete, es wurde still. Sie kam heraus und sagte: Ach, hier sitzt du? Sie hatte sich geschminkt. Gehst du aus?, fragte ich. Nein, sagte sie. Ich wandte das Gesicht zum Garten und sagte: Irgendein Idiot hat uns vors Tor gekotzt. Ach?, sagte sie. Ziemliche Sauerei, sagte ich. Sie antwortete nicht. Ich stand auf. Hast du eine Zigarette?, fragte sie. Sie bekam eine, und ich gab ihr Feuer. Danke, sagte sie. Ich ging die Terrassentreppe hinunter und setzte mich wieder an den Gartentisch. Beate stand rauchend auf der Terrasse. Sie warf die halb aufgerauchte Zigarette auf den Kies am Fuß der Treppe. Wozu jetzt das, fragte ich. Da kann sie abbrennen, sagte sie. Sie ging ins Wohnzimmer. Ich starrte auf den schmalen Rauchstreifen, der fast senkrecht von der Zigarette aufstieg, ich wünschte, sie würde nicht aufbrennen. Etwas später stand ich auf, ich hatte ein heimatloses Gefühl. Ich ging zur Tür im Lattenzaun hinunter, über das schmale Wiesenstück und in den Wald. Gleich hinter dem Waldsaum blieb ich stehen und setzte mich auf einen Baumstumpf, von einem Gebüsch fast verborgen. Beate kam auf die Terrasse. Sie schaute dorthin, wo ich saß, und rief meinen Namen. Sie kann mich nicht sehen, dachte ich. Sie ging in den Garten hinunter, ums Haus. Sie ging wieder auf die Terrasse hoch.

Noch einmal schaute sie zu mir. Ich stand auf und ging tiefer in den Wald hinein.

Am Mittagstisch sagte Beate: Da ist er wieder. Wer?, fragte ich. Der Mann, sagte sie, am Waldrand, gleich bei der großen... nein, jetzt ist er weg. Ich stand auf und ging zum Fenster. Wo?, fragte ich. Bei der großen Fichte, sagte sie. Bist du sicher, dass es derselbe Mann war?, fragte ich. Ich glaube schon, sagte sie. Jetzt ist da niemand, sagte ich. Nein, er ist weg, sagte sie. Ich ging wieder zum Tisch. Ich sagte: Du kannst auf die Entfernung unmöglich erkennen, ob es derselbe Mann war. Beate antwortete nicht sofort, dann sagte sie: Dich hätte ich wiedererkannt. Das ist etwas anderes, sagte ich. Mich kennst du. Wir aßen eine Weile stumm weiter. Dann sagte sie: Warum hast du eigentlich nicht geantwortet, als ich dich gerufen habe? Mich gerufen?, fragte ich. Ich habe dich gesehen, sagte sie. Du hast nicht geantwortet. Ich antwortete nicht. Ich habe dich gesehen, sagte sie. Warum bist du dann ums Haus gegangen?, fragte ich. Damit du dachtest, ich hätte dich nicht gesehen, sagte sie. Ich dachte, du hättest mich nicht gesehen, sagte ich. Warum hast du nicht geantwortet?, fragte sie. Ich musste ja nicht antworten, weil ich dachte, du würdest mich nicht sehen, sagte ich. Ich hätte ja ganz woanders sein können. Wenn du mich nicht gesehen hättest und nicht so getan hättest, als ob du mich nicht sehen würdest, dann wäre das kein Problem. Mein Lieber, sagte sie, es ist auch kein Problem.

Eine Weile lang sagten wir nichts mehr. Beate wandte immer wieder den Kopf und sah aus dem Fenster. Ich sagte: Es wird nicht regnen. Nein, sagte sie, es lässt auf sich warten. Ich legte das Besteck hin, lehnte mich zurück und sagte: Weißt du was, manchmal ärgerst du mich. Ach ja?, sagte sie. Dass du nie zugeben kannst, wenn du dich irrst, sagte ich. Kann ich doch, sagte sie. Ich irre mich oft. Alle irren sich mal. Absolut alle. Ich sah sie einfach nur an und erkannte, sie hatte begriffen, dass sie zu weit gegangen war. Sie stand auf. Sie nahm die Sauciere und die leere Gemüseschüssel und ging in die Küche. Sie kam nicht zurück. Ich stand ebenfalls auf. Ich zog mir die Jacke an, dann stand ich kurz da und lauschte, aber es war ganz still. Ich ging in den Garten, ums Haus herum auf die Straße. Ich ging ostwärts, aus dem Ort hinaus. Ich war etwas erregt. Die Gärten der Villen zu beiden Seiten der Straße lagen leer, und ich hörte nichts außer dem fast gleichförmigen Brummen von der Autobahn. Ich ließ die Häuser hinter mir und trat auf die große ebene Fläche, die sich bis zum Fjord erstreckt.

Ich kam zum Fjord direkt neben einem kleinen Café mit Terrasse und setzte mich an einen Tisch ganz vorn am Wasser. Ich bestellte ein Glas Bier und machte mir eine Zigarette an. Mir war warm, aber ich behielt die Jacke an, weil ich annahm, dass ich Schweißflecken unter den Achseln hatte. Alle anderen Gäste saßen hinter mir; vor mir hatte ich den Fjord und die fernen, bewaldeten Hänge. Das leise Stimmensummen und das schwache Glucksen des Wassers zwischen den Ufersteinen versetzte mich in einen dösigen Zustand. Die Gedanken folgten ihren augenscheinlich unlogischen Bahnen, das war nicht unangenehm, im Gegenteil, ich verspürte ein ungewöhnliches Wohlbehagen; umso unverständlicher war, dass mich übergangslos ein Gefühl ängstlicher Verlassenheit erfüllte. Etwas so Umfassendes war an der Angst und an der Verlassenheit, dass es sozusagen die Zeit auslöschte, wahrscheinlich dauerte es jedoch nur ein paar Sekunden, bevor meine Sinne mich wieder ins Hier und Jetzt zurückriefen.

Ich ging denselben Weg wieder nach Hause, über die große Fläche. Die Sonne senkte sich auf die Berge im Westen; über der Stadt lag Dunst, nicht die kleinste Bewegung war in der Luft. Ich verspürte einen Widerwillen dagegen, nach Hause zu gehen, plötzlich dachte ich, und es war ein ganz klarer, deutlicher Gedanke: Wenn sie nur tot wäre.

Aber ich ging weiter. Ich ging durchs Tor und ums Haus herum nach hinten. Beate saß am Gartentisch; ihr gegenüber ihr älterer Bruder. Ich ging zu ihnen hin, ich war ganz ruhig. Wir wechselten ein paar belanglose Worte. Beate fragte nicht, wo ich gewesen war, keiner der beiden forderte mich auf, mich zu ihnen zu setzen, was ich ohnehin abgelehnt hätte, mit einer plausiblen Entschuldigung.

Ich ging ins Schlafzimmer hoch, hängte die Jacke auf und zog das Hemd aus. Beates Teil des Doppelbetts war ungemacht. Auf dem Nachttisch stand ein Aschenbecher mit zwei Zigarettenstummeln, neben dem Aschenbecher lag ein geöffnetes Buch, der Umschlag nach oben. Ich klappte das Buch zu; den Aschenbecher nahm ich mit ins Bad und spülte die Zigarettenstummel weg. Dann zog ich mich aus und drehte die Dusche auf, aber das Wasser war nur lauwarm, fast kalt, und der Aufenthalt unter der Dusche gestaltete sich ganz anders und viel kürzer, als ich gedacht hatte.

Als ich am offenen Schlafzimmerfenster stand und mich anzog, hörte ich Beate lachen. Ich machte mich rasch fertig und ging in den Waschkeller hinunter; durch das dortige Fenster konnte ich sie betrachten, ohne selbst gesehen zu werden. Sie saß zurückgelehnt auf dem Stuhl, den Rock auf den gespreizten Beinen hoch hinaufgezogen, die Hände im Nacken gefaltet, so dass der dünne Blusenstoff sich um ihre Brüste schmiegte. Etwas Obszönes war an der Haltung, das mich erregte, und die Erregung wurde dadurch noch verstärkt, dass sie vor einem Mann so saß, auch wenn es nur ihr Bruder war.

So stand ich eine Weile da und sah sie an; sie saß nicht weiter als sieben, acht Meter von mir entfernt, doch dank der Stauden auf dem Beet vorm Kellerfenster konnte ich sicher sein, dass sie mich nicht entdecken würde. Ich versuchte zu erlauschen, was sie sagten, aber sie sprachen zu leise, auffallend leise, fand ich. Dann stand sie auf, ihr Bruder ebenfalls, und ich ging rasch die Kellertreppe hinauf in die Küche. Ich drehte den Kaltwasserhahn auf und holte ein Glas, aber sie kam nicht, also drehte ich ihn wieder zu und stellte das Glas zurück.

Als ich innerlich wieder ruhiger war, ging ich ins Wohnzimmer und setzte mich, blätterte in einer technischen Zeitschrift. Die Sonne war untergegangen, aber man brauchte noch kein Licht zu machen. Ich blätterte hin und her. Die Terrassentür stand offen. Ich zündete mir eine Zigarette an. Ich hörte fern ein Flugzeug, sonst war es still. Ich wurde wieder unruhig, und ich stand auf und ging in den Garten. Niemand war dort. Die Tür im Lattenzaun stand einen Spalt weit offen. Ich ging hin und schloss sie. Ich dachte: Sie steht sicher hinterm Gebüsch und beobachtet mich. Ich ging zurück zum Gartentisch, rückte den einen Stuhl etwas zurecht, so dass die Rückenlehne zum Wald zeigte, und setzte mich hin. Ich vergewisserte mich, dass ich es nicht sehen könnte, wenn jemand im Waschkeller stünde und mich beobachtete. Ich rauchte zwei Zigaretten. Es wurde dunkel, aber die still stehende Luft war mild, fast warm. Eine blasse Mondsichel stand über dem Hügel im Osten, es war kurz nach zehn. Ich rauchte noch eine. Dann hörte ich die Zauntür leise knarren, drehte mich aber nicht um.

Sie setzte sich und legte einen kleinen Strauß Wiesenblumen auf den Gartentisch. Was für ein schöner Abend, sagte sie. Ja, sagte ich. Hast du eine Zigarette?, fragte sie. Sie bekam eine, und ich gab ihr Feuer. Dann sagte sie mit der kindlich-eifrigen Stimme, die auf mich immer so unwiderstehlich wirkte: Ich hole mal eine Flasche Wein, was? – und bevor ich wusste, was ich antworten sollte, stand sie auf, nahm den Blumenstrauß und ging rasch über den Rasen und die Terrassentreppe hinauf. Ich dachte: Jetzt wird sie so tun, als ob nichts passiert wäre. Dann dachte ich: Es ist auch nichts passiert. Nichts, von dem sie wüsste. Und als sie den Wein und zwei Gläser und sogar ein blau kariertes Tischtuch brachte, war ich fast ganz ruhig. Sie hatte das Licht über der Terrassentür angemacht, und ich drehte den Stuhl so herum, dass ich in den Wald schaute. Beate goss ein, und wir tranken. Hmm, sagte sie, gut. Der Wald stand wie eine schwarze Silhouette vor dem blassblauen Himmel. Wie still es ist, sagte sie. Ja, sagte ich. Ich hielt ihr das Zigarettenpäckchen hin, aber sie wollte keine mehr. Ich nahm selbst eine. Schau mal, der Mond, sagte sie. Ja, sagte ich. Wie schmal er noch ist, sagte sie. Ja, sagte ich. Ich nippte am Wein. Im Süden liegt er auf dem Rücken, sagte sie. Ich antwortete nicht. Weißt du noch, die Hunde in Thessaloniki, die sich bei der Paarung ineinander verhakt hatten, sagte sie. In Kavala, sagte ich. All die alten Leute vorm Café, wie die geschrien und rumgefuchtelt haben, und wie die Hunde heulten und strampelten, um auseinander zu kommen. Und als wir aus der Stadt kamen, war auch so ein schmaler Mond am Himmel, er lag auf dem Rücken, und wir waren so geil aufeinander, weißt du noch? Ja, sagte ich. Beate goss Wein nach. Dann saßen wir eine Weile schweigend, ziemlich lange. Ihre Worte hatten mich unruhig werden lassen, und das Schweigen danach verstärkte diese Unruhe noch. Ich suchte nach etwas, das ich sagen konnte, etwas Alltäglichem, Ablenkendem. Beate stand auf. Sie ging um den Gartentisch herum und blieb hinter mir stehen. Ich bekam Angst, ich dachte: Jetzt tut sie mir etwas an. Und als ich ihre Hände am Hals spürte, schrak ich zusammen, warf Kopf und Oberkörper nach vorn. Fast im selben Moment wurde mir klar, was ich getan hatte, und ich sagte, ohne mich zu ihr umzudrehen: Du hast mich erschreckt. Sie antwortete nicht. Ich lehnte mich wieder zurück. Ich hörte ihren Atem. Dann ging sie.

Irgendwann stand ich auf, um hineinzugehen. Es war jetzt ganz dunkel. Ich hatte den Wein ausgetrunken und überlegt, was ich sagen sollte, es hatte einige Zeit gedauert. Ich nahm die Gläser und die leere Flasche mit, ließ aber nach kurzem Überlegen das blau karierte Tischtuch liegen. Das Wohnzimmer war leer. Ich ging in die Küche und stellte Flasche und Gläser neben die Spüle. Es war etwas nach elf. Ich schloss die Terrassentür ab und löschte die Lichter, dann ging ich die Treppe zum Schlafzimmer hoch. Die Lampe auf meinem Nachttisch brannte. Beate lag mit abgewandtem Gesicht da und schlief, oder sie tat so, als ob sie schliefe. Mein Deckbett war zurückgeschlagen, und auf dem Laken lag der Stock, den ich nach dem Unfall im Jahr unserer Hochzeit benutzt hatte. Ich nahm ihn und wollte ihn unters Bett legen, dann entschied ich mich anders. Ich stand da, den Stock in der Hand, starrte auf den Bogen der Hüfte unter dem dünnen Sommerdeckbett und wurde von einem plötzlichen Begehren fast überwältigt. Dann ging ich rasch hinaus und ins Wohnzimmer hinunter. Ich hatte den Stock mitgenommen, und ohne genau zu wissen, warum, schlug ich ihn mir hart übers Bein und zerbrach ihn in zwei Stücke. Der Schlag tat weh, und ich wurde ruhiger. Ich ging ins Arbeitszimmer und machte das Licht überm Zeichenbrett an. Ich löschte es wieder und legte mich auf die Couch, breitete eine Decke über mich und schloss die Augen. Ich sah Beate deutlich vor mir. Ich öffnete die Augen wieder, sah sie aber dennoch weiter.

Ich erwachte mehrmals im Laufe der Nacht, und ich stand früh auf. Ich ging ins Wohnzimmer, um den Stock wegzutun, Beate sollte nicht sehen, dass ich ihn zerbrochen hatte. Sie saß auf dem Sofa. Sie sah mich an. Guten Morgen, sagte sie. Ich nickte. Sie sah mich weiter an. Haben wir Streit?, fragte sie. Nein, sagte ich. Sie hielt mich mit ihrem Blick fest, ich konnte ihn nicht deuten. Ich setzte mich hin, um ihm zu entkommen. Du hast es missverstanden, sagte ich. Ich hatte nicht bemerkt, dass du aufgestanden warst, ich war in Gedanken, und da auf einmal die Hände an meinem Hals, ich verstehe ja, dass dich das … aber ich wusste nicht, dass du hinter mir standest. Sie sagte nichts. Ich sah sie an, traf auf denselben unergründlichen Blick. Du musst mir glauben, sagte ich. Sie wandte den Blick ab. Ja, sagte sie, das muss ich wohl.

Ein plötzlich befreiender Gedanke

Ich wohne in einem Keller; das ist in jeder Hinsicht ein Ergebnis des Umstands, dass es mit mir bergab gegangen ist.

Mein Zimmer hat nur ein Fenster, und nur dessen oberer Teil liegt über dem Bürgersteig; so sehe ich die Außenwelt von unten. Es ist nicht die große weite Welt, aber oft fühlt sie sich groß genug an.

Ich sehe nur die Beine und Unterleiber derer, die auf meiner Straßenseite über den Bürgersteig gehen, doch nachdem ich seit vier Jahren hier wohne, weiß ich in den meisten Fällen, zu wem sie gehören. Es herrscht nämlich wenig Verkehr; ich wohne am Ende einer Sackgasse.

Ich bin ein wortkarger Mann, doch gelegentlich führe ich Selbstgespräche. Dann sage ich Dinge, von denen ich finde, sie müssen gesagt werden.

Eines Tages, als ich am Fenster stand und gerade den Unterleib der Frau des Hausbesitzers hatte vorbeigehen sehen, fühlte ich mich unvermittelt so einsam, dass ich beschloss, auszugehen.

Ich zog Schuhe und Mantel an und steckte die Lesebrille in die Manteltasche, für alle Fälle. Dann ging ich hinaus. Der Vorteil an einer Kellerwohnung ist, dass man hochgeht, wenn man ausgeruht ist, und wenn du müde nach

Hause kommst, gehst du hinunter. Wohl der einzige Vorteil.

Es war ein warmer Sommertag. Ich ging zum Park bei der stillgelegten Feuerwehrstation, wo ich in aller Ruhe zu sitzen pflege. Doch ich hatte mich gerade erst niedergelassen, da kam ein alter Kerl in meinem Alter und setzte sich neben mich, dabei gab es noch viele freie Bänke. Nun war ich zwar ausgegangen, um mich weniger einsam zu fühlen, aber doch nicht, um zu reden; nur um der Abwechslung willen. Immer nervöser erwartete ich, dass er gleich etwas sagen würde, ich dachte sogar daran, aufzustehen und zu gehen, doch wohin sollte ich gehen, hier hatte ich ja herkommen wollen. Aber er sagte nichts, das war mir sympathisch, ich wurde milder gestimmt. Ich versuchte sogar, ihn anzusehen, freilich, ohne dass er es bemerken sollte. Aber er bemerkte es, denn er sagte:

»Verzeihen Sie bitte, dass ich das sage, aber ich habe mich hergesetzt, weil ich dachte, ich hätte meinen Frieden. Wenn Sie es wünschen, gehe ich selbstverständlich woandershin.«

»Bleiben Sie sitzen«, sagte ich, ganz schön verblüfft. Selbstverständlich unternahm ich keinen erneuten Versuch, ihn anzusehen, er genoss meinen tiefsten Respekt. Und noch selbstverständlicher: ich sprach ihn nicht an. Ich verspürte etwas Merkwürdiges in mir, etwas Nicht-Einsames, schlicht und einfach eine Art Wohlbehagen.

Er saß rund eine halbe Stunde neben mir, dann stand er auf, etwas beschwerlich, er wandte sich zu mir um und sagte:

»Danke. Auf Wiedersehen.«

»Auf Wiedersehen.«

Dann ging er, mit bemerkenswert langen Schritten und

etwas rudernden Armbewegungen, als würde er schlafwandeln.

Am nächsten Tag zur selben Zeit, nein, etwas früher, ging ich wieder in den Park. Nach all den Gedanken und Spekulationen, die ich um ihn herum angestellt hatte, erschien das nicht mehr als natürlich; es war kaum eine freie Willensentscheidung, was immer das auch sein mag.

Er kam, ich sah ihn auf weite Entfernung, erkannte ihn am Gang wieder. Auch heute gab es freie Bänke, und ich war etwas gespannt, ob er sich zu mir setzen würde. Ich sah natürlich in eine andere Richtung, tat so, als hätte ich ihn überhaupt nicht gesehen, und als er sich hinsetzte, bemerkte ich ihn scheinbar nicht. Und auch er bemerkte mich scheinbar nicht; es war eine recht ungewöhnliche Situation – eine Art ungeplanter Nicht-Begegnung. Ich muss zugeben, ich war unsicher, ob ich wünschte oder nicht, dass er etwas sagte, und nach einer halben Stunde wusste ich nicht, ob ich als Erster gehen oder warten sollte, bis er ging. Es war eigentlich keine unangenehme Unsicherheit – ich konnte ja einfach sitzen bleiben. Aber dann fiel mir aus irgendeinem Grund ein, dass er hier saß und Oberwasser hatte, und das machte mir die Entscheidung leicht. Ich stand auf, sah ihn erstmals an und sagte:

»Auf Wiedersehen.«

»Auf Wiedersehen«, sagte er und blickte mir direkt in die Augen. Sein Blick war nicht zu deuten.

Ich ging, und während ich mich entfernte, konnte ich nicht anders, ich überlegte, wie er nun *meinen* Gang charakterisieren würde, und sofort spürte ich, wie mein Körper sich verschloss und die Schritte steif und staksig wurden. Das ärgerte mich, zugegebenermaßen.

Als ich an diesem Abend unterm Fenster stand und hi

naussah, viel zu sehen gab es nicht, dachte ich, wenn er am nächsten Tag wieder käme, dann würde ich etwas sagen. Ich dachte mir sogar aus, was ich sagen, wie ich ein eventuelles Gespräch einleiten würde. Ich wollte eine Viertelstunde warten, und dann sagen, ohne ihn anzusehen: »Es ist an der Zeit, dass wir miteinander reden.« Nichts weiter, nur das. Dann konnte er antworten oder auch nicht, und wenn er nicht antwortete, wollte ich aufstehen und sagen: »Künftig würde ich Sie bitten, sich auf eine andere Bank zu setzen.«

Noch etliches anderes dachte ich mir an jenem Abend aus, Dinge, die ich sagen würde, wenn es tatsächlich zu einem Gespäch käme, doch das meiste verwarf ich als uninteressant und allzu banal.

Am nächsten Morgen war ich gespannt und unsicher, ich erwog sogar, zu Hause zu bleiben. Den Entschluss des Vorabends schob ich entschieden von mir; wenn ich hinginge, würde ich keinesfalls etwas sagen.

Ich ging hin, und er kam. Ich sah ihn nicht an. Plötzlich schien es mir ziemlich auffallend, dass er immer weniger als fünf Minuten nach meiner Ankunft auftauchte – als würde er irgendwo in der Nähe warten und mich kommen sehen. Ja, natürlich, dachte ich: Er wohnt in einem der Mietshäuser neben der Feuerwehrstation, er beobachtet mich vom Fenster aus.

Ich kam nicht dazu, weiter zu spekulieren, denn unvermittelt sagte er etwas. Was er sagte, sorgte dafür, dass mir unwohl zumute wurde, das muss ich zugeben.

»Verzeihen Sie bitte«, sagte er, »aber wenn Sie nichts dagegen haben, dann ist es an der Zeit, dass wir miteinander reden.«

Ich antwortete nicht sogleich, dann sagte ich:

»Vielleicht. Wenn es denn etwas zu sagen gibt.«

»Sie wissen nicht, ob es etwas zu sagen gibt?«

»Ich bin wahrscheinlich älter als Sie.«

»Das ist nicht ausgeschlossen.«

Mehr sagte ich nicht. Ich verspürte eine unbehagliche Unruhe, das lag an dem seltsamen Rollentausch, der hier stattgefunden hatte. Er hatte das Gespräch begonnen, praktisch mit meinen Worten, und ich hatte so geantwortet, wie ich mir seine Antwort vorgestellt hatte. Es war, als hätte ich ebenso gut er sein können, und er ich. Es war unangenehm. Ich hatte Lust zu gehen. Doch da ich sozusagen gezwungen war, mich mit ihm zu identifizieren, fand ich es problematisch, ihn zu kränken oder gar zu beleidigen.

Es verstrich vielleicht eine Minute, dann sagte er:

»Ich bin dreiundachtzig.«

»Dann hatte ich recht.«

Eine weitere Minute verstrich.

»Spielen Sie Schach?«, fragte er.

»Seit Langem nicht mehr.«

»Fast niemand spielt mehr Schach. Alle, mit denen ich Schach gespielt habe, sind tot.«

»Es ist mindestens fünfzehn Jahre her«, sagte ich.

»Der Letzte ist im Winter gestorben. Ausgerechnet er war kein großer Verlust, er war ziemlich schwach geworden. Ich schlug ihn immer in weniger als zwanzig Zügen. Aber ihm brachte das eine gewisse Freude, ich denke, es war wohl die letzte Freude, die ihm blieb. Vielleicht haben Sie ihn gekannt.«

»Nein«, sagte ich rasch, »ich kannte ihn nicht.«

»Woher wollen Sie wissen… ach, woher Sie das wissen wollen, ist Ihre Sache.«

Da war ich ganz seiner Meinung und wollte das auch

gern sagen, aber ich hielt ihm zugute, dass er die Frage nicht zu Ende gesprochen hatte.

Ich spürte, dass er den Kopf wandte und mich ansah. So saß er lange, es war mir unangenehm, also nahm ich die Brille aus der Manteltasche und setzte sie auf. Alles vor mir, Bäume und Häuser und Bänke, verschwand in einem Nebel.

»Sie sind kurzsichtig?«, fragte er.

»Nein«, sagte ich, »im Gegenteil.«

»Ich meine – Sie brauchen eine Brille, um zu sehen, was in der Entfernung liegt.«

»Nein, im Gegenteil. Ich habe Probleme mit der Nähe.«

»Ah ja.«

Ich sagte nichts weiter. Als ich spürte, dass er das Gesicht wieder abgewandt hatte, nahm ich die Brille ab und steckte sie wieder in die Manteltasche. Er seinerseits sagte nichts mehr, und als ich fand, dass genügend Zeit vergangen war, stand ich auf und sagte höflich:

»Danke für das Gespräch. Auf Wiedersehen.«

»Auf Wiedersehen.«

Ich ging sichereren Schrittes davon als tags zuvor, doch als ich zu Hause wieder zur Ruhe gekommen war, stellte ich wiederum übereilte Pläne an, wie ich meine nächste Begegnung mit ihm gestalten würde. Ich ging im Zimmer hin und her und dachte mir allerlei Unmögliches aus, auch die eine oder andere Spitzfindigkeit; es war nicht ganz frei von einem gewissen Hochmut, doch auch der lag letztlich daran, dass ich ihn als mir ebenbürtig ansah.

In jener Nacht schlief ich nicht gut. Als ich noch jung genug war, um daran zu glauben, dass die Zukunft Überraschungen bereithält, kam es oft vor, dass ich schlecht schlief, aber das war lange her, das war, bevor mir klar wurde, ich meine, restlos klar, dass es an dem Tag, da man stirbt, keinerlei Rolle spielt, ob man ein gutes oder schlechtes Leben gehabt hat. Dass ich schlecht schlief, überraschte und beunruhigte mich folglich. Ich hatte auch nichts zu Schweres gegessen, lediglich ein paar gekochte Kartoffeln und eine Dose Sardinen; danach hatte ich schon viele Male gut geschlafen.

Am nächsten Tag kam er erst nach fast einer Viertelstunde; ich hatte die Hoffnung schon aufgeben wollen – es war ein ungewohntes Gefühl: eine Hoffnung zu haben, die ich aufgeben konnte. Doch er kam.

»Guten Tag«, sagte er.

»Guten Tag.«

Dann sagten wir eine Weile nichts mehr. Ich wusste sehr wohl, was ich sagen wollte, wenn die Pause zu lang würde, aber er sollte als Erster reden, was er auch tat:

»Ihre Frau ... ist sie noch am Leben?«

»Nein, sie lebt nicht mehr, schon lange, ich habe sie mehr oder weniger vergessen. Und Ihre?«

»Vor zwei Jahren. Heute vor zwei Jahren.«

»Oh. Heute ist also eine Art Trauertag.«

»Nun ja. Gegen Sehnsucht kann man nichts machen. Aber ich begehe den Tag nicht, indem ich ihr Grab aufsuche, falls Sie das meinen. Gräber sind dummes Zeug. Verzeihen Sie. Das waren keine wohlgewählten Worte.«

Ich antwortete nicht.

»Verzeihen Sie«, sagte er, »vielleicht habe ich Sie gekränkt, das war nicht meine Absicht.«

»Sie haben mich nicht gekränkt.«

»Gut. Sie könnten ja sogar religiös sein, was weiß ich. Ich hatte eine Schwester, die ans ewige Leben glaubte. Haben Sie schon einmal so etwas Abwegiges gehört?«

Erneut traf mich die Erkenntnis, dass er meine Antworten mehr oder weniger vorhersah, und kurz dachte ich kläglich, er sei nur Einbildung, er existiere gar nicht, ich führte in Wirklichkeit Selbstgespräche. Und es war wohl dieses klägliche Gefühl, das mich dazu brachte, eine vollkommen unüberlegte Frage zu stellen:

»Wer sind Sie eigentlich?«

Zum Glück antwortete er nicht gleich, also konnte ich rasch noch einen Rückzieher machen:

»Sie missverstehen. Ich meinte eigentlich nicht Sie. Es ging mir nur so durch den Kopf.«

Ich spürte, dass er mich ansah, doch diesmal zog ich die Brille nicht hervor. Ich sagte:

»Übrigens möchte ich nicht, dass Sie glauben, es wäre meine Gewohnheit, Fragen zu stellen, auf die es keine Antwort gibt.«

Dann saßen wir schweigend da. Es war kein entspanntes Schweigen; ich wäre am liebsten gegangen. In zwei Minuten, dachte ich, wenn er in zwei Minuten nichts gesagt hat, dann gehe ich. Und ich zählte innerlich die Sekunden. Er sagte nichts, und ich stand auf, auf die Sekunde genau. Er stand ebenfalls auf, gleichzeitig mit mir.

»Danke für das Gespräch«, sagte ich.

»Gleichfalls. Es fehlt nur noch, dass Sie Schach spielen möchten.«

»Daran hätten Sie kaum große Freude. Zudem pflegen Ihre Mitspieler ja für gewöhnlich zu sterben.«

»Freilich, freilich«, antwortete er, er wirkte plötzlich abwesend.

»Auf Wiedersehen«, sagte ich.

»Auf Wiedersehen.«

Als ich an diesem Tag nach Hause kam, war ich müder als

sonst; ich musste mich ein wenig hinlegen. Nach einer Weile sagte ich laut. »Ich bin alt. Und das Leben ist lang.«

Als ich am nächsten Morgen aufwachte, regnete es. Dass ich enttäuscht war, wäre ein zu schwaches Wort. Doch als der Regen sich im Lauf des Tages nicht legte, wurde mir klar, dass ich dennoch in den Park gehen würde. Ich würde nicht anders können. Nicht, weil ich hoffte, dass er ebenfalls kommen würde, das war es nicht. Nur, falls er käme, wollte ich, musste ich dort sein. Und als ich auf der nassen Bank saß, im Regen, hoffte ich sogar, er würde nicht kommen; es hatte etwas Entblößendes, etwas Schamloses, allein in einem regennassen Park zu sitzen.

Aber er kam – hatte ich es doch gewusst! Anders als ich trug er einen schwarzen, fast eleganten Regenmantel. Er setzte sich hin.

»Sie trotzen dem Wetter«, sagte er.

Das war natürlich nur so als Bemerkung gemeint, doch wegen meiner Gedanken unmittelbar, bevor er gekommen war, fand ich es ein wenig aufdringlich, also antwortete ich nicht. Ich stellte fest, dass meine Laune sich getrübt hatte, und bedauerte, dass ich hergekommen war. Außerdem wurde ich allmählich nass, mein Mantel war schwer, es war fast lächerlich, so sitzen zu bleiben, daher sagte ich:

»Ich bin nur ausgegangen, um ein wenig frische Luft zu schnappen, aber dann wurde ich müde. Ich bin ein alter Mann.«

Und dann fügte ich hinzu, damit er sich nichts einbildete:

»Man hat seine Gewohnheiten.«

Er sagte nichts, und das provozierte mich, so unangemessen es auch war. Was er dann sagte, nach einer langen Pause, stimmte mich nicht versöhnlicher:

»Sie mögen die Menschen nicht besonders, oder irre ich mich?«

»Menschen mögen?«, antwortete ich, »was meinen Sie damit?«

»Na, das ist nur so eine Redensart. Ich wollte nicht aufdringlich sein.«

»Natürlich mag ich die Menschen nicht. Und natürlich mag ich die Menschen. Wenn Sie jetzt gefragt hätten, ob ich Katzen oder Ziegen mag, oder meinetwegen Schmetterlinge, aber Menschen. Abgesehen davon, ich habe fast keine Bekannten.«

Das Letzte bereute ich sofort, aber er ging zum Glück nicht darauf ein.

»Das ist ja eine Nummer. Ziegen und Schmetterlinge!«

Ich hörte, wie er lächelte. Ich musste mir eingestehen, dass ich unnötig schroff gewesen war, und so sagte ich:

»Falls Sie eine allgemeine Antwort auf eine allgemeine Frage wünschen, kann ich sagen, dass ich sowohl Ziegen als auch Schmetterlinge bedingungsloser mag als Menschen.«

»Danke, ich hatte das schon begriffen. Das nächste Mal, wenn ich mich zu einer Frage erkühne, werde ich mich um mehr Präzision bemühen.«

Er sagte das freundlich, und es ist nicht zu viel gesagt, dass es mir leidtat, auch wenn es nur meine schlechte Laune war, die mich so abweisend hatte sein lassen. Und da es mir leidtat, sagte ich noch etwas, das mir dann auch sofort wieder leidtat:

»Entschuldigung, aber fast alles, was ich noch habe, sind die Wörter. Entschuldigung.«

»Gewiss doch. Es war mein Fehler. Ich hätte daran denken sollen, wer Sie sind.«

Es durchzuckte mich – wusste er, wer ich war? Kam er tagtäglich hierher, weil er wusste, wer ich war? Ich konnte nicht dagegen an, ich wurde so unruhig und unsicher, dass ich fast automatisch die Hand in die Manteltasche steckte und nach der Brille griff.

»Wie meinen Sie das?«, fragte ich. »Kennen Sie mich?«

»Ja. Obwohl, kennen. Wir sind einander schon einmal begegnet. Als ich mich zum ersten Mal hierhersetzte, war mir das nicht klar. Aber nach und nach wurde mir bewusst, dass ich Sie schon gesehen habe, ich konnte Sie nur nicht unterbringen, bis gestern. Sie sagten irgendetwas, und plötzlich wusste ich, woher ich Sie kenne. Aber Sie erinnern sich nicht an mich?«

Ich stand auf.

»Nein.«

Ich sah ihn geradewegs an. Ich wusste nicht, ob ich ihn jemals gesehen hatte.

»Ich bin … ich war Ihr Richter.«

»Sie, Sie …«

Ich wusste nichts mehr zu sagen.

»Bitte setzen Sie sich doch.«

»Ich bin durchnässt. Ach so. Sie waren … das waren Sie. Ach so. Nun gut, auf Wiedersehen, ich muss gehen.«

Ich ging. Es war kein würdiger Abgang, aber ich war aufgeschreckt, ich ging schneller als seit vielen Jahren, und als ich nach Hause kam, konnte ich nur noch den klatschnassen Mantel abwerfen und mich dann aufs Bett fallen lassen. Mein Herz raste, ich war fest entschlossen, den Park nie wieder zu betreten.

Doch als mein Puls sich nach einer Weile normalisiert hatte, kamen auch meine Gedanken zur Ruhe. Ich akzeptierte meine Reaktion; etwas sorgsam Verstecktes war wieder ans Licht gekommen, ich war überrumpelt worden, das war alles. Es war begreiflich.

Ich stand wieder auf, und mit einer gewissen Befriedigung kann ich sagen, dass ich wieder voll und ganz ich selbst war. Ich stellte mich unters Fenster und sagte: »Er soll mich wiedersehen.«

Am nächsten Tag war das Wetter wieder gut, welche Erleichterung, und der Mantel so gut wie trocken. Ich ging zur gewohnten Zeit in den Park; er sollte nichts Unregelmäßiges an mir bemerken und ja nicht glauben, er hätte mich bezwungen.

Doch als ich mich der Bank näherte, saß er bereits dort, also war er es, der sich unregelmäßig verhielt.

»Guten Tag«, sagte er.

»Guten Tag«, antwortete ich, setzte mich, und um den Stier bei den Hörnern zu packen, fügte ich sogleich hinzu:

»Ich dachte, Sie würden heute vielleicht nicht kommen.«

»Bravo«, sagte er. »Eins zu null für Sie.«

Mit der Antwort war ich zufrieden; er war mir ebenbürtig.

»Haben Sie sich oft schuldig gefühlt?«, fragte ich.

»Ich verstehe nicht.«

»Als Richter, haben Sie sich da oft schuldig gefühlt? Es war ja Ihr Amt, anderen die nötige Summe an Schuld zuzusprechen.«

»Es war mein Amt, das Gesetz auszulegen, ausgehend von der Schuldeinschätzung anderer.«

»Versuchen Sie, sich zu entschuldigen? Das ist nicht notwendig.«

»Ich fühlte mich nicht schuldig. Hingegen fühlte ich mich oft der Starre der Gesetze preisgegeben. Wie in Ihrem Fall.«

»Ja, denn Sie sind nicht abergläubisch.«

Er blickte mich rasch an.

»Wie meinen Sie das jetzt?«, fragte er.

»Nur abergläubische Menschen meinen, es sei die Aufgabe des Arztes, die Leiden eines zum Tode Geweihten zu verlängern.«

»Oh ja, jetzt verstehe ich. Haben Sie denn keine Angst, dass Tötung aus Mitleid missbraucht werden könnte?«

»Natürlich kann sie missbraucht werden. Dann aber ist eine Tötung aus Mitleid keine Tötung aus Mitleid mehr, sondern Mord.«

Er antwortete nicht; ich blickte ihn verstohlen an; er hatte einen verdrossenen, verschlossenen Gesichtsausdruck. Das war mir nicht unrecht. Ich wusste zwar nicht, ob das Verdrossene an dem lag, was ich gesagt hatte, oder ob er einfach für gewöhnlich so aussah, wer konnte das wissen, ich hatte ihn ja so gut wie nie angesehen. Jetzt bekam ich Lust, das Versäumte nachzuholen und ihn mir gründlich anzuschauen, was ich auch offenherzig tat, ich wandte ihm den Kopf zu und starrte sein Profil an; das war das Mindeste, was ich mir dem Mann gegenüber herausnehmen konnte, der mich zu einem mehrjährigen Gefängnisaufenthalt verurteilt hatte. Ich holte sogar die Brille aus der Manteltasche und setzte sie auf; es war nicht notwendig, auch ohne konnte ich ihn deutlich genug sehen, fühlte aber den jähen Drang, ihn zu provozieren. Es war mir so wenig ähnlich, einen Menschen derart unverhohlen anzustarren, dass ich mir einen Moment lang selbst fremd vorkam; ein eigenartiges und durchaus nicht unangenehmes Gefühl. Und dass ich auf diese Weise mit meinem üblichen Verhalten brach, bewirkte einen überraschenden Folgeeffekt. Ich lachte, zum ersten Mal seit vielen Jahren;

es klang gewiss hässlich. Und so sagte er auch, ohne mich anzusehen, recht brüsk:

»Es schert mich nicht, warum Sie lachen, aber Sie klingen nicht vergnügt. Was schade ist. Sie sind ja sonst ein vernünftiger Mensch.«

Sofort wurde mir milder zumute, zugleich war ich etwas beschämt, ich wandte den Blick von seinem erbosten Profil ab und sagte:

»Sie haben recht. Das war kein überzeugendes Lachen.« Mehr als das wollte ich ihm nicht zugestehen.

Wir saßen schweigend da; ich dachte an mein ärmliches Leben und wurde melancholisch. Ich malte mir das Zuhause des Richters aus, mit bequemen Stühlen und großen Bücherregalen.

»Sie haben wohl eine Haushälterin?«, fragte ich.

»Ja, warum fragen Sie?«

»Ich versuche nur, mir das Rentnerdasein eines Richters vozustellen.«

»Oh, das ist nichts Großartiges. Die Tatenlosigkeit, wissen Sie, die langen, müßigen Tage.«

»Ja, die Zeit will einfach nicht vergehen.«

»Und sie ist das Einzige, was noch bleibt.«

»Die Zeit, die einem zu lang wird, vielleicht dazu noch eine Krankheit, die sie noch länger werden lässt, und dann ist Schluss. Und wenn es endlich so weit ist, denken wir: Was für ein sinnloses Leben.«

»Nun, sinnlos …«

»Sinnlos.«

Er antwortete nicht. Keiner von uns beiden sagte mehr etwas. Nach einer Weile stand ich auf, obgleich ich mich einsam fühlte; ich wollte meine Schwermut nicht mit ihm teilen.

»Auf Wiedersehen«, sagte ich.

»Auf Wiedersehen, Doktor.«

Schwermut oder Sentimentalität, und das Wort Doktor, ohne den geringsten Anflug von Ironie gesagt, sandte eine warme Welle durch mich hindurch; ich drehte mich jäh um und ging eilig von dannen. Und genau hier und jetzt, bevor ich noch aus dem Park heraus war, wusste ich, dass ich sterben würde. Ich war nicht überrascht; allenfalls war ich überrascht, dass ich es nicht war. Und mit einmal waren Schwermut und Sentimentalität wie weggeblasen. Ich verlangsamte den Schritt; ich spürte eine innere Ruhe, die nach Langsamkeit verlangte.

Als ich nach Hause kam, nach wie vor erfüllt von einer klaren Ruhe, nahm ich Briefpapier und Umschlag zur Hand. Auf den Umschlag schrieb ich »An den Richter, der mich gerichtet hat«. Dann setzte ich mich an den kleinen Tisch, an dem ich zu essen pflege, und begann diese Geschichte hier niederzuschreiben.

Heute bin ich zum letzten Mal in den Park gegangen. Ich war in einer seltsamen, fast übermütigen Stimmung; vielleicht verdankte ich sie der ungewohnten Freude, die es mir bereitet hatte, meine bisherigen Begegnungen mit dem Richter in Worte zu fassen; vielleicht doch aber eher dem Umstand, dass ich keine Sekunde in meinem Entschluss wankend geworden war. Auch heute wieder saß er schon da, als ich kam. Ich fand, er sehe gequält aus. Ich grüßte freundlicher als sonst, es kam ganz natürlich. Er blickte mich kurz an, wie um zu erkunden, ob ich das ernst meinte.

»Na«, sagte er. »Geht es Ihnen heute besser?«

»Ich habe einen guten Tag, ja. Und Sie?«

»Danke, ganz gut. Dann finden Sie das Leben also nicht mehr sinnlos.«

»Doch, gewiss, vollständig.«

»Hm. Mit dieser Erkenntnis könnte ich nicht leben.«

»Ach, Sie vergessen den Selbsterhaltungstrieb, der ist zäh und hat schon manch vernünftigen Entschluss zunichte gemacht.«

Er sagte nichts darauf. Ich hatte nicht vor, lange sitzen zu bleiben, also sagte ich nach kurzer Pause:

»Wir werden uns nicht mehr sehen. Heute bin ich gekommen, um Lebewohl zu sagen.«

»Ach ja? Wie schade. Verreisen Sie?«

»Ja.«

»Und Sie kommen nicht zurück?«

»Nein.«

»Hm. Aha. Ich hoffe, Sie finden es nicht aufdringlich, wenn ich sage, dass ich unsere Begegnungen vermissen werde.«

»Das ist freundlich von Ihnen.«

»Die Zeit wird einem länger vorkommen.«

»Auch auf anderen Bänken sitzen einsame Männer.«

»Ich sehe, Sie verstehen, was ich meine. Darf ich fragen, wohin die Reise geht?«

Es ist behauptet worden, einer, der wisse, dass er innerhalb der nächsten vierundzwanzig Stunden sterben werde, fühle sich frei, was auch immer zu tun, doch das stimmt nicht; selbst in dieser Situation ist man außerstande, wider seine Natur, sein Ich zu handeln. Nun hätte eine offene, ehrliche Antwort meiner Natur nicht widersprochen, doch hatte ich beschlossen, ihm das Ziel der Reise nicht zu enthüllen, denn wozu ihn erschrecken, er war trotz allem sozusagen mein einziger Hinterbliebener. Doch was sollte ich sagen?

»Sie werden Nachricht erhalten«, sagte ich irgendwann.

Ich bemerkte, dass er stutzte, aber er sagte nichts. Stattdessen griff er in die Brusttasche und nahm ein Notizbuch hervor. Er blätterte ein wenig darin, dann reichte er mir eine Visitenkarte.

»Danke«, sagte ich und steckte sie in die Manteltasche. Ich spürte, dass ich gehen musste. Ich stand auf. Er desgleichen. Er streckte die Hand aus. Ich ergriff sie.

»Alles Gute«, sagte er.

»Danke ebenso. Leben Sie wohl.«

»Leben Sie wohl.«

Ich ging. Ich hatte das Gefühl, er würde sich nicht wieder hinsetzen, drehte mich jedoch nicht um, um nachzusehen. Ruhig ging ich nach Hause, ohne über etwas Besonderes nachzudenken. Etwas in mir lächelte. Als ich in meinen Keller kam, stand ich eine Weile unterm Fenster und blickte auf die leere Straße hinaus, dann setzte ich mich an den Tisch, um diese Geschichte zu beenden. Die Visitenkarte des Richters werde ich auf den Umschlag legen.

Nun bin ich fertig, einen Augenblick noch, und ich werde die beschriebenen Blätter zusammenfalten und in den Umschlag tun. Und jetzt, ganz kurz, bevor es geschehen wird, wo ich die einzige nicht umkehrbare Tat ausführen werde, zu der der Mensch imstande ist, werden alle Gedanken von einem überschattet: Warum habe ich das nicht schon längst getan.

Der Grashüpfer

Maria machte in Hörweite der anderen eine Bemerkung über ihn, die ihm unangemessen erschien und ihn sehr aufbrachte. Er beherrschte sich enorm, um sich nichts anmerken zu lassen, aber als die Gäste gegangen waren und Maria sagte, sie sei müde, machte er noch eine Flasche Wein auf und legte im Kamin ein Scheit nach. Gehst du nicht ins Bett?, fragte sie. Er antwortete, er sei nicht müde und habe Lust auf noch ein Glas. Sie sah ihn an. Nicht, dass du morgen zu müde bist, sagte sie. Das lass meine Sorge sein, sagte er, und das war die einzige aggressive Aufwallung, der er Ausdruck verlieh.

Er saß noch knapp eine Stunde allein. Er trank zwei Gläser Wein. Dann nahm er die Flasche mit in die Küche und goss den restlichen Flascheninhalt in die Spüle. Er brachte die Flasche wieder rein und stellte sie neben das leere Glas.

Am nächsten Morgen wachte er spät und allein auf. Er stand sofort auf. Das Haus war leer, aber der Frühstückstisch gedeckt – nur für ihn. Der Kaffee in der Thermoskanne war lau. Er trank zwei Tassen. Die Sonntagszeitung lag neben dem Teller. Er nahm sie und ging auf die Veranda hinaus. Maria kniete im Kräutergarten, fast von den Dahlien verborgen; er tat so, als ob er sie nicht sähe, und setzte sich mit dem Rücken zu ihr hin. Er schlug die Zeitung auf und blickte über ihren Rand: ein paar Baumwipfel, ein mattblauer Himmel. So saß er, bis er Schritte auf dem Kies und ihre Stimme in seinem Rücken hörte: Guten Morgen. Er senkte die Zeitung und sah sie an. Guten Morgen, sagte er. Sie zog die Gartenhandschuhe aus und kam die Treppe herauf. Du hast so gut geschlafen, sagte sie, da wollte ich dich nicht wecken. Warst du noch lange wach? Ein paar Stunden, sagte er. So lange?, fragte sie. Er faltete die Zeitung zusammen, antwortete nicht, dann sagte er: Ich hab gedacht, ich fahre Vater besuchen. Aber Vera kommt zum Essen, sagte sie. Bis dahin bin ich wieder da, sagte er. Das schaffst du nicht, sagte sie. Dann essen wir eben eine Stunde später, sagte er. Weil du auf einmal auf die Idee kommst, deinen Vater zu besuchen? Er antwortete nicht. Sie ging hinein. Er stand auf und und ging hinter ihr her, um seine Jacke zu holen. Du hast ja gar nichts gegessen, sagte sie. Ich habe keinen Hunger, sagte er. Er begegnete ihrem Blick; sie musterte ihn. Was ist mit dir los, fragte sie. Nichts, sagte er.

Als er kurz darauf aus der Stadt hinaus in Richtung R. fuhr, war er eine Weile regelrecht übermütig, und er dachte: Ich tu, was ich will.

Auf halber Strecke nach R. fuhr er von der Landstraße ab zum Ende des Bufjords. Dort war ein kleines Café mit Terrasse, er bestellte zwei Sandwiches und Kaffee. Er saß unter einem Baum und blickte über den Fjord. Er rauchte eine Zigarette. Ab und zu sah er auf die Uhr. Er rauchte noch zwei Zigaretten, dann stand er auf und ging langsam zum Wagen.

Er fuhr denselben Weg zurück und kam nach Hause, bevor sie sich zu Tisch gesetzt hatten. Maria fragte, wie es seinem Vater gehe, und er sagte, er erkennt mich nicht mehr. Vera sagte, es müsse hart sein, seinen Vater so hilflos zu sehen. Er nickte. Sie setzten sich. Er goss Rotwein ein. Sie aßen Rindsbraten. Sie redeten über Alltägliches, er beteiligte sich mit dem einen oder anderen Ja oder Nein; er hatte die Gedanken oft woanders, sorgte aber die ganze Zeit dafür, dass die Gläser gefüllt blieben. Und als Maria gegen Ende der Mahlzeit mehr über seinen Vater wissen wollte, kollidierte ihre Frage mit einem aggressiven Gedanken, dem er gerade nachgehangen hatte, und er antwortete gedankenverloren mit einer Abweisung: Was interessierst du dich auf einmal so für Vater. Es wurde ganz still. Dann sagte Vera, leise: Das war aber nicht nett, Jakob. Nein, antwortete er, fast genauso leise, aber das geht dich nichts an. Er nahm sein Glas, seine Hand zitterte. Ich glaube, jetzt ist eine Erklärung fällig, sagte Maria. Er antwortete nicht. Ich weiß nicht, was ich denken soll, sagte sie. Er lehnte sich auf seinem Stuhl zurück und sah sie an. Er sagte: Vater geht es gut. Er bekommt nichts mehr mit, und wenn die Pfleger freundlich zu ihm sind, kann ihm niemand etwas Böses tun. Also, es geht ihm gut. Wieder war es eine Weile still, dann sagte Maria: Das hättest du auch gleich sagen können. Man könnte vieles gleich sagen, sagte er. Was meinst du jetzt damit?, fragte Maria. Meine ich etwas?, fragte er. Ach Mensch, sagte sie, jetzt bist du wirklich unmöglich. Sie stand auf und deckte den Tisch ab, und als Vera ebenfalls aufstand, sagte sie: Nein, nein, bleib ruhig sitzen. Jakob sah, dass Vera zögerte, dann nahm sie die Gemüseschüssel und die Sauciere und folgte Maria in die Küche. Jakob goss sich Wein ein, dann stand er auf, nahm das Glas mit und ging auf die Veranda. Er rauchte eine Zigarette, dann noch eine. Das Glas leerte sich. Vera kam heraus. Sie setzte sich. Was für ein Sommer, sagte sie. Ja, sagte er. Aber eigentlich, sagte sie, ist der August ein ziemlich… er hat was Wehmütiges, findest du nicht, irgendwie geht etwas zu Ende. Er blickte sie an, sagte nichts. Als ich klein war, sagte sie, habe ich den August, vor allem die Abende, immer mit Grashüpfern verbunden, mit ihrem Zirpen, das mochte ich so. Jetzt gibt es keine Grashüpfer mehr. Nein?, fragte er. Nein, sagte sie. Er sah sie an; sie hatte den Kopf gebeugt und fingerte an einem Nagel herum. Er sagte: Möchtest du noch Wein? Ja, gern, sagte sie. Er ging hinein, holte eine Flasche und ein Glas. Maria war nicht da. Vera saß in derselben Stellung, wie in etwas vertieft, und als er ihr Glas gefüllt hatte, und auch sein eigenes, und kurz dastand und auf sie hinuntersah, durchfuhr ihn eine Wärme, plötzlich, stoßartig, und er sagte: Wie schön du bist. Ich?, fragte sie. Er antwortete nicht, setzte sich hin. Es war eine Weile ganz still, auch in ihm. Dann sagte sie: Das hat schon lange niemand mehr gesagt. Kann ich eine Zigarette haben? Er hielt ihr das Päckchen hin. Ich hab gar nicht gewusst, dass du rauchst. Nein, sagte sie, ich habe aufgehört. Er gab ihr Feuer. Maria sagte von der Tür her: Also, Vera. Ja, was, sagte Vera. Hat Jakob dich verführt? Vera sah Jakob an und sagte: Irgendwie schon. Aber ich habe selbst beschlossen, der Verführung nachzugeben. Maria kam auf die Veranda, zog einen Stuhl an den Tisch und setzte sich hin. Jakob fragte, ob er ihr ein Glas holen sollte, er fühlte sich leicht und frei. Er holte es und goss ihr ein. Vera blies Rauchringe. Schaut mal, sagte sie, ich kann's noch. Du spielst mit dem Feuer, sagte Maria. Ja, sagte Vera, ich hatte fast vergessen, wie gut das ist. Da siehst du's, sagte Maria. Vera blies noch ein paar Ringe in die fast stillstehende Luft. Jetzt kannst du deinen Willen beweisen, sagte Maria. Ach bitte, sagte Vera. Sie sah

Jakob an und fügte hinzu: Maria ist und bleibt eben die große Schwester. Ja, ist mir aufgefallen, sagte er. Unsinn, sagte Maria. Maria spielt nicht mit dem Feuer, sagte Jakob. Ach, tut sie sicher, sagte Vera, nicht wahr, Maria? Alle tun es. Maria nippte an ihrem Wein. Schon vorstellbar, sagte sie, aber ich verbrenne mich nicht. Jakob lachte. Maria sah ihn an. Vera drückte die Zigarette aus. Es ist schwül, sagte Maria. Ja, sagte Vera. Stell dir vor, jetzt würde ein richtiges Gewitter kommen. Und der Blitz würde in das hässliche Haus da einschlagen. Also Vera, sagte Maria. Jakob lachte. Findest du das witzig?, fragte Maria. Ja, sagte Jakob, darum habe ich gelacht. Es war ganz still, lange, dann stand Maria auf. Sie stand kurz da, dann ging sie zur Treppe und in den Garten hinunter. Sag was, sagte Vera. Er sagte nichts. Er goss ihr Wein nach. Ich bin bald blau, sagte sie. Macht doch nichts, sagte er, dazu ist Wein ja da. Ich glaube, ich gehe lieber, sagte sie. Mir wäre es lieber, du bleibst, sagte er. Ich werd nur unanständig, sagte sie. Nur zu, sagte er. Unanständiges Mädchen, sagte sie und sah ihn an. Er wandte den Blick ab, spürte aber, dass sie ihn weiter ansah. Hast du jetzt Angst, fragte sie. Angst nicht, sagte er. Was denn, fragte sie. Maria kam über den Rasen. Die Möhren müssen pikiert werden. Pikiert?, fragte Jakob. Ausgedünnt, sagte sie. Sie kam die Treppe herauf und legte drei kleine Tomaten auf den Tisch. Kostet mal, wie gut die sind, sagte sie. Vera nahm eine. Ich glaube, ich suche mir auch einen Mann mit Garten, sagte sie. Ja, warum nicht?, sagte Maria. Und so eine Veranda wie die hier, sagte Vera, wo man auch bei Regen draußen sitzen kann. Wir sitzen nie bei Regen draußen, sagte Maria. Doch, klar, sagte Jakob. Ich sitze oft hier bei Regen. Nein, absolut nicht, sagte Maria. Doch, klar tu ich das, sagte Jakob. Ich würde es jedenfalls tun, sagte Vera. Sie steckte sich eine Tomate in den Mund. Zusammen mit meinem Mann. Was für einem Mann?, fragte Maria. Dem mit Garten und Veranda, sagte Vera. Du hast einen sitzen, sagte Maria. Ja klar, sagte Vera. Ich mach mal Kaffee, sagte Maria. Sie ging hinein. Vera nahm einen großen Schluck Wein. Kaffee!, sagte sie. Jakob goss ihr nach. Danke, sagte sie. Und eine Zigarette, wenn du noch hast. Sie bekam sie, und er gab ihr Feuer. Sitzt du wirklich hier bei Regen draußen?, fragte sie. Gelegentlich, sagte er, aber das ist jetzt lange her. Also stimmt es nicht, sagte sie. Nein, sagte er, aber das kann Maria nicht wissen. Aber du hast sie als Lügnerin hingestellt. Nicht weniger als sie mich, als sie gesagt hat, ich würde hier nicht sitzen. Aber das stimmt ja, sagte Vera. Ja, aber das weiß sie nicht. Vielleicht weiß sie es, weil sie dich kennt, sagte Vera. Sie kennt mich nicht, sagte Jakob. Maria kam heraus und stellte drei Tassen auf den Tisch. Sie sah Vera an, sagte aber nichts. Sie ging wieder hinein. Arme Maria, sagte Vera. Jakob sagte nichts. Ich trinke eine Tasse, dann gehe ich, sagte Vera. Er sagte nichts. Sie drückte die Zigarette aus. Maria brachte den Kaffee, goss ein und setzte sich hin. Jakob stand auf und ging ins Wohnzimmer, durch den Flur, auf die Straße hinaus; dort blieb er kurz stehen, dann ging er ins Zentrum,

Zwei Stunden später kam er wieder. Vera und Maria saßen im Wohnzimmer; sie hatten noch kein Licht gemacht. Da bist du ja, sagte Maria. Ja, sagte er. Wir haben uns gerade gefragt, wo du wohl abgeblieben bist, sagte Maria. Zigaretten holen, sagte er. Es war eine Weile ganz still, dann sagte er: Es zieht sich zu. Ja, sagte Maria, das haben wir gesehen. Wir haben einen Grashüpfer gehört, sagte Vera. Ach?, meinte Jakob. Er sah sie an; sie wandte den Blick ab. Er zog das Zigarettenpäckchen aus der

Tasche. Willst du eine?, fragte er. Nein danke, sagte Vera, ich habe wieder aufgehört. Er steckte sich selbst eine an. Will noch jemand ein Bier?, fragte er. Sie wollten nicht. Er ging in die Küche und holte eine Flasche, nahm ein Glas, kam zurück, setzte sich hin. Keiner von ihnen sagte etwas. Nein, ich muss dann mal, sagte Vera. Du kannst gern über Nacht bleiben, sagte Maria. Danke, aber, sagte Vera. Auf dich wartet ja niemand, sagte Maria. Nein, das stimmt, sagte Vera. Auf mich wartet niemand. Du sagst das so, als müsste ich einem leidtun. Unsinn, sagte Maria, du musst einem nicht leidtun, warum solltest du. Nein, das meine ich ja, also frag mich nicht, ob ich bleibe, weil niemand auf mich wartet. Ich könnte auch bleiben, wenn jemand auf mich warten würde. Ja, natürlich, sagte Maria. Vera stand auf. Gehst du?, fragte Maria. Ich geh aufs Klo, sagte Vera. Jakob blickte ihr nach. Maria stand auf und machte die Stehlampe an. Und du bist einfach verschwunden, sagte sie. Er antwortete nicht. Sie stand neben der brennenden Lampe; er sah sie nicht an. Er hörte, dass sie schnell und schwer atmete, dann sagte sie: Ich halte das bald nicht mehr aus. Nein, aha, sagte er. Mehr hast du nicht zu sagen, sagte sie. Er antwortete nicht. Herrgott noch mal, sagte sie. Jakob hörte Veras Schritte auf der Treppe. Maria machte die Lampe aus und setzte sich hin. Es war fast dunkel. Vera kam herein und ging zur offenen Verandatür, sie schaute hinaus. Jakob stand auf. Am besten gehe ich, bevor es anfängt zu regnen, sagte Vera. Jakob ging durch den Flur ins Gästezimmer. Er schloss die Tür. Das Bett war gemacht. Er schaute ein paar Sekunden darauf, und er spürte ein Zittern im Körper. Dann ging er zum Fenster. Die Wolkenbank war näher gekommen; sie teilte den Himmel in der Mitte. Er zog sich einen Stuhl heran. Er saß vorm Fenster, die Ellbogen auf die Fensterbank gestützt, und schaute in die Finsterkeit hinaus. Nach einer Weile hörte er leise Stimmen im Flur, dann ging die Haustür. Er rührte sich nicht. Plötzlich strich Wind durchs Laub des Baumes vorm Fenster, und einen Moment darauf setzte der Regen ein. Sie hat es nicht geschafft, dachte er. Er lauschte nach Geräuschen aus dem Haus, hörte aber nur den Regen. Es war jetzt fast völlig finster. Dann wurde es auf einmal hell, einige Sekunden später hörte man fernen Donner. Jetzt bekommt Maria Angst, dachte er. Es kamen weitere Blitze, es donnerte wieder; er zählte die Sekunden; die Abstände wurden immer kürzer. Jetzt hat sie Angst, dachte er. Er stand auf und ging zur Tür, öffnete sie einen Spalt weit und lauschte. So stand er eine Weile, dann ging er durch den Flur ins Wohnzimmer zurück. Maria war nicht da. Er ging die Treppe hoch, ins Schlafzimmer. Sie lag im Bett, die Decke überm Kopf. Maria, sagte er. Sie schlug die Decke beiseite. Sie war noch ganz angezogen. Ich hab so Angst, sagte sie. Du brauchst keine Angst zu haben, sagte er. Ich dachte, du wärst weggegangen, sagte sie. Er ging zum Fenster. Steh da nicht, bitte. Er sah ihr Spiegelbild im Fensterglas. Es ist nicht gefährlich, sagte er, wir haben einen Blitzableiter. Ich weiß, sagte sie, ich habe trotzdem Angst, und wenn du da stehst, habe ich noch mehr Angst. Er trat ein paar Schritte zurück; er konnte sie immer noch sehen. Sie stieg aus dem Bett. Jetzt dürfte es vorbei sein, sagte er. Ich dachte, du bist weggegangen, sagte sie. Wohin soll ich denn gehen, sagte er.

Die Unsichtbaren

Als Bernhard L. in sein Elternhaus zurückkehrte, um an der Beerdigung seines Vaters teilzunehmen, umarmte Marion ihn ziemlich unbeholfen. Es war ein heißer Nachmittag, und sie hatte große Schweißflecken unter den Armen. Da bist du ja doch, sagte sie. Er sagte, er sei müde von der Reise und wolle sich gern umziehen. Sie hatte ihm das Zimmer unterm Dach vorbereitet. Das Fenster stand offen, das Sonnenlicht flutete über den Boden. Er zog sich nackt aus und legte sich aufs Bett. Er masturbierte und versuchte, das Fantasiebild heraufzubeschwören, das ihn in dem engen Zugabteil so erregt hatte, aber es gelang ihm nicht. Dann hörte er Marion die Treppe heraufkommen und zog sich rasch an. Durchs Fenster kamen Geräusche von der Straße draußen. Marion ging die Treppe wieder hinunter. Er öffnete die Tür zum Wandschrank und hängte den schwarzen Anzug auf.

Als er etwas später zu Marion hinunterging, saß sie weinend im Wohnzimmer. Er nahm an, dass sie ihn nicht hatte kommen hören, aber er war nicht sicher, denn sie wirkte wie bei etwas Verbotenem ertappt. Er wusste nicht, was er sagen sollte. Er ging zum Fenster und schaute in den kleinen Garten hinterm Haus. Du hast ihn lieb gehabt, sagte er. Eine schwarze Katze sprang auf den Lattenzaun. Ich hätte netter zu ihm sein können, sagte sie. Aber du hast ihn gepflegt, sagte er. Die Katze sprang vom Zaun weiter aufs Dach des alten Fahrradschuppens. Sie sagte: Er war manchmal so… aber er hatte ja Schmerzen… manchmal wäre es mir am liebsten gewesen… ich hab so ein schlechtes Gewissen. Er zündete sich eine Zigarette an. Ich hab doch nicht gedacht, dass er stirbt, sagte sie. Er fragte, wie es geschehen sei. Es dauerte einen Moment, bis sie antwortete. Er schnippte die Asche in einen Blumentopf. Er saß in dem Sessel da, sagte sie. Ich war in der Küche. Er sagte, ich soll kommen und ihm die Zeitung vorlesen. Ich sagte, ich bin mitten beim Essenmachen. Er sagte, er habe keinen Hunger. Aber ich, sagte ich. Dann war es eine Weile still, dann sagte er: Kommst du bald. Ich antwortete nicht, ich hatte mich über ihn geärgert. Etwas später hat er dann meinen Namen gerufen, oder eher gesagt, jedenfalls nicht sehr laut. Aber ich bin erst zwei, drei Minuten später rübergegangen, und da war er tot.

Bernhard sah seinen Vater vor sich, spürte aber nichts. Marion fing wieder an zu weinen. Er sah sich nach einem Aschenbecher um, die Zigarette war aufgeraucht. Er ging in die Küche und warf sie in die Spüle. Dann trank er ein Glas Wasser. Es klingelte. Marion bat ihn aufzumachen. Es war eine Frau. Sie sah ihn an und sagte: Du musst Marions Bruder sein. Ja, sagte er. Sie ging ihm ins Wohnzimmer voraus. Marion war nicht dort, er nahm an, sie sei in der Küche, um die Spuren des Weinens zu beseitigen. Die Frau reichte ihm die Hand, sie war feucht, es war ihm aber nicht unangenehm. Camilla, sagte sie. Bernhard, sagte er, ich hole mal Marion. Da kam sie schon. Er stand eine Weile hinter ihnen und betrachtete sie; sie waren äußerlich in jeder Weise so verschieden, dass er nicht begriff, was sie miteinander zu tun haben sollten. Camilla stand mit dem Rücken zu ihm, ihre Kleider saßen straff am Körper, er dachte: Hat Marion nicht begriffen, dass sie nur benutzt wird? Gleich darauf verwarf er den Gedanken wieder. Camilla drehte sich zu ihm um und sagte etwas. Er antwortete. Sie lachte und senkte den Blick. Sie steht im Geschäft, dachte er. Marion sagte einen Halbsatz und ging in die Küche. Er öffnete ein Fenster. Setz dich, sagte er. Sie setzte sich. Marion freut sich sicher, dass du gekommen bist, sagte sie. Er lachte. Er setzte sich ihr gegenüber. Er fragte, ob sie seinen Vater gekannt habe. Sie antwortete mit einer längeren Ausführung, während der sie abwechselnd ihre Hände und ihn ansah: Sie habe ihn gekannt und auch wieder nicht gekannt. Sie saß ganz vorn auf der Stuhlkante, die Knie geschlossen, die Hände über Kreuz auf den Oberschenkeln. Er bot ihr eine Zigarette an und gab ihr Feuer. Er fragte sich, wem von ihnen beiden als Erstem auffallen würde, dass kein Aschenbecher da war. Schließlich sagte er: Ich hole mal einen Aschenbecher. Er ging in die Küche. Marion machte eine Platte mit Broten zurecht. Sie gab ihm einen winzigen Aschenbecher. Hast du keinen größeren, sagte er. Ach Gott, ja, sagte sie und gab ihm einen größeren. Er ging wieder ins Wohnzimmer. Er fragte Camilla, wie sie und Marion sich kennengelernt hätten. Sie erzählte es. Marion kam herein und breitete ein weißes Tuch auf den Tisch. Ich helf dir, sagte Camilla, stand aber nicht auf. Lass nur, sagte Marion. Sie deckte den Tisch, dann aßen sie. Camilla und Marion sprachen über eine Freundin, die ein Kind mit offener Wirbelsäule bekommen hatte. Es war sieben Uhr. Bernhard bemerkte, dass Camilla ihm immer wieder Blicke zuwarf. Er stellte sie sich vor. Dann kam eine Wespe hereingeflogen und setzte sich auf eines der Brote, und

Camilla stand auf und ging in die Mitte des Zimmers. Sie sagte, sie sei gegen Wespenstiche allergisch. Marion nahm ein Käsebrot und klatschte es auf das Brot mit der Wespe. Bernhard lachte. Marion ging zum Fenster und warf beide Brotscheiben hinaus. So, sagte sie. Bernhard lachte nochmals. Marion und Camilla setzten sich hin. Jetzt esst, sagte Marion, und Bernhard fand, dass sie froh aussah. Camilla sagte, das letzte Mal, dass sie gestochen wurde, musste sie ins Krankenhaus. Iss jetzt, Bernhard, sagte Marion. Er sagte, er sei satt. Er stand auf. Er ging in den Flur, dann die Treppe hinauf. Die Tür zu Marions Schlafzimmer war geschlossen, er öffnete sie, blieb auf der Schwelle stehen und sah hinein. Das Bett war nicht gemacht, Kleidungsstücke lagen über den Rückenlehnen der Stühle. Auf der Kommode stand eine vergrößerte Fotografie im Rahmen; Vater und Mutter auf der hohen Vordertreppe, sie lächelten. Er schloss die Tür und ging wieder nach unten.

Etwas später wollte Camilla gehen. Bernhard ging in die Dachkammer hoch. Als er sich aus dem Fenster lehnte, konnte er von oben direkt auf die Vordertreppe sehen. Camilla stand draußen, zur Tür gewandt; er sah nur ihr Haar und ein wenig von ihrem Körper. Marion redete, was sie sagte, konnte er nicht hören. Nein, nein, überhaupt nicht, sagte Camilla. Sie ging die Treppe hinunter. Mit eingezogenem Kopf überquerte sie schräg die Straße und verschwand in dem Gässchen zwischen Uhrmacher und Bäckerei. Läufige Hündin, sagte er innerlich. Er begegnete seinem eigenen Blick im Spiegel über der Kommode, hielt dem Blick eine Weile stand, recht lange, seine Augen begannen zu lächeln, und er sagte: Genau. Läufige Hündin.

Er schlenkerte sich die Schuhe von den Füßen und warf sich aufs Bett, stand aber sofort wieder auf, ging zur Tür, bückte sich und sah durchs Schlüsselloch. Er sah das Ende der Treppe und die Tür des Zimmers, in dem die Eltern geschlafen hatten. Er legte sich wieder hin. Fast keine Geräusche kamen durchs Fenster, nur selten fuhren Autos vorbei. Es war zehn vor acht. Er dachte: Ich muss sie um ein zweites Kissen bitten. Er zündete sich eine Zigarette an. Im Zimmer war kein Aschenbecher. Er legte einen Schuh auf den Nachttisch, die Sohle nach oben. Ich sollte wohl zu ihr runtergehen, dachte er. Ihretwegen bin ich ja gekommen. Trotzdem, ich muss sie um ein zweites Kissen bitten, und um einen Aschenbecher. Vielleicht sitzt sie unten und wartet auf mich. Vielleicht denkt sie, sie kann nicht ausgehen, weil ich da bin. Er schnipste die Asche auf die Schuhsohle. Dann hörte er eine Tür gehen, danach Schritte auf der Treppe. Rasch ging er zur Tür und schaute durchs Schlüsselloch. Er sah sie deutlich, als sie sein Gesichtsfeld durchquerte, er beobachtete, wie sie den Kopf drehte und ihn direkt ansah.

Etwas später ging er hinunter. Er ging leise, schlich aber nicht.

Er ging in den Garten hinterm Haus und setzte sich auf einen grün gestrichenen Klappstuhl an einen runden, schmiedeeisernen Tisch. Nach einer Weile bemerkte er die Ruhe; nichts bewegte sich, kein Laut war zu hören. Er spürte eine plötzliche Verlassenheit, fast wie ein Eingesperrtsein, und stand auf. Er ging zwischen dem schmalen Blumen- und dem noch schmaleren Gemüsebeet hindurch zum Lattenzaun. Dort stand er, den Rücken am Zaun, blickte zum Haus hinauf und dachte: Ich habe hier nichts verloren. In dem Moment sah er Marion; sie stand im Wohnzimmer, etwas vom Fenster zurück; sie sah ihn an. Sie kann nicht sicher sein, dass ich sie gesehen habe, dachte er, und ließ den Blick weiter wandern. Dann hockte er sich hin und begann, zwischen den Rettichen Unkraut zu zupfen, während er zur Tür schielte. Sie kam nicht. Dann denkt sie, ich habe sie nicht gesehen, dachte er. Er jätete weiter, und nach einer Weile spürte er eine Zufriedenheit, fast eine Art Freude, beim Anblick der sauberen, wohlgeordneten Miniaturlandschaft, die zwischen seinen Händen erwuchs. Er schielte nicht mehr zur Tür, sollte sie doch kommen, er war beschäftigt, er hatte noch das ganze Gemüsebeet vor sich.

Er hatte sich gerade bis zum Blattsalat vorgearbeitet, da kam Marion mit einem Mann heraus, der eine Flasche in der Hand trug. Marion hatte drei Gläser dabei. Bernhard straffte den Rücken. Marion sagte, das sei Oskar. Sie stellte die Gläser auf den runden Tisch. Bernhard nickte Oskar zu, dann ging er sich die Hände am Gartenwasserhahn waschen. Er fühlte sich gefangen. Marion goss Wein ein. Bernhard schüttelte sich das Wasser von den Fingern und ging zum Tisch. Oskar streckte die Hand aus. Meine Hand ist nass, sagte Bernhard. Macht nichts, sagte Oskar. Der ist Berufskraftfahrer, dachte Bernhard. Prost, sagte Marion. Sie tranken. Oskar zog die Jacke aus, er hatte schwarzlockig behaarte Arme. Oskar und ich werden heiraten, sagte Marion. Gratuliere, sagte Berhard. Er versuchte, sie sich vorzustellen, es gelang ihm nicht. Oskar ist bei der Polizei, sagte Marion. Oh je, sagte Bernhard. Oskar lächelte. Da kam der Todesfall ja zur rechten Zeit, dachte Bernhard. Er sah Oskar an und sagte: Das ist das erste Mal, dass ich mit einem Polizisten einen trinke. Ist das nicht ein schöner Abend, sagte Marion. Dein Gemüse braucht Wasser, sagte Bernhard. Oh je, sagte Marion. Es ist weiter gutes Wetter vorhergesagt, sagte Oskar. Ich werde gießen, sagte Bernhard. Sie tranken. Bernhard rauchte. Oskar erzählte von einem Kollegen, dessen Kanu gestohlen worden war. Bernhard trank sein Glas aus, und Marion schenkte ihm nach. Er stand auf und ging ins Haus, ins Obergeschoss, in sein Zimmer. Er stand mitten im Zimmer und ließ die Zeit verstreichen, dann ging er wieder hinunter. Er setzte sich hin und nahm einen großen Schluck Wein. Er zündete sich eine Zigarette an. Marion und Oskar unterhielten sich. Ich darf nicht vergessen, sie um ein zweites Kissen zu bitten, dachte Bernhard. Dann dachte er: Ich gehe nicht zur Beerdigung. Er dachte es nochmals, mehrmals. Marion stand auf. Ich will nur…, sagte sie. Könnte ich wohl noch ein Kissen haben?, fragte Bernhard. Ja, natürlich. Sie ging ins Haus. Oskar kratzte sich am Arm. Kennt ihr euch schon lange?, fragte Bernhard. Acht Monate, sagte Oskar. Dann hast du meinen Vater gekannt? Ja. Gut? Nein, gut nicht. Er war ja krank. Er hatte kein großes Bedürfnis, wen anders zu sehen als Marion. Ja, und dich natürlich. Bernhard lachte. Mich, sagte er. Marion kam wieder heraus, sie hatte sich eine Jacke um die Schultern gelegt. Bernhard stand auf. Er ging zu dem alten Fahrradschuppen; dort hatte immer eine Gießkanne gestanden. So auch jetzt noch. Er füllte sie am Wasserhahn und ging zum Gemüsebeet. Er konnte nicht hören, worüber Marion und Oskar sprachen. Die Erde um die Rettiche herum wurde dunkel. Er dachte: Er ist sicher brutal. Und plötzlich stand ihm das Fantasiebild aus dem Zug ganz deutlich vor Augen, und in das Bild hinein trat Camilla und nahm den Platz der anonymen Frau ein. Er wollte das Bild mit sich nach oben aufs Zimmer nehmen, vorher rasch die Gießkanne zum Schuppen zurückbringen. Marion sagte: Wir müssen über morgen reden, Bernhard. Morgen? Ja, ich habe ein paar Gäste zu uns nach

Hause eingeladen nach der Beerdigung, ich hoffe, das ist dir recht. Ja, sagte Bernhard, so macht man das wohl. Er ging zum Schuppen, stellte die Kanne hin, zündete sich eine Zigarette an, ging wieder zum Tisch, setzte sich hin. Marion und Oskar unterhielten sich. Das Weinglas war voll, er trank. Es war dunkler geworden, ihre Gesichter waren nicht mehr deutlich zu erkennen, er fühlte sich fast unsichtbar. Fast frei.

Etwas später gingen Marion und Oskar hinein. Bernhard blieb sitzen, rauchte und nippte am Wein. Er dachte: Was für eine gute Dunkelheit. Plötzlich spürte er einen leichten Druck am rechten Bein, er fuhr zusammen und gab einen leisen Laut von sich. Das Weinglas in seiner Hand schwappte über, und obwohl er fast im selben Moment sah, dass es eine Katze war, die sich an sein Hosenbein schmiegte, blieb der Schreck sitzen, wie eine Erniedrigung, er trat nach der Katze und hörte, dass er traf. Er schob den Stuhl zurück und stand auf, wartete einen Moment reglos, dann riss er sich los und ging auf dem mit Steinplatten belegten Streifen vorm Haus hin und her. Er wiederholte innerlich seinen eigenen Namen, ein ums andere Mal, wie eine Beschwörung, und wurde allmählich ruhiger. Er blieb unter dem offenen Wohnzimmerfenster stehen, lauschte nach Stimmen, aber es war still. Er ging auf die Nordseite des Hauses, zum Tor, das zur Straße führte, hob den großen Haken an und ging hinaus. Er ging schräg über die Straße und in die Gasse zwischen Uhrmacher und Bäckerei, dort blieb er stehen und ließ den Blick an den alten Häusern entlangschweifen, die sich aneinander lehnten. Dann machte er kehrt und ging denselben Weg zurück. Hündin, sagte er innerlich. Läufige Hündin, Hündin, Hündin. Er ging durchs Tor. Er zündete sich eine

Zigarette an. Durch ein offenes Fenster kam Musik aus dem Nachbarhaus. Er ließ die halb gerauchte Zigarette zu Boden fallen und dachte: Ich darf den Aschenbecher nicht vergessen. Er ging durchs Wohnzimmer in die Küche. Marion bügelte eine weiße Bluse. Er fürchtete, sie könnte sich mit ihm unterhalten wollen, also sagte er, er sei müde und wolle ins Bett gehen. Sie sah ihn lächelnd an. Du fühlst dich nicht so richtig wohl, was?, fragte sie. Schon, sagte er, ich bin nur müde. Er bat um einen Aschenbecher. Sie gab ihm einen und sagte, sie habe ihm ein zweites Kissen aufs Bett gelegt. Er legte ihr den Zeigefinger auf den Unterarm, und sie sah ihn an, fast bettelnd, dachte er. Dann sagte er gute Nacht und ging.

Während der Beerdigung tags darauf saß er zwischen Marion und Gustav, dem Neffen seines Vaters. Marion hatte ein Taschentuch in der Hand, benutzte es aber nicht. Der Pfarrer redete von einem pflichtbewussten Vater und der Trauer der Hinterbliebenen, die die Zeit wohl mildern, doch nie ganz aufheben könne, denn dies seien des Blutes Bande und der Liebe Gesetz. Als das letzte Kirchenlied erstarb, ging Bernhard rasch aus der Kapelle und auf die Straße. Er zündete sich eine Zigarette an. Nur noch drei waren im Päckchen, und er dachte: Ich muss daran denken, neue zu kaufen. Nach einer Weile kam Marion mit Oskar und Camilla heraus. Bernhard sah woanders hin. Er dachte daran, wie er Camilla abends zuvor in seinem Zimmer genommen hatte; sie hatte sich gewehrt, er hatte sie überwunden. Er ging den Bürgersteig entlang. Marion rief nach ihm. Er blieb stehen und drehte sich um. Du kannst bei Camilla mitfahren, sagte sie. Ich muss Zigaretten holen, sagte er. Ich nehme ein Taxi. Sie sah ihn an. Wie du willst, sagte sie. Er lachte. Was ist, fragte sie. Nichts, sagte er. Er ging wei-

ter den Bürgersteig entlang. Wie du willst, sagte er innerlich. Wie du willst, wie du willst. Bei einem Kiosk blieb er
stehen und kaufte zwei Päckchen Zigaretten, dann winkte er einem Taxi. Der Fahrer betrachtete ihn im Spiegel,
und nach einer Weile sagte er: Festtag mitten in der Woche? Ja, antwortete er. Hochzeit? Ja, meine Schwester wird
heiraten. Na, da wird wohl auf die Pauke gehauen, was?
Oh ja, auf die Pauke. Bernhard rutschte so nah an die Tür,
dass die Augen des Fahrers aus dem Spiegel verschwan-
den. Er nahm die schwarze Fliege ab und steckte sie in die
Tasche, dann öffnete er den obersten Hemdenknopf. Halten Sie bitte hier, sagte er. Ich muss noch Zigaretten kaufen.
Das letzte Stück gehe ich zu Fuß. Er bezahlte. Der Fahrer
wünschte ihm viel Spaß. Bernhard lachte. Danke, sagte er.
    Die Gäste waren schon da. Einige kamen noch nach
Bernhard an, stellten sich vor und kondolierten. Sie sprachen leise und schauten betrübt. Bernhard zündete sich
eine Zigarette an. Marion lächelte ihm zu. Dann bat sie
alle, Platz zu nehmen. Bernhard setzte sich an den kleins-
ten Tisch. Charlotte, die Schwester seiner Mutter, setzte
sich neben ihn. Ich möchte bei dir sitzen, sagte sie. Aha,
sagte er. Marion und Camilla gossen Kaffee ein. Aschenbecher standen auf dem Tisch, er drückte die Zigarette aus.
Ja, ja, sagte Charlotte. Bernhard präsentierte ihr die Platte
mit den Schnittchen. Oh, Räucherlachs, sagte sie, das liebe
ich. Nimm gleich zwei, sagte Bernhard. Camilla kam zum
Tisch und setzte sich ihm gegenüber. Darf man das denn?,
fragte Charlotte. Natürlich, sagte Bernhard. Dann mach
ich's, sagte sie. Sie kicherte. Man soll sich nehmen, worauf
man Lust hat, sagte Bernhard und stellte die Platte vor Camilla. Er sah sie an, begegnete ihrem Blick, sie lächelte. Er
dachte: Wenn du wüsstest. Sie aßen. Hast du das gewusst,

Bernhard, sagte Charlotte, jetzt bin ich die Älteste vom ganzen Clan. Tatsächlich, sagte Bernhard. Als Nächste bin ich an der Reihe, sagte sie. Das ist nicht sicher, sagte er. Doch, doch, sagte sie. Er antwortete nicht. Charlotte legte ihm die Hand auf den Arm. Du musst nicht denken, dass ich das schlimm finde, sagte sie. Aha, gut, sagte er. Er sah sich um. Jetzt wirkte niemand mehr betrübt. Er hielt Charlotte nochmals die Platte hin. Das ist meine vierte Beerdigung dieses Jahr, sagte sie. Inklusive meiner Wellensittiche. Bernhard lachte. Wellensittiche?, fragte er. Ja, die sind vor einem Monat gestorben. Ein Weibchen und ein Männchen, und dann kamen Eier, und dann haben sie die gefressen, und dann sind sie gestorben. Weil sie ihre Eier gefressen haben?, fragte er. Ich nehme an, ja, sagte sie. Seine Kinder zu fressen, ist gegen die Natur. Bernhard lachte. Vielleicht waren sie miteinander verwandt, sagte er. Wer?, fragte sie. Die beiden Wellensittiche, sagte er. Warum?, fragte sie. Nur so, sagte er. Er meinte zu bemerken, dass Camilla ihn ansah, richtete den Blick rasch auf sie, so schnell, dass sie nicht mehr wegsehen konnte. Er lächelte, sie lächelte zurück. Nächstes Mal sehe ich ihr auf die Brust, dachte er. Marion stand auf und schlug mit dem Löffel an die Tasse. Sie sagte, sie wolle keine Rede halten, nur allen danken, dass sie gekommen seien, um in aller Schlichtheit ihres Vaters zu gedenken. Sie wolle nicht sagen, was sie an einem Tag wie diesem fühle, denn dann werde sie nur weinen. Aber sie wolle noch einmal allen danken, und sie hoffe, der kleine Imbiss schmecke. Sie setzte sich wieder, und ein paar Sekunden lang saßen die Gäste schweigend vor ihren Tellern, die meisten mit geneigtem Kopf. Dann aßen sie weiter. Was für eine hübsche Ansprache, sagte Charlotte. Willst du nicht auch etwas sagen? Nein!, sagte er so laut und kurz, dass Charlotte und Camilla ihn beide ansahen. Er spürte, wie sein Gesicht erstarrte. Er zerdrückte die halb aufgerauchte Zigarette im Aschenbecher. Charlotte legte ihm die Hand auf den Arm, er zog ihn weg. Er zündete sich eine neue Zigarette an. Er sagte innerlich seinen Namen, mehrmals. Camilla saß steif da und starrte in ihren Teller. Ja, ja, sagte Charlotte. Bernhard suchte vergeblich nach etwas, das er sagen könnte. Er nahm die Platte und hielt sie Charlotte hin. Nein, danke, Bernhard, sagte sie, jetzt bin ich satt. Sie sagte es so mild und freundlich, dass er eine Welle in sich spürte. Und auf einmal fiel ihm eine Lebensregel ein, die er sie als Junge oft hatte sagen hören, und er drehte sich zu ihr um: Weißt du noch ... du hattest so einen Satz, eine Art Regel, die du immer zitiert hast, als ich klein war, um mich zu trösten, es fing an mit Seufze, Herz ... weißt du noch? Charlotte lächelte. Ja, ja, ich weiß noch. Seufze, Herz, doch brich noch nicht, du hast einen Freund, doch weißt du's nicht. Aber weißt du, das war wohl ... ich war damals so jung ... das war wohl eher, um mich selbst zu trösten. Das war, als ich bei euch wohnte, du warst, wart mal, wie alt warst du, du gingst in die dritte Klasse. Du hast bei uns gewohnt, hier?, fragte Bernhard. Ja, ein halbes Jahr lang. Daran erinnere ich mich nicht, sagte Bernhard. Seltsam, sagte Charlotte, du musst schon neun gewesen sein. Ich weiß fast nichts mehr aus der Zeit, sagte Bernhard. Er zündete sich eine Zigarette an. Weißt du was, sagte Charlotte, ich hab auch Lust auf eine Zigarette. Ich rauche nur ganz selten. Er hielt ihr das Päckchen hin, dann gab er ihr Feuer. Willst du auch eine?, fragte er Camilla. Danke, sagte sie. Sie sah ihn an, während er ihr Feuer gab. Er wandte den Blick ab. Läufige Hündin, dachte er, warte nur. Camilla fragte: Wie lange bleibst du? Bis morgen, sagte er, dann fügte er hinzu: Ich weiß nicht. Dann dachte er: Jetzt! – und sah ihr auf die Brüste. Dann schob er den Stuhl zurück und stand auf. Ohne jemanden anzusehen, rückte er den Stuhl wieder an seinen Platz und ging. Ich habs getan, dachte er, ich habs getan. Er ging in sein Zimmer hinauf, zog den schwarzen Anzug aus, legte sich aufs Bett und nahm sie mit Gewalt.

Bernhard erwachte aus einem Traum. Die Sonne stand schräg auf dem Fenster. Er zog sich an und machte die Tür auf. Alles war still. Er ging die Treppe hinunter. Die Tür zum Garten war abgeschlossen; er schloss sie auf und ging hinaus. Die Luft stand ganz still, doch über dem Berg im Osten hing eine große Wolke. Er setzte sich an das schmiedeeiserne Tischchen und beobachtete sie. Sie kam nicht näher. Er dachte: Es ist, als ob alles so wäre wie früher, als ob nichts passiert wäre.

Etwas später, er saß immer noch da und betrachtete die Wolke, die nicht näher kam, hörte er hinter sich Schritte. Es war Marion. Ach, hier sitzt du, sagte sie. Die Wolke da hängt jetzt schon eine halbe Stunde an derselben Stelle, sagte er. Ein bisschen Regen wäre gar nicht schlecht, sagte sie. Sie bewegt sich nicht, sagte er. Marion steckte sich einen Finger in den Mund und hielt ihn in die Luft. Kein Wind, sagte sie. Eine Weile schwiegen sie. Möchtest du irgendetwas?, fragte Marion. Was denn?, fragte er. Ein Glas Wein?, sagte sie. Ja, gern, sagte er. Sie ging hinein. Er steckte sich einen Finger in den Mund und hielt ihn in die Luft. Sie will sicher reden, dachte er. Sie kam mit einer Flasche Wein und zwei langstieligen Gläsern heraus. Was für hübsche Gläser, sagte er. Oskar hat sie mir geschenkt, sagte sie. Über Oskar will ich jedenfalls nicht reden, dachte er. Sie tranken. Bernhard zündete sich eine Zigarette an. Du warst auf einmal vom Tisch verschwunden, sagte Marion, war etwas? Nein, sagte er, ich bekam nur auf einmal so schlimm Kopfschmerzen. Ich soll dich lieb von Tante Charlotte grüßen, sagte Marion. Er lachte. Dann sagte er: Sie sagt, sie ist die Älteste im Clan und als Nächste mit Sterben an der Reihe, und sie geht zu einer Beerdigung nach der nächsten, und ihre Wellensittiche sind gestorben, weil sie ihre Eier gefressen haben. Marion lächelte. Sie ist hübsch, dachte er, sie sieht Mama ähnlich. Bernhard sagte: Sie behauptet, sie hätte ein halbes Jahr hier gewohnt, als Mutter krank war. Ja, natürlich, sagte Marion, das war in dem Jahr, als ich in die Schule kam. Mama war im Krankenhaus. Was fehlte ihr denn? Ich weiß nicht mehr so genau, etwas mit den Nerven. Seltsam, ich erinnere mich nicht, sagte Bernhard. Du hast sie wohl nicht vermisst, sagte Marion. Er antwortete nicht. Er trank. Marion goss ihm Wein nach. Hast du oft Kopfweh?, fragte sie. Nein, sagte er. Obwohl. Manchmal. Er warf die Zigarette weg und zündete sich eine neue an. Da, schau, die Wolke hat sich immer noch nicht bewegt. Camilla sagt, du fährst morgen schon wieder, sagte Marion. Ja, sagte er. Wie schade, sagte sie. Ich muss zurück zur Arbeit, sagte er. Er trank. Guter Wein, sagte er. Nach einer Weile sah er verstohlen zu ihr hinüber; sie blickte sich in den Schoß und schüttelte unmerklich den Kopf. Nach einer Weile sagte sie, ohne aufzublicken: Du willst nicht reden, was? Ich rede doch, sagte er. Du weißt genau, was ich meine, sagte sie. Er antwortete nicht. Ich war so froh, dass du gekommen bist, sagte sie, aber das ist dir vielleicht nicht aufgefallen. Er antwortete nicht. Er wusste nicht, was sagen. Dann sagte er: Ich bin nur wegen dir gekommen. Ich dachte... Er stand auf. Bleib, sagte Marion. Ich bleibe ja, sagte er. Was dachtest du?, fragte sie. Er antwortete nicht. Nach einer Weile sagte er: Ich kann nichts dafür, dass ich so bin, wie ich bin. Wenn ich zum Beispiel jemanden erschlagen würde, dann könnte ich nichts dafür, aber ich erschlage niemanden, denn so bin ich nicht. Alles, was ich tue, tue ich, weil ich so bin, wie ich bin, und dass ich so bin, ist nicht meine Schuld. Sollen die anderen sagen, was sie wollen. Verstehst du? Er griff das Glas und trank. Dann zündete er sich eine Zigarette an. Er ging zum Blumenbeet hinüber, dort schaute er auf die trockene Erde. Dann sah er zu der Wolke überm Berg; er fand, sie sei kleiner geworden. Er drehte sich zu Marion um; sie saß vorgebeugt da und drehte das Glas unaufhörlich auf dem Tisch herum. Er ging hin und setzte sich. Ich verliere auch manchmal die Fassung, sagte Marion. Ja, sagte er. Aber jetzt wird es ja besser. Sie sah ihn an. Jetzt, wo Vater tot ist, meine ich. Also Bernhard!, sagte sie. Er lachte. Na gut, in Ordnung, sagte er, reden wir nicht mehr darüber. Ich werde mal die Blumen gießen.

Später, beim Essen, kam Wind auf und ließ die Gardinen wehen, und als sie vom Tisch aufstanden, blitzte es. Bernhard ging in den Garten. Die Sonne schien, aber im Norden war der Himmel schwarz, und er hörte fernen Donner. Er setzte sich an das schmiedeeiserne Tischchen, wandte das Gesicht gen Norden und wartete auf den Regen. Ein neuer Blitz zuckte, und er dachte: Wie ein Blitz aus heiterem Himmel. Dann dachte er: Aber das ist ja unmöglich, Blitze aus heiterem Himmel kann es nicht geben. In dem Moment rief Marion seinen Namen. Sie stand in der Tür. Ich geh kurz zu Camilla rüber, sagte sie, bleibst du hier? Er nickte. Sie winkte und ging. Ein paar Minuten später stand er auf und ging hinein. Er rief ihren Namen. Dann ging er die Treppe hinauf und in Marions Zimmer. Das Bett war gemacht, es hingen keine Kleidungsstücke mehr über den Stuhllehnen. Er ging zur Kommode und betrachtete das Foto der Eltern. Er dachte: Ich sehe ihm ähnlicher als Mutter. Er stand noch eine Weile vor dem Bild, er spürte etwas in sich, das, so nahm er an, wachsen würde, aber das tat es nicht. Dann zog er die oberste Schublade heraus, sah hinein und schob sie wieder zu. Er tat es einfach. Ebenso die zweite und die vorletzte Schublade. Die unterste war abgeschlossen. Der Schlüssel steckte nicht im Schloss. Er zog die vorletzte Schublade ganz heraus und stellte sie auf den Boden, und durch die Öffnung sah er ein Notizbuch, ein Bündel Briefe mit einem Faden drumherum, zwei kleine Schachteln, einen Terminkalender und ein Brillenetui. Und etwas abseits, ein Stück weiter rechts, ein Tagebuch. Er streckte die Hand aus und nahm die Briefe; alle waren an den Vater adressiert, er legte sie wieder zurück. Er blickte zur offenen Tür und lauschte, dann nahm er das Notizbuch und schlug es auf. Sieben Tausenderscheine lagen darin, sonst nichts. Er legte das Notizbuch exakt wieder an seinen Platz. Er nahm das Tagebuch heraus; darunter lag eine Pornozeitschrift. Er schlug das Tagebuch auf, es war Marions. Er legte es wieder zurück und hob die vorletzte Schublade vom Boden auf, stand eine Weile da und hielt sie in den Händen, sie war voller Unterwäsche, dann stellte er sie wieder hin. Er nahm das Tagebuch, blätterte zurück zu ihrem letzten Eintrag. Mittwoch, 17. August. Bernhard ist gekommen, das hätte ich nicht gedacht. Er tut mir so leid, obwohl ich eigentlich gar nicht weiß warum. Er hat Oskar und Camilla beide gefragt, wie gut sie Vater gekannt haben. Camilla sagt, es hat etwas fast Unheimliches an sich, wie er lacht z.B., aber Oskar findet, er wirkt wie ein ganz normaler Mensch. Er will mich wohl trösten.

Bernhard schlug das Tagebuch zu und legte es zurück,

so dass es die Pornozeitschrift ganz verdeckte, dann schob er die vorletzte Schublade wieder hinein und ging rasch aus dem Zimmer und die Treppe hinunter. Im Flur blieb er stehen und zündete sich eine Zigarette an. Er öffnete die Haustür und trat auf die Vordertreppe hinaus. Wie ein ganz normaler Mensch, dachte er. Dann dachte er: Sie sehen mich nicht, niemand sieht mich. Nach einer Weile kamen ein paar Jugendliche die Straße herunter; er warf die Zigarette weg, ging quer durchs Haus in den Garten, dort setzte er sich an den schmiedeeisernen Tisch. Sicher bringt sie Camilla mit, dachte er, damit sie nicht mit mir allein sein muss.

Sie kam erst spät, als die Sonne untergegangen war und er das Gemüsebeet fast ganz von Unkraut befreit hatte. Das Jäten hatte ihn beruhigt, die Gedanken waren auf friedvolle Abwege geraten, fern des Hier und Jetzt, und als er sie kommen hörte, blickte er auf und lächelte. Sie kam ganz dicht zu ihm. Wie schön du das machst, sagte sie mit leiser, warmer Stimme, und er spürte eine Welle in sich. Ja, sagte er. Sie blieb stehen, sagte nichts mehr. Die Welle rollte in ihm. Er konnte nicht aufblicken. Ich bin bald fertig, sagte er. Ja, sagte sie. Dann ging sie.

Sie kam wieder heraus, als er sich gerade am Wasserhahn die Hände wusch. Sie hatte eine Flasche Wein und zwei langstielige Gläser dabei. Sie saßen in der Dämmerung, nippten am Wein und plauderten ziellos über dies und das. Die Dunkelheit senkte sich. Es hat nicht geregnet, sagte Bernhard. Das macht nichts, sagte Marion, du hast ja gegossen. Ja, sagte er. Er sah sie an, ihre Gesichtszüge waren fast ausradiert. Sie sagte: Langsam wird es kühl. Ich glaube, ich gehe rein. Bleibst du noch sitzen? Er nickte. Noch ein bisschen, sagte er.

Ein schöner Ort

»Fährst du nicht ein bisschen schnell?«, fragte sie.

»Nein«, sagte er.

Etwas später bog er von der Landstraße ab auf den schmalen, geschwungenen Fahrweg, der zum Fjord hinunter führte.

»Wie grün es seit letztem Mal geworden ist«, sagte sie.

»Ja«, sagte er.

»Der Weg wirkt irgendwie schmaler«, sagte sie.

»Ich fahre nicht schnell«, sagte er.

Kurz bevor sie die große Eiche erreichten, unter der er immer den Wagen abstellte, sagte sie, sie würde spüren, dass etwas nicht in Ordnung sei. Sie sagte das immer, wenn sie zum Sommerhaus kamen, und er antwortete nicht. Einmal behält sie vielleicht recht, dachte er.

Er parkte den Wagen. Er half ihr, den leichtesten Rucksack überzustreifen.

»Geh ruhig schon los«, sagte er.

»Ich warte auf dich«, sagte sie.

»Ich hole dich ein«, sagte er.

Er erreichte sie auf der Hälfte des steilen, zugewucherten Karrenwegs. Sie wartete auf ihn.

»Ist er schwer?«, fragte er.

»Nein«, sagte sie.

Sie gingen weiter. Noch ein paar Minuten, dann kam unter ihnen das Haus in Sicht. Er blieb etwas zurück; sie ging immer die letzten Meter voran. Sie schob die Zauntür auf, dann sagte sie:

»Jemand ist hier gewesen.«

»Ach ja?«, sagte er.

»Ich habe einen Stein auf den Zaunpfosten gelegt«, sagte sie, »der ist weg.«

»Ja, ja«, sagte er, »dann hat ihn jemand weggenommen. War es ein besonderer Stein?«

»Nein«, sagte sie, »ein ganz gewöhnlicher.«

Er drückte die Zauntür hinter sich wieder zu.

»Es gefällt mir nicht, dass jemand hier war«, sagte sie.

Er antwortete nicht. Er sah, dass der Apfelbaum in Blüte stand.

»Schau mal, der Apfelbaum«, sagte er.

»Ja«, sagte sie, »ist das nicht schön.«

Sie hatte die Tür erreicht. Sie setzte den Rucksack ab. Er ging zu ihr hin, stellte die Tragetaschen neben ihren Rucksack und holte den Schlüssel aus der Tasche.

»Willst du aufschließen?«, fragte er.

»Mach du es«, sagte sie.

Er schloss auf und ging hinein. Er stellte den Rucksack auf den Küchenfußboden und ging weiter in die Stube. Er öffnete ein Fenster und blickte über den Fjord. Sie rief nach ihm. Er ging zu ihr hinaus.

»Könntest du so nett sein und die Flagge hissen«, sagte sie.

»Jetzt?«, fragte er.

»Mir gefällt es, wenn die Leute sehen können, dass wir da sind.«

Er blickte sie an, dann nahm er die Tragetaschen und

ging wieder hinein. Er holte die Flagge aus der Kommodenschublade im Flur.

»Das hat Vater immer als Erstes gemacht«, sagte sie, »die Flagge gehisst.«

»Ja«, sagte er, »ich weiß.«

»Du hast doch nichts dagegen, oder?«

»Du siehst ja, ich hab sie geholt«, sagte er.

Er ging zur Fahnenstange hoch.

*

Sie saßen am Küchentisch. Sie hatten gegessen. Sie schaute aus dem Fenster, hinauf zu dem dichten Wald.

»Ist das nicht ein schöner Ort«, sagte sie.

»Doch«, sagte er.

»Ich glaube, niemand hat so etwas Schönes«, sagte sie.

Er antwortete nicht.

»Ich fände es nur schön, wenn wir diese ganzen Sträucher am Waldrand wegmachen könnten.«

»Warum das?«, fragte er.

»Es wird so … man kann nicht sehen, was dahinter ist.«

»Das ist nicht mehr auf unserem Grundstück«, sagte er.

»Nein«, sagte sie, »trotzdem. Vater hat es immer weggemacht.«

Sie saßen eine Weile stumm da.

»Was unternehmen wir morgen?«, fragte sie.

»Sollen wir etwas unternehmen?«, fragte er.

»Nein, ich weiß nicht«, sagte sie. »Ein bisschen rudern. Zur Ormøya vielleicht.«

»Hier ist es doch schön genug«, sagte er.

»Ja klar. Ja, dann bleiben wir hier, was? Außerdem ist hier ja noch genug zu tun.«

»Morgen ruhen wir uns aus«, sagte er.

»Aber das Klo muss geleert werden«, sagte sie.

»Das hat keine Eile«, sagte er.

»Nein, aber es muss gemacht werden.«

Sie standen miteinander auf dem zementierten Bootsanleger, die Sonne ging gerade unter.

»Ach, wie ich diesen Ort liebe«, sagte sie.

Er sagte nichts.

»Da, genau da bin ich damals ins Wasser gefallen.«

»Ja«, sagte er, »das hast du mir erzählt.«

»Ich war wohl vier«, sagte sie.

»Fünf«, sagte er.

»Ja, kann sein. Ich schlug mir den Kopf an einem von diesen Steinen da an und hatte eine tiefe Platzwunde überm Ohr, und wenn Vater nicht – was war das?«

»Das hat geklungen wie ein Tier«, sagte er.

»Da hat jemand gerufen«, sagte sie.

»Nein, es hat eher geklungen wie ein Tier.«

»Lass uns hineingehen«, sagte sie.

Sie gingen zum Haus hinauf.

»Wir dürfen nicht vergessen, die Flagge einzuholen«, sagte sie.

»Das ist nicht nötig«, sagte er.

»Das haben wir immer so gemacht«, sagte sie.

»Ja«, sagte er, »ich weiß.«

»Es gibt eine Regel, nach der man das tun soll«, sagte sie.

»Ich weiß«, sagte er.

»Ich möchte, dass du es tust, Martin. Sonst mache ich es selbst.«

»Schon gut, schon gut, ich mache es schon.«

Als er hineinkam, sagte er:

»Ich mache uns eine Flasche Wein auf.«

»Ja, tu das«, sagte sie.

Sie setzte sich auf die Sofabank. Er goss ihr Wein ins Glas.

»Danke, genügt«, sagte sie.

Er goss sich doppelt so viel ein und setzte sich ans Fenster.

»Da hat Vater immer gesessen«, sagte sie.

»Ja, das hast du mir erzählt«, sagte er. »Und wo hat deine Mutter immer gesessen?«

»Mutter? Die … Warum fragst du das?«

»Interessiert mich eben. Prost.«

»Ich glaube, sie saß immer hier auf der Sofabank.«

Sie nippte an ihrem Glas. Sie saßen stumm da. Er schob den Stuhl ein wenig zurück, so dass er den Fjord sehen konnte, ohne den Kopf zu drehen. Er trank.

»Wie still es ist«, sagte sie.

Er antwortete nicht. Dann sagte er:

»Auf der Landzunge unten steht ein Mann.«

Sie stand auf und ging zum Fenster.

»Er schaut hierher«, sagte sie.

Sie machte das Fenster auf.

»Warum machst du das Fenster auf?«, fragte er.

»Damit er sieht, dass jemand hier ist.«

»Wozu das?«, fragte er.

»Damit er Abstand hält. Siehst du, jetzt ist er weg.«

Sie schloss das Fenster und setzte sich wieder hin.

Er sah sie an.

»Warum siehst du mich so an?«, fragte sie.

»Ich sehe dich einfach an«, sagte er. »Prost.«

Er trank aus, stand auf, ging zum Tisch und schenkte sich Wein nach.

»Hast du die Tür abgeschlossen?«, fragte sie.

»Nein«, sagte er.

»Würdest du das bitte tun«, sagte sie.

»Wenn wir ins Bett gehen«, sagte er. »Wir schließen ja immer ab, wenn wir ins Bett gehen.«

»Nur heute Abend«, sagte sie.

»Warum denn?«

Sie antwortete nicht. Er ging in den Flur. Er öffnete die Tür und schaute zum Zaun und zum Wald hinauf, dann schloss er sie wieder und drehte den Schlüssel herum. Er stand ein paar Sekunden im Halbdunkel des Flurs, er hörte nur seinen eigenen Atem.

»Martin?«, fragte sie.

Er ging zu ihr hinein.

»Ich dachte, du wärst rausgegangen«, sagte sie.

Er antwortete nicht. Er nahm einen Schluck aus dem Glas. Sie sah auf die Uhr.

»Ich glaube, ich gehe bald ins Bett«, sagte sie.

»Ja, mach das«, sagte er.

»Du nicht?«, fragte sie.

»Noch nicht gleich. Es ist so schön, hier zu sitzen und auf den Fjord rauszuschauen.«

»Ja, nicht wahr?«, sagte sie. »Nicht wahr, das ist ein schöner Ort?«

»Ja klar«, sagte er.

Er sah sie an.

»Ich finde, du schaust mich so komisch an«, sagte sie.

»Findest du?«, fragte er.

Sie griff nach ihrem Glas. Sie trank aus.

»Tut mir leid, dass ich so müde bin«, sagte sie. »Das ist sicher die frische Luft.«

»Ja«, sagte er. »Geh ruhig ins Bett.«

Sie schlief. Er zog sich aus und schlüpfte unter die Decke. Sie lag mit dem Rücken zu ihm. Nach einer Weile legte er ihr die Hand auf die Hüfte. Sie seufzte leise. Er ließ die Hand liegen. Er spürte sein Glied schwellen. Er schob die Hand etwas weiter hinab. Ihr Körper zuckte wie unter einem elektrischen Schlag. Er zog die Hand zurück und drehte sich weg.

Er war beim Wagen oben gewesen und hatte eine Seilrolle geholt. Auf dem Rückweg nach unten blieb er beim Zaun stehen und betrachtete das Haus und das Grundstück. Dann hob er einen Stein auf und legte ihn auf den Zaunpfosten. Er ging hinunter zur Vorderseite des Hauses und dann zum Bootshäuschen. Sie lag auf dem Steg und las. Er hängte das Seil an einen Haken unterm Dachüberhang, dann setzte er sich hin, den Rücken an die Wand gelehnt, und blickte über den Fjord. Nach ein paar Minuten ging er zu ihr. Sie schaute auf und lächelte.

»Ist das nicht schön?«, fragte sie.

»Was denn?«, fragte er.

»Hier«, sagte sie.

»Ja, klar«, sagte er.

»Warum holst du denn nicht die andere Unterlage und legst dich auch in die Sonne«, sagte sie.

Er antwortete nicht. Er blickte zum Haus hoch und sagte:

»Die Schwalben sind noch nicht da.«

»Die können jetzt jeden Tag kommen«, sagte sie. »Sie kommen immer um diese Zeit.«

»Falls sie kommen«, sagte er.

»Sie kommen sicher. Sie sind immer gekommen. Einmal hat Vater gesehen, wie sie ankamen. Sie sind direkt unter denselben Dachstein geflogen wie im Jahr davor.«

»Ja, das hast du mir erzählt.«

»Früher glaubten die Leute, wenn die Schwalben an einem Haus nisten, dann brächte das den Bewohnern Glück.«

»Ja«, sagte er.

Er ging zum Haus hoch.

Er hatte einen Liegestuhl zum Apfelbaum gebracht, lag zurückgelehnt da und blickte zum Wald hinauf. Auf einmal hörte er sie seinen Namen rufen, laut, als ob etwas passiert wäre. Er stand auf und ging zum Steg hinunter. Sie saß aufrecht da, den Rücken zum Fjord.

»Was ist denn?«, fragte er.

Sie winkte ihn näher.

»Er war wieder da, der Mann, auf der Landzunge.«

»Und?«, fragte er.

»Ich hab dich gerufen, damit ihm klar ist, dass ich nicht allein bin.«

Er sah sie an.

»Hast du Angst, er kommt und tut dir was?«, fragte er.

»Also Martin«, sagte sie.

Er sah sie weiter an, dann drehte er sich um und ging hinauf auf die Rückseite des Hauses.

Sie hatten gegessen. Im Westen war eine Wolkenfront heraufgezogen und verhüllte die niedrig stehende Sonne. Sie saß lesend auf der Sofabank, er stand am Fenster und blickte über den Fjord.

»Ich mache uns eine Flasche Wein auf«, sagte er.

»Ja«, sagte sie, »mach das.«

Er entkorkte die Flasche und stellte sie und zwei Gläser vor ihr auf den Tisch. Er goss ihr Glas voll.

»So viel!«, sagte sie.

»Ja«, sagte er.

Er nahm sein Glas und setzte sich auf den Stuhl neben dem Fenster.

»Du sitzt da wohl gern«, sagte sie.

»Ja«, sagte er.

Sie las weiter. Nach einer Weile blickte sie auf und sagte: »Hast du die Flagge eingeholt?«

»Ja«, sagte er.

»Wirklich?«, fragte sie.

»Nein«, sagte er.

»Warum sagst du dann ja?«, fragte sie.

Er antwortete nicht. Dann sagte er:

»Morgen fahre ich in die Stadt und kaufe einen Wimpel.«

»Oh nein, keinen Wimpel, das ist so… Wir haben nie einen Wimpel gehabt.«

Er antwortete nicht.

Sie legte das Buch aus der Hand, stand auf und ging in die Küche. Er hörte, wie sie die Außentür öffnete und wieder schloss, dann war es still. Er trank einen großen Schluck Wein, dann noch einen. Er ging zum Tisch und goss sein Glas voll. Er setzte sich hin und blickte über den Fjord. Nach einer Weile ging die Tür. Er hörte, wie sie die Kommodenschublade aufzog, dann schob sie sie wieder zu. Sie kam in die Stube und setzte sich auf die Sofabank.

»Prost«, sagte sie.

»Prost«, sagte er.

Sie tranken.

»Ich habe die Flagge eingeholt«, sagte sie. »Tut mir leid, wenn es so aussieht, als würde ich meinen, du müsstest das immer tun«, sagte sie.

Er antwortete nicht.

»Du hast es ja sonst immer gemacht«, sagte sie. »Ich wusste nicht, dass du es ungern tust.«

Er antwortete nicht.

»Weißt du was«, sagte sie, »ich habe es noch nie gemacht. Vater hat es immer gemacht. Und später du. Ich bin noch nie allein hier gewesen.«

»Nein, ich weiß«, sagte er.

Sie hatten lange stumm dagesessen. Sie las. Er hatte sein Glas ausgetrunken und sich Wein nachgeschenkt. Jetzt legte sie das Buch hin.

»Ich glaube, ich werde so langsam müde«, sagte sie. »Wie spät ist es?«

»Zehn nach zehn«, sagte er.

»Dann ist das ja kein Wunder«, sagte sie. »Ich bin früh aufgestanden.«

»Ich geh auch ins Bett«, sagte er.

»Von mir aus kannst du gern noch hier sitzen bleiben«, sagte sie.

Sie stand auf.

»Aha«, sagte er. »Dann bleibe ich noch ein bisschen sitzen.«

»Ich meine«, sagte sie, »dein Glas ist ja noch fast voll.«

»Ja, ich weiß«, sagte er.

Als es im Haus still geworden war, zog er eine Windjacke an und ging hinaus. Eine Weile stand er auf dem Steg, dann ging er zur Landzunge hinüber. Über dem Hügel im Osten stand eine blasse Mondsichel. Die Luft war still, das Wasser gluckste fast geräuschlos zwischen den Ufersteinen.

Er stand ein paar Minuten ganz am Ende der Landzunge, dann ging er rasch zurück zum Haus und wieder hinein. Er machte noch eine Flasche Wein auf und setzte sich auf die Sofabank. Es war nach elf Uhr. Eine Stunde darauf war die Flasche leer. Er stellte die beiden leeren Flaschen nebeneinander auf den Tisch und stand auf. Er zog die Windjacke aus und warf sie auf die Sofabank. Er ging durch die Küche und die Treppe hinauf, öffnete die Schlafzimmertür und machte das Deckenlicht an. Sie lag mit dem Rücken zu ihm da. Sie rührte sich nicht. Er ging zum Schrank und nahm eine Wolldecke heraus. Mottenkugeln kullerten über den Boden. Er schloss die Schranktür hart. Sie rührte sich nicht. Er riss ihr die Decke weg.

»Martin!«, sagte sie.

»Bleib bloß da liegen!«, sagte er.

»Was ist denn?«, fragte sie.

»Bleib bloß da liegen!«, sagte er.

Dann ging er.

*

Sie lag auf dem Steg. Er konnte sie vom Stubenfenster aus sehen. Die Flaschen und die Gläser waren weggeräumt. Die Windjacke lag auf der Sofabank.

Er ging hinaus und zum Zaun hoch. Er nahm den Stein vom Zaunpfosten und schleuderte ihn weg, dann ging er den Karrenweg hinauf.

Er setzte sich ins Auto und startete den Motor. Er setzte den Wagen auf den Fahrweg, dann parkte er wieder ein und machte den Motor aus. Er saß ganz still und starrte vor sich hin, lange.

Auf dem Rückweg hinunter traf er sie.

»Wo warst du denn?«, fragte sie.

»Nur ein bisschen spazieren«, sagte er.

»Du hättest was sagen sollen«, sagte sie. »Ich hab dich überall gesucht.«

»Ich war nur ein bisschen spazieren«, sagte er.

»Ich hab so Angst bekommen«, sagte sie.

»Warum denn das?«, fragte er.

»Das ist dir doch klar«, sagte sie. »Erst heute Nacht, und jetzt das hier.«

»Vergiss heute Nacht«, sagte er.

Sie sah ihn an.

»Vergiss es«, sagte er. »Ich hatte zu viel getrunken, es war nichts, ich weiß nicht, was das sollte.«

»Ich war so außer mir«, sagte sie.

»Ach ja?«, fragte er.

Er ging zum Haus hinunter. Sie folgte ihm.

Er saß ganz am Ende des Stegs und blickte über den Fjord. Sie lag hinter seinem Rücken in der Sonne. Sie sagte:

»Ist das nicht ein schöner Ort.«

»Ja, klar«, sagte er.

Begegnung

Die Bäume, der lose Sand dort, wo der Weg am stärksten aufgewühlt war, obgleich ihn selten jemand benutzte, der Deich mit dem Steg darüber, obwohl, Steg: drei morsche Planken.

»Und dann?«

»Schlug er zu. Ich konnte nur seine blank geputzten Schuhe sehen, er trug immer blank geputzte Schuhe, und ein Stück von den Hosenbeinen. Ich wollte nicht schreien, aber am Ende konnte ich nicht anders, er hörte nie auf, bevor ich weinte.«

Noch ein paar Meter, Tannennadeln, glatt unter den Schuhsohlen, dann der Strand, Sand und Wasser, unverändert, wie als er, wie als ich ... ich?

»Hast du denn gedacht, du hättest das vergessen?«

»Vergessen vielleicht nicht, aber der Abstand und die Zeit und dann seine Nachricht. Ich bin ja nicht mehr der, der ich war, jedenfalls dachte ich das.«

»Und er?«

»Hier ist alles wie früher, ich meine die Kulissen, die sorgen schon dafür, dass alles beim Alten bleibt.«

Es war Ebbe, der Sand war hart. Sie folgten dem eingebuchteten Verlauf der Strandlinie. Eine angeschwemmte Baumwurzel, halb begraben, eine leere Flasche, eine tote

Qualle, von einem Ästchen durchbohrt, der Geruch von Tang und Waldboden, der niedrige Himmel, bald fängt es an zu regnen, kein Windhauch.

»Das heißt, du reist wieder ab?«

»Ja.«

Er hörte nicht, was sie ihn fragte, auf einmal sah er den braunen Türvorhang, nur dass der zwischen den beiden Zimmern hing, dort war er nicht, sondern auf dem kleinen Balkon vorm Schlafzimmer, das fast herabgezogene Rollo, der Lichtstreifen ganz unten, ihre Beine und Stimmen, der Regen auf dem Hemdrücken – »aber ich sage doch, ich habe nie« – »das behauptest du tatsächlich?« – die jähe Bewegung, seine spitzen Knie, ihr Gesicht wenige Zentimeter überm Boden, kein Schrei, ich hätte es verhindern, ans Fenster klopfen können, ich wollte, es ist nicht wahr, dass ich nicht wollte, außerdem, woher sollte ich wissen, dass das nicht in Ordnung war in diesem Haus mit Gott an allen Wänden, in allen Regalen, mit der Buße hinter der verriegelten Wandschranktür, bei den Galoschen und Regenschirmen …

Der Pavillon, die Hagebutten, das flache Gelände, die ersten Regentropfen (jetzt wirst du nass, das macht nichts, dein Rock, das macht nichts, hier nimm die Jacke, die ist warm frierst du nicht?), der Regen auf dem Hemdrücken. Was hatte ich auf dem Balkon zu suchen, bei Regen?

»Ich war nicht der Einzige, den er schlug«, sagte er. »Mutter auch.«

»Warum?«

»Ich weiß nicht.«

Warum? »Aber ich sage doch, ich habe nie« – war das alles, was ich hörte? Rannte ich weg, sprang vom Balkon, bevor es vorbei war? Ich konnte nicht sehen, was sie fühlte, ihr Kopf hing ja herab, unmöglich, den Gesichtsausdruck zu erkennen, aber sie weinte nicht, nicht, solange ich zusah, ich kann nicht alles gesehen haben.

»Wie war sie eigentlich?«

»Mutter? Lieb, glaube ich. Sie weinte oft. Sie hat nie etwas ausgeplaudert, nicht, soweit ich weiß, und wenn Vater den Wandschrank wieder aufsperrte und mich rausließ, war sie niemals da, ich weiß nicht, wo sie war, aber nie im Wohnzimmer oder in der Küche. Hast du sie gekannt?«

»Vom Sehen, ja. Ich weiß noch, sie wurde immer so leicht rot.«

»Das stimmt. Das hatte ich vergessen.«

»Es war auffallend, nicht zu übersehen.«

»Ich weiß noch, einmal«, sagte er, »sie saß mit ihrem Nähzeug da. Ich glaube, ich war krank, manchmal durfte ich dann auf dem Sofa im Esszimmer liegen. Wir sprachen nicht, schon seit Längerem hatte keiner von uns beiden etwas gesagt. Und dann wurde sie auf einmal rot. Ich lag da und sah sie an, ich konnte den Blick nicht von ihr wenden, und entweder da oder bei einer anderen Gelegenheit fragte ich sie, warum Vater denn nie rot wurde, aber sie antwortete nicht.«

Die Häuser, die Straße am Park mit den alten Linden, der stille Regen, kühl am Hemdrücken, das Haus mit der großen Veranda, die Birnbäume entlang der Wand (kommst du mit rein, ich müsste eigentlich, aber magst du nicht erst einen Kaffee, gern, danke für die Jacke du frierst sicher dein Rücken ist ganz nass sagen wir um fünf danke für den Spaziergang), die Tür, die hinter ihr zufiel, der Weg nach Hause … Hause?

Er schloss die Tür auf. Er hörte den Vater mit Töpfen klappern.

»Bist du das, Gabriel?«

»Ja.«

Es roch nach Fisch. Er ging hinauf und zog sich ein trockenes Hemd an. Das Fenster stand offen auf die stille Straße und die niedrigen Häuser hinaus. Der Blick streifte GOTT IST LIEBE im schwarzen Rahmen überm Bett. Er nahm den Spruch ab. Jetzt bist du aber kindisch, nein, bin ich nicht. Er tat ihn in den niedrigen Wandschrank am Fußende des Betts.

»Kommst du, Gabriel?«

Er ließ sich Zeit. Der Vater saß schon am Tisch. Er wartete. Er faltete die Hände und beugte den Kopf. Gabriel sah aus dem Fenster.

»Greif zu.«

Sie saßen einander gegenüber.

»Es schmeckt gut.«

Es schmeckte nicht gut, der Fisch war nicht genug gesalzen. Es stand kein Salz auf dem Tisch, und er traute sich nicht, ich traue mich nicht, so ist er, so bin ich, ich habe hier nichts verloren.

»Gut, dich wieder hier zu haben, Junge. Es ist leer, seit deine Mutter fort ist.«

Er antwortete nicht. Die Küchenuhr tickte, der Wasserhahn tropfte. Jetzt bin ich dran, etwas zu sagen, was soll ich sagen?

»Hatte sie Schmerzen?«

»Nein. Aber sie hätte sich so gern von dir verabschiedet. Sie hätte dich um Vergebung gebeten.«

»Wofür?«

»Wir alle haben für irgendetwas um Vergebung zu bitten.«

»Ach ja?«

»Gott...«

»Lass Gott da raus, das wäre mir lieber.«

»Das will ich nicht. Das kann ich nicht.«

»Dann reden wir nicht darüber.«

Schweigen.

»Hast du ihr Grab besucht?«

»Noch nicht.«

»Vielleicht willst du ein paar frische Blumen aus dem Garten mitnehmen. Gehst du heute Nachmittag?«

»Dann treffe ich Bodil.«

»Wer ist das?«

»Bodil Karm.«

»Ach ja.«

»Danke fürs Essen.«

Der Vater neigte den Kopf, faltete die Hände und bewegte die Lippen, doch lautlos.

Die Treppe hinauf, das Zimmer, ich blickte ihm entgegen, der dunklere Fleck, wo GOTT IST LIEBE gehangen hatte, vielleicht kommt er hoch und sieht es, es regnete nicht mehr, ein Sonnenstreifen fiel auf den Spiegel, dann können wir auf der Veranda sitzen, Schritte auf der Treppe, ich schaffe es nicht mehr, den Spruch wieder hinzuhängen, ich mache nicht auf.

Er kam nicht, er ging ins Schlafzimmer. Gabriel setzte sich aufs Bett und spürte sein Herz hämmern. Ich bin wieder derselbe wie früher, dachte er. Ich kann strampeln, wie ich will, ich kann einen Spruch von der Wand nehmen, aber ich sitze wieder im Netz. Ich bin wieder ein kleiner Sünder, wie damals.

*

Damals. Das Fenster stand offen, die Gardine bewegte sich schwach vorm blassen Abendhimmel, sie konnten nicht aufhören, einander zu liebkosen, die Bettdecke war auf den Boden gerutscht, die nackte Haut, das Zirpen der Grashüpfer durchs Fenster, das leise raschelnde Laub, die ruhigen Atemzüge – frierst du, nein, und du, nein –, das weiche Dunkel, seine Hände in ruhiger Bewegung jetzt, da nichts mehr sein musste, aber so vieles festgehalten werden wollte, all die leisen Worte, der Inhalt dem Wohlklang nachgeordnet – hör mal die Bäume, hör mal die Grashüpfer, wie leise alles ist –, lange Gedanken auf neuen, unbekannten Pfaden, große glückliche Worte, die nicht Antwort suchten, sondern Widerhall, das blonde Haar auf dem Kissen, die Düfte, der Juliabend und sie – ich könnte weinen, so glücklich bin ich.

Und dann: die zufallende Tür, Schritte, Stimmen, übergangslos Schuld, Schrecksekunden, sie: schließ die Tür ab, Schritte auf der Treppe, der Türknauf, der Vater: Warum hast du abgeschlossen, Gabriel. Ich habe Besuch. Wir werden jetzt zu Bett gehen. Die Scham, dass der Vater nicht angeklopft hatte, die Angst und das Schuldgefühl, da schon stark genug, doch noch stärker, als er zurückkam, nachdem er sie nach Hause gebracht hatte, es war spät, der Vater in der dunklen Stube: Ich habe mit dir zu reden, Gabriel. Schweigen. Ich habe gesehen, da war ein Mädchen, wer war das. Keine Antwort. In deinem Zimmer war kein Licht, die Tür war abgeschlossen, wer war das. Das sage ich dir nicht. Aber ich weiß, wer es war, ich habe nur gefragt, um dir die Chance zu geben, ehrlich zu mir zu sein, aber wenn du nicht mit der Sprache herausrückst, muss ich das Schlimmste vermuten, und es ist meine Pflicht, mit ihrem Vater zu reden. Wenn du das tust.

Das tue ich. Das ist gemein. Pass auf, was du sagst. Das ist gemein, gemein.

Sonne fiel auf den Spiegel. Er ging die Treppe hinunter und aus dem Haus, der Sandweg war nach dem Regen feucht und fest. Er läutete an der Tür.

»Mutter ist ausgegangen. Fühl dich wie zu Hause. Möchtest du Kaffee oder Tee?«

»Egal was, gern. Kann ich mich auf die Veranda setzen?«

»Natürlich.«

Er ging hinaus und setzte sich in einen Korbsessel. Sie ging hin und her. Sie summte etwas. Frieden senkte sich über ihn, ein körperliches und seelisches Wohlbefinden, das er wohl schon erlebt hatte, aber sehr selten.

»Wie schön du es hier hast.«

»Findest du?«

»Die Veranda, der Garten.«

»Der Garten macht Arbeit, und der Sommer ist kurz. Du hast wohl vergessen, wie es hier im Winter ist.«

Tee mit Zitrone, Cracker mit Käse, das ferne Kreischen einer Motorsäge.

»Du machst dir keinen Begriff, wie oft ich hier am Zaun vorbeigegangen bin und gedacht habe, wie schön es sein muss, so einen Garten zu haben.«

»Ihr hattet doch auch einen schönen Garten.«

»In dem es keine einzige Stelle gab, die vom Haus aus nicht einsehbar war. Ich konnte mich nicht verstecken, weder im Garten noch im Haus, nur im Keller.«

»Aber du hattest doch dein Zimmer?«

»Schon, aber ich habe mich nie getraut, die Tür abzuschließen. Ich durfte keine Geheimnisse vor ihnen haben, sie kamen zu mir herein, wann immer sie wollten, ohne anzuklopfen. Ich hatte ein Schreibpult mit abschließbaren Schubladen, aber ich wagte nicht, den Schlüssel zu verstecken. Ich kann mich zwar nicht erinnern, dass mir das jemand verboten hätte, aber das wäre auch gar nicht nötig gewesen. Meine Geheimnisse versteckte ich woanders. Ich weiß noch, einmal vergaß ich mein Tagebuch, ein kleines, gelbes Notizbuch, das leicht zu verbergen war. Ich hatte es auf dem Nachttisch liegen lassen. Ich muss da so fünfzehn, sechzehn gewesen sein, und auf das Buch hatte ich geschrieben, dass es mein Privateigentum war und niemand außer mir es aufschlagen dürfte. Mutter hatte es nicht nur aufgeschlagen, sie hatte mit Bleistift oben auf eine Seite geschrieben: Gott sieht alles.«

»Warum bist du eigentlich von zu Hause weggangen, was war der Anlass?«

»Ich weiß es nicht. Ich erinnere mich nicht. Das klingt seltsam, ich weiß, es ist ja auch noch gar nicht so sehr lange her, aber ich erinnere mich wirklich nicht daran. Manchmal glaube ich, es war, als ich mit ansah, wie Vater Mutter schlug, aber das kann nicht sein, das war ja schon viel früher.«

»Wirklich seltsam.«

»Ja. Es gibt so vieles, an das ich mich nicht erinnere. Es gibt Dinge, da weiß ich nicht, habe ich sie wirklich erlebt oder nur geträumt, auch bei manchen, die noch gar nicht so lange zurückliegen. An anderes erinnere ich mich ganz klar, kann aber nicht immer sagen, wann es geschehen ist, ob ich da acht oder zehn oder fünfzehn Jahre alt war. Am seltsamsten ist aber, dass ich in manchen Zeiten meines Lebens Nacht um Nacht denselben Traum geträumt haben muss, bis ich anfing zu zweifeln, ob es wirklich ein Traum war, ob ich es nicht doch erlebt hatte. Zum Beispiel dachte ich eine Weile lang, ich hätte gar nicht das Abitur gemacht, weil ich in der schriftlichen Englischprüfung ein leeres Blatt abgegeben hatte, nicht, weil ich nicht gekonnt hätte, und es war auch kein böser, sondern ein schöner Traum, ich ging zur Prüfung, saß aber nur da und schaute den anderen zu, ich wusste, ich brauchte nichts abzugeben, es war eine völlig oberflächliche Prüfungsaufgabe, und ich würde besser in den Wald gehen, also stand ich auf und ging. Mir ist klar, das muss seltsam klingen, aber eine Zeit lang, ich glaube, über mehrere Monate, dachte ich mehr oder weniger, ich hätte den Prüfungssaal tatsächlich verlassen, obgleich ich es natürlich besser wusste, ich wünschte, ich könnte erklären, wie …«

»Ich verstehe«, sagte sie. Sie stand auf. »Ich komme gleich zurück.« Er verspürte kein Wohlbefinden mehr. Ich muss Vater fragen, dachte er, er kann es mir als Einziger sagen, wenn er kann, wenn er will.

»Ich muss gehen«, sagte er.

»Schon?«

»Ich muss mit Vater reden. Kann ich dich anrufen?«

»Gern.«

Er ging rasch, wie um seinen Entschluss warm zu halten. Ich muss es jetzt tun, jetzt oder nie, ich habe grundlos Angst, als Kind hatte ich einen Grund, weil er mich schlug, jetzt habe ich Angst aus alter Gewohnheit, er kann mir nichts mehr tun, ich kann ihm etwas tun, vielleicht, er soll es mir einfach erzählen, ich fürchte mich nicht vor der Wahrheit.

»Bist du es, Gabriel?«

»Ja.«

»Du bist schon zurück? Willst du Kaffee?«

»Nein, danke.«

Er setzte sich an den runden Tisch im kleineren Wohnzimmer. Die Sonne stand jetzt weit im Westen und sandte Lichtstreifen durch das Nordfenster, sie erstreckten sich bis zu dem braunen Vorhang.

»Ich möchte dich etwas fragen.«

»Ja bitte.«

»Nicht, um alte Wunden aufzureißen, aber warum, ich frage, weil ich es nicht mehr weiß, es klingt vielleicht merkwürdig, aber warum bin ich von zu Hause weggegangen? Ich meine, was ist passiert, was war der Anlass?«

»Lass uns nicht darin herumwühlen. Vergessen ist vergessen.«

»Nein, ich muss es wissen.«

»Ich habe versucht zu verstehen, wie es passieren konnte, wie es dazu kommen konnte, dass ich versagt habe. Denn du musst nicht denken, ich würde dir die ganze Schuld zuschreiben.«

»Lass uns nicht über Schuld reden. Was meinst du?«

»Vielleicht hatte ich dich zu lieb.«

»Siehst du es so.«

»Vielleicht wollte ich dich zu sehr festhalten.«

»Du wolltest, dass ich so werde wie du.«

»Ist das ein Vorwurf?«

»Ich wollte nicht so werden wie du. Vielleicht, als ich ganz klein war, ich weiß nicht mehr, aber später nicht. Ich nannte dich Abraham.«

»Abraham?«

»Und ich war Isaak. Solange ich mich erinnern kann, hatte ich Angst vor dir, nicht nur, weil du mich bestraft hast...«

»Ich habe dich nie ohne Grund bestraft.«

»Das dachte ich auch, früher, als ich mich immer schuldig fühlte, weil ich noch nicht groß genug war, um zwischen Schuld und Schuldgefühl zu unterscheiden.«

»Dazwischen gibt es auch keinen Unterschied.«

»Doch. Warum wurde Mutter immer rot?«

»Lass deine Mutter in Frieden ruhen.«

»Sie ruht in Frieden. Warum hast du sie bestraft?«

»Bestraft?«

»Du hast sie geschlagen.«

»Wann?«

»Ich weiß nicht. Ich habe es mit angesehen. Lag es daran, weil sie zu lieb zu mir war?«

»Gabriel! Bist du deswegen nach Hause gekommen?«

»Nein! Nein. Ich hätte nicht herkommen sollen.«

»Du hättest mit einem anderen Sinn herkommen sollen.«

»Sage mir nur einfach, warum ich weggegangen bin.«

»Das solltest du dein Gewissen fragen.«

»Was meinst du?«

»Du bist nicht mit leeren Händen weggegangen.«

»Ich weiß.«

»Deine Mutter ist nie darüber hinweggekommen.«

Gabriel stand auf.

»Ich sehe, das führt zu nichts. Du machst so weiter, wie du aufgehört hast, du spielst mit meinem Schuldgefühl und versteckst dich hinter Gott. Du hast mich nie ohne Grund bestraft, sagst du. Was für einen Grund, was für Gründe? Derselbe Grund, mit dem die Inquisition alle vernichtet hat, die sich gegen die Autorität der Kirche auflehnten? Du glaubst, du hattest mich zu lieb? Bemiss deine Liebe an den Stunden, die du mich in den Wandschrank gesperrt hast!«

»Glaubst du wirklich, ich hätte das leichten Herzens getan?«

»Ich weiß nicht. Jedenfalls mit gutem Gewissen.«

»Ja. Kannst du das auch über deine eigenen Taten sagen?«

»Nein. Aber die Henker aus den Konzentrationslagern, die schon. Sprichst du sie von Schuld frei?«

»Es reicht, Gabriel. Du hast schon mehr gesagt, als ich anderen als dir erlauben würde. Irgendwann wirst du begreifen, dass du mir Unrecht getan hast. Ich bin ein alter Mann, vielleicht werde ich es nicht mehr erleben, aber eines Tages wirst du einsehen …«

»Sei still!«

»In meinem Haus sage ich, was ich will!«

»Dann warte, bis ich weg bin!«

Der Flur, die Treppe nach oben, ich zittere, das Zimmer, immerhin, ich habe es ihm gesagt, er tut mir nicht leid, ich kann ihm meinen Anblick ersparen, der Koffer, jedenfalls hat er nicht gewonnen, was bedeutet gewonnen, am Ende verlieren doch alle, Siege auf dem Weg zum Ende sind aufgeschobene Niederlagen, aber ich bin nicht gekommen, um zu gewinnen, sondern um wenigstens ein Mal nicht besiegt zu werden, ich hänge es nicht wieder hin, das wird mein letzter Gruß, GOTT IST LIEBE im Wandschrank, das wars, kein langer Besuch, wenn er jetzt bloß nicht, die Treppe runter, aber ich kann nicht einfach grußlos gehen, ja doch, warum habe ich Angst? es soll keine Flucht sein, sondern ein Abschied, soll ich anklopfen oder einfach reingehen? ich klopfe an, ich bin hier nicht mehr zu Hause, er antwortet nicht, dann gehe ich, aber er muss mich doch gehört haben, falls er nicht im Garten ist.

Er öffnete die Tür. Der Vater saß auf dem Stuhl mit der hohen Rückenlehne und blickte ihn an.

»Ich komme Lebewohl sagen.«

»Du fährst weg?«

»Ja.«

»So hatte ich mir das nicht vorgestellt.«

»Ich mir auch nicht.«

»Ich wünschte, ich würde dich verstehen.«

Er antwortete nicht.

»Ich habe mich so gefreut, als du schriebst, dass du kommen willst.«

»Es tut mir leid, dass es so endet.«

»Tatsächlich?«

»Wie meinst du das?«

»Tut es dir wirklich leid?«

»Ich sage es ja. Ich wollte nicht mit dir streiten, ich wollte nicht einmal recht gegen dich behalten. Sag mir eins, Vater, sag mir, angenommen, ich wäre nicht dein Sohn, angenommen, du würdest mich einfach nur so kennen, wüsstest dasselbe über mich wie jetzt, würdest du dich freuen, mich zu sehen, mich unter deinem Dach zu beherbergen?«

»Das wäre selbstverständlich nicht dasselbe.«

»Nein. Und wenn du nur ein Mitmensch wärst und nicht mein Vater, dann hätte ich dich nicht besucht. Aber heißt das nicht, dass uns nur eine Konvention aneinander bindet? Wir sind Vater und Sohn, also sollten wir gefälligst Zuneigung füreinander empfinden, und wenn wir das nicht tun, haben wir Schuldgefühle. Aber warum? Genügt es anzunehmen, dass Zuneigung biologisch bedingt ist? Wir erwarten ja nicht von uns selbst, für einen Nachbarn Zuneigung zu empfinden oder für einen Kollegen! Ich weiß nicht, ob du verstehst, was ich meine.«

»Doch. So siehst du es also. Eine Konvention. Gott vergebe dir deine Worte, Gabriel. Eines Tages wirst du einsehen müssen, wie sehr du dich geirrt hast.«

»Das sagst du schon immer, seit ich mich erinnern kann, hast du immer gesagt, eines Tages… Wie anders alles hätte sein können, wenn du nicht an Gott glauben würdest.«

»Oder wenn du an ihn glauben würdest.«

»Ja. So, wie die Dinge stehen, sind wir dazu verurteilt, einander zu quälen.«

»Gib daran nicht Gott die Schuld.«

»Nicht Gott, sondern der Vorstellung von einem Gott, diesem zählebigen Mythos von einer Macht, mit der wir Taten und Ansichten rechtfertigen, die irgendwann als unmenschlich gelten werden. Du glaubst, Gott sei der Maßstab eines Glaubens, aber das ist nicht wahr, Gott ist der Glaube an Gott, und darum wird Gott sterben, er stirbt schon, Tag für Tag.«

»Du bist ja besessen.«

»Nein, aber ich glaube an eine Zukunft, die dieses Erbe verweigert, die sich weigert, Gott auf dem Buckel mit sich zu schleppen.«

»Jetzt musst du gehen.«

»Ja.«

Er ging zur Tür. Er legte die Hand auf den Türgriff. Dann wandte er sich um und warf einen letzten Blick auf den Vater, der unbewegt auf dem hochlehnigen Stuhl saß, mit geschlossenen Augen, die Hände hart um die verschlissenen Armlehnen gelegt.

Mardons Nacht

Alle Straßen hießen nach Berufen, Bäckerstraße, Spengler-
straße, Schuhmacherstraße. Er stellte den Koffer auf den
nassen Bürgersteig und zog den zusammengefalteten Zettel
aus der Brusttasche. Gerberstraße 28. Dann ging er weiter.
Sein eines Bein war länger als das andere. Er fror an
den Füßen und am Rücken. Ich frage den Ersten, der
mir entgegenkommt, aber das war eine Frau, und den
Nächsten fragte er auch nicht. Ich werde es schon finden.
Die Geschäfte waren geschlossen, aber die Laternen noch
nicht an. Er kam zu einer Brücke und dachte, er sei zu weit,
setzte seinen Weg aber fort. Unter ihm pfiff ein Zug. Und
ich habe es für einen Fluss gehalten, wenn der Zug nicht
gekommen wäre, hätte ich gedacht, ich bin über einen Fluss
gegangen, und niemand hätte gewusst, woher ich komme.
Ach, Sie kommen von der anderen Seite des Flusses?
Schaut euch den mal an, der kommt von der anderen Seite
des Flusses. War der Fährmann heute betrunken – hatte er
seine Tochter auf den Mast gezogen?

Er kam zu einem Café, einer Kneipe, ging hinein, setzte
sich in eine Ecke, bestellte eine Tasse Tee, legte den Hut auf
den Koffer, wartete. Viele Gäste waren nicht da; wenn ich
sie aufeinanderstapele, Bauch auf Bauch und Rücken auf
Rücken, reichen sie nicht mal halb bis zur Decke. Als der

Wirt den Tee brachte, fragte er, wo die Gerberstraße sei, und er antwortete, Sie gehen über die Brücke, an einem Haus vorbei, das aussieht, als hätte es einen über den Durst getrunken, danach erste links und zweite rechts, Sie können es unmöglich verfehlen.

Er ging denselben Weg zurück, über die Brücke, an dem Haus vorbei, das einen zu viel getrunken hatte, bog nach links ab, dann nach rechts, konnte aber kein Straßenschild entdecken und auch keine Hausnummern an der Reihe dreigeschossiger, identischer Häuser. Er ging in eines hinein, in einen dunklen Hausflur mit drei Türen, und eine alte Frau mit weißem Haar und dunkelblauer Schürze sagte, er wohne eine Treppe höher, der Name steht an der Tür, aber er ist nicht zu Hause. Er stieg die abgetretenen Stufen hinauf, langsam, mit schweren Schritten, ich trage die Jahre mit mir herum. Er war nicht zu Hause, aber die Tür war unverschlossen, und er kam in ein kaltes Zimmer mit einem ungemachten Bett, einem Tisch und zwei Stühlen. Er setzte sich und legte den Kopf in die Hände und dachte an die lange Reise – das Zugabteil, wo der Sohn der Witwe das Wort »ficken« konjugierte, auf dem staubigen Koffer, sechzig Stunden ohne Schlaf, oder fast ohne, der Grubenarbeiter mit seiner Litanei über Jesu Perversionen, der nach fünfzig Stunden rief, Herr, in deine Hände – und die Notbremse zog.

Er hörte eine Unruhe hinter sich, von der Tür her, die einen Spalt weit auf die anderen Namensschilder offen stehen geblieben war. Oh, Entschuldigung, sagte sie, ich dachte nicht, Sie müssen Lender sein, er hat gesagt, dass Sie kommen, aber nicht heute. Ich bin Vera Dadalavi, ich wohne hier gegenüber, Sie können bei mir warten, da ist es wärmer, aber nehmen Sie um Himmels willen den Koffer mit.

Er folgte ihr über den Flur; sie hatte Bilder an den Wänden, Zeichnungen von Masken und Füßen und Händen, und aus Zeitungen ausgeschnittene Gedichte, mit grünen und gelben Reißzwecken an die graue Tapete geheftet. Er legte den Mantel ab und setzte sich mit dem Gesicht zur Tür. Das ist Mardons Hand, sagte sie und deutete auf eine Zeichnung. Der Zeigefinger fehlte. Haben Sie Hunger? Er hatte keinen Hunger, er war nur müde. Er sank etwas tiefer auf den Stuhl und schloss die Augen. Wann kommt er nach Hause? Schwierig zu sagen, heute Abend, morgen, wenn er vom Gehen müde ist und nicht woanders schlafen kann. Die Nächte werden allmählich kalt. Er wird schon kommen.

Er blickte auf ihr langes, helles Haar, den schmalen Rücken, die Zeitungsausschnitte – ich selbst hatte Plakate an den Wänden, vor zehntausend Jahren, Männer mit Fahnen, die von Kontinent zu Kontinent schritten, Sicheln in den Händen. Aber was ist das für ein Einfall mit all diesen Masken? Sind Sie Malerin? Na ja, Malerin, antwortete sie. Keine gute. Wollen Sie ein Glas Wein? Er ist süß. Wenn Sie lächeln, ähneln Sie Mardon, erzählen Sie doch von ihm, wie war er als Kind. Wie die meisten Kinder, denke ich, aber das stimmte nicht, er fing Singvögel und sperrte sie in sein Zimmer, zusammen mit der Katze, und mit elf stahl er Bücher aus dem Bücherschrank, um seine Flucht nach Australien zu bezahlen, darunter hat er's nicht gemacht. Ich kannte ihn nicht, sagte er, er redete nicht viel, und ich war so beschäftigt. Wie geht es ihm – was macht er? Da kommt er. Sie ging zur Tür und öffnete sie. Der alte Mann (so alt bin ich aber noch nicht) stand auf und strich sich mit den flachen Händen über die Jacke. Er tat zwei Schritte nach vorn, einen kurzen und einen etwas längeren. Sie blickten einander an, stumm. Mardon, Mardon, was hast du mit dir gemacht? – dann reichten sie sich die Hand, schweigend. Meine Hand ist feucht, dachte er, was soll ich sagen, ich habe keine Stimme, er hat keinen Zeigefinger, ich weine, Herrgott, ich weine. Du bist früher gekommen als gedacht, sagte Mardon, ich dachte… Sie drehten sich beide zugleich zu ihr um. Ihre Augen standen voller Tränen. Ich kann nichts dafür, sagte sie, es ist so, nach all den Jahren, ihr seid auf einmal so groß. Sie zogen ihre Blicke zurück, starrten auf den abgetretenen Teppichboden. So sag schon einer was, irgendwer, irgendwas. Du hast hergefunden? Ja, aber es gibt keine Hausnummern. Die werden gestohlen, sobald neue dran sind, gleich sind sie schon wieder weg. Offenbar will irgendwer, dass die Leute sich verlaufen. Sie stehlen die Hausnummern, damit die Leute sich verlaufen? Ich weiß nicht, aber das würde mich nicht wundern. Habt ihr Wein getrunken? Ja, deine Freundin war sehr nett zu mir – es war so kalt in deinem Zimmer.

Sie hatten sich gesetzt. Ich muss raus, dachte Mardon, ich muss raus und mich dagegen wappnen, dass er da ist. Der arme Mann, armer Vater, die Warze neben seiner Nase ist sehr viel größer geworden, sicher hat er Krebs, er wird sterben, bevor er glücklich ist, er tut mir leid, wenn er nur nicht mein Vater wäre, Vater allein auf der Bank im Regen, Vater hinterm Lehnstuhl hockend im halb dunklen Wohnzimmer, hast du gedacht, ich sehe dich nicht, Vater auf der ungestrichenen Kiste ganz hinten auf dem Dachboden – die fast unsichtbaren Flecken auf dem Boden. Ich muss kurz noch mal raus, es dauert nicht lange, ein halbes Stündchen oder so, ich hab nur eine Kleinigkeit vergessen. Der Vater stand am Fenster und sah ihm nach, wie er eilig die Straße entlangging. Wenn du wüsstest, wie einsam ich bin, Mardon, du bist das Einzige, was ich noch habe. Die Straßenlaternen brannten. Der arme Mardon, sagte Vera Dadalavi an seinem Ohr. Ich heiße auch Mardon. Haben Sie ihn wirklich nach sich getauft? Es war nicht meine Schuld, ich war nicht zu Hause. Glauben Sie, er kommt zurück? Natürlich, antwortete sie, und sie legte ihm die Hand auf den Arm. Mein Vater hieß auch Mardon, sagte er. Ich verstehe, sagte sie weich – kommen Sie, setzen Sie sich. Kommen Sie, trinken Sie ein Glas Wein. Prost. Prost. Sie sind nur wegen der langen Reise so niedergeschlagen, man ist leicht niedergeschlagen nach einer langen Reise, das geht vorbei. Haben Sie ganz sicher keinen Hunger?

Als er zurückkam, waren die Gläser und die Flasche leer. Da bin ich wieder, sagte er, bevor er feststellte, dass sein Vater nicht da war. Wo ist er? Auf der Toilette. Du hast getrunken, Mardon. Da kommt er – sei lieb zu ihm, Mardon, man kann ihn zwischen den Fingernägeln zerquetschen. Das ist ja eine besondere Toilette, sagte der Vater, es sah aus, als ob er gelacht hätte. Ja, nicht wahr?, sagte Mardon. Komm, lass uns den Anlass feiern, sagte er und zog eine Flasche aus der Manteltasche. Wir haben nie, sagte der Vater, miteinander getrunken. Du vergisst, sagte Mardon, das Restaurant hinterm Marktplatz, wie hat das noch mal geheißen, nach der Beerdigung, mir saß die Kälte in den Knochen, ein kleines Restaurant mit Rehen an den Wänden. Wir tranken jeder zwei Gläser, weißt du noch? Nein, daran erinnere ich mich nicht. Ich hatte wohl an anderes zu denken. Ich habe so vieles vergessen. Rehe an der Wand, sagst du? Ja, ich war seitdem wieder dort, als ich erwachsen genug war, um allein hinzugehen, aber da waren die Rehe weg und stattdessen eine Tapete da, Backsteinmauerimitat, und hinterm Tresen stand ein Mädchen mit den hellsten Augen, die ich jemals gesehen habe – als wäre sie gerade eben aus dem Meer gestiegen. Sie war ungewöhnlich schön, allerdings nur vom Tresen aufwärts, der Rest war tot, sie saß auf einem Barhocker mit Rädern dran, es hieß, sie sei von einem Raupenfahrzeug überfahren worden. Was ist? Nichts, antwortete der Vater, nichts. Haben Sie etwas dagegen, dass ich Sie zeichne?, fragte Vera. Nein woher, bitte schön, aber ich muss bald mal was suchen, wo ich … gibt es hier in der Nähe ein Hotel? Kommt nicht in Frage, du nimmst mein Zimmer, das fehlt noch. Es ist nichts Großartiges, ich habe nie Wert darauf gelegt, mir was anzuschaffen, aber ich habe saubere Bettwäsche. Ich kann ja gleich rübergehen und alles fertigmachen, dann ist es erledigt, meine ich. Nur einen Augenblick. Ich will dir keine Mühe … aber Mardon war schon aus dem Zimmer. Er zieht sich bei der ersten sich bietenden Gelegenheit zurück, als ob ich eine ansteckende Krankheit hätte, wäre ich nur nicht gekommen. Ist Ihnen schon mal aufgefallen, dass alle Menschen Autos ähneln?, fragte Vera. Nein. Sie ähneln einem Ford. Ich einem VW. Ich gehe rüber, Mardon helfen, sagte er und stand jäh auf. Die Tür war angelehnt, er schob sie auf. Mardon lag auf dem Bett und starrte an die Decke. Mir war auf einmal so schwindelig, sagte er, es geht gleich vorbei. Er stand auf. Ihm ist nicht schwindelig, er liegt nur da, um Zeit totzuschlagen, er weiß nicht, wie er die Minuten hinter sich bringen soll. Es ist nur für heute Nacht, sagte er, und Mardon sagte, nein, warum denn? Er antwortete nicht, und Mardon dachte, aber er tut mir ja … warum tut er mir eigentlich leid? und warum kann ich nicht, wenn er mir leid tut, nett zu ihm sein? Ich möchte dir aber nicht dein Bett wegnehmen – wo schläfst du dann? Bei Vera. Ach so. Aha, jaja, aha. Er öffnete einen Wandschrank und nahm sauberes Bettzeug heraus. Ich bin sein Sohn, ergo denkt er, er liebt mich, muss mich lieben. Das arme Hinkebein, man setzt nicht ungestraft einen Sohn in die Welt. Was er wohl sagen würde, wenn ich ihn einfach Mardon nenne. Kannst du mir beim Bettbeziehen helfen, Mardon senior? Komm, ich helfe dir, sagte der Vater und starrte auf Mardons Hand. Was hast du mit dem Finger gemacht? Das war eine Entzündung – nicht weiter der Rede wert. So, das hätten wir. Man kommt ausgezeichnet mit einem Finger weniger zurecht, vor allem, wenn es der Zeigefinger ist. Sollen wir wieder rübergehen?

Sie hatte sich ein braunes Band ins lange, helle Haar geflochten. Aha, sie schlafen also miteinander, dachte er. Sie ist doch mindestens zehn Jahre älter. Ich habe mit zu wenigen geschlafen in meinem Leben, fast mit keiner, ich hab mich nicht getraut, es erschreckte mich, ich nannte es höherstehende Moral, irgendwie muss man seine Schwächen ja bezeichnen, also warum nicht als Moral, jetzt verstehe ich, was Moral bedeutet. Wie geht's den Nachbarn?, fragte Mardon. Martens zum Beispiel? Er ist tot, hast du das nicht gewusst? Gottlob, sagte Mardon, und der Vater sagte, wie redest du denn. Ich muss zugeben, sagte Mardon, dass es einige Leute gibt, die ich schon lange zehn Fuß unter die Erde wünsche – einer davon ist Martens, und jetzt ist es passiert, wohl bekomm's. Wie redest du denn, was hat Martens dir getan? Er hat Klatsch und Lügen über mich verbreitet – das müsstest du doch wissen, und ein Mal … nein, egal. Martens und Frau Bauske, das ist dasselbe Gesocks, aber sie ist wohl auch tot, oder? Sie ist vor einem halben Jahr gestorben – an Krebs. Du musst schon entschuldigen, aber es tut mir nicht leid. Wie hast du das gemeint, sagte der Vater, ich müsste wissen, dass Martens

Lügen über dich verbreitet hat? Ganz so war es nicht gemeint, ich will nicht behaupten, du hättest gewusst, dass er gelogen hat, aber als er über mich getratscht hat, hast du mich bestraft, ohne zu wissen, ob das, was er erzählte, stimmte. Wenn das wahr ist, sagte der Vater und blickte auf den Teppich neben seinem Stuhl, und Mardon stand auf, drehte sich weg und dachte, das hätte ich nicht sagen sollen, ich hab diese Manie, alte Leichen aus dem Keller zu holen, ich sollte nicht ... wenn es ihn wenigstens hätte verletzen sollen. Er verachtet mich, dachte der Vater, sonst hätte er das nicht gesagt. Er hat das all die Jahre mit sich herumgetragen, jetzt schickt er mich damit nach Hause. Ich muss etwas sagen, dachte Mardon, was soll ich sagen? Dass ich keinen Groll hege? So was sagt man nicht, nicht ich. Denk jetzt nicht, ich würde deswegen einen Groll hegen, wenn das so wäre, hätte ich es nicht erwähnt. Ich weiß, antwortete der Vater, dass ich dir kein guter Vater gewesen bin. Können wir nicht, sagte Mardon, aufhören, Vater und Sohn zu sein. Können wir nicht einfach Menschen sein, dann brauchen wir nicht mehr zu denken, wir hätten unfehlbar sein müssen. Wenn du nicht Mardon heißen würdest, würde ich darum bitten, dich beim Vornamen nennen zu dürfen. Warum nicht Mardon?, fragte der Vater. Das, sagte Mardon, wäre ja, wie mit sich selbst zu reden. Vera lachte. Das ist nicht zum Lachen, Vera. Stell dir mal vor, alle wären nur Menschen, keine Verwandten, meine ich, denen gegenüber man Rechte und Pflichten zu haben glaubt. Diese Art Gedanke muss es gewesen sein, als Jesus seine Mutter mit Weib ansprach. Prost, Mann. Der Vater erhob sein Glas. Ich muss auf jeden Fall verhindern, dass er die ganze Flasche allein austrinkt. Prost, Mardon. Ihr seid so süß, sagte Vera. Kümmere dich nicht um sie, sagte

Mardon, ihr kommen schon die Tränen, wenn sie ein Kind sieht, das schielt. Der Vater blickte zu Boden. Taktvoll ist er nicht gerade. Aha, er trägt nicht gern denselben Namen wie ich. Mardon Lender II. und Mardon Lender III. Hat es dich gestört, dass du so heißt wie dein Großvater und ich? Mardon sah ihn rasch an. Natürlich. Da du fragst, muss ich zugeben, dass ich oft nachgedacht habe, wie Eltern auf die Idee kommen können, ihr Kind nach dem Vater zu taufen. Die beiden naheliegendsten Gedanken sind, nimm das bitte nicht persönlich, dass entweder der Vater aus irgendeinem Grund eine enorm hohe Meinung von sich selbst hat oder dass die Mutter vielleicht gewisse Zweifel hegt, ob das Kind wirklich der Sohn ihres Mannes ist. Red nicht so von deiner Mutter, sagte der Vater und richtete sich auf seinem Stuhl auf. Warum nicht? Weil… Er stand auf. Lass uns nicht mehr darüber reden, nicht jetzt. Ich bin nicht… ich bin nicht gewohnt zu trinken. Wenn es dir recht ist, würde ich gern ins Bett gehen – das war ein langer Tag. Er griff nach Hut und Koffer. Natürlich. Schlaf gut. Tu ich sicher. Gute Nacht. Mardon hörte die ungleichmäßigen Schritte auf dem Flur und blickte auf den Zeigefingerstumpf. Der Vater machte das Licht an und schloss die Tür hinter sich. Er legte den Mantel aufs Bett, stellte den Koffer hin, stand da und sah sich in dem nackten, kalten Zimmer um. Tut er dir nicht leid?, fragte Vera. Schon, sagte Mardon, ohne den Blick von dem Stumpf zu wenden. Der Vater ging zum Fenster und zog ein löchriges Rollo mit dem Bild eines Mädchens, das unter einem großen Baum im Gras sitzt, herunter. Willst du nicht zu ihm rübergehen?, fragte Vera. Er antwortete nicht. Der Vater betrachtete das Mädchen im Gras und dachte, wenn er nur wüsste, was es bedeutet, fast das ganze Leben hinter sich zu haben. Ich habe keine Zeit, vergebens zu warten. Mardon goss sich ein und trank. Ich wusste, es würde so gehen, ich wusste es. Was soll ich tun, Vera? Geh zu ihm rüber und sage irgendwas, etwas, worüber er sich freut, ich weiß nicht, was, egal was, das, was du sagen würdest, wenn du wüsstest, dass er heute Nacht stirbt, und wenn es die größte Lüge ist, die dir einfällt, damit du weißt, dass er auf keinen Fall ärmer nach Hause fährt, als er gekommen ist. Mardon drehte sich um und sah sie an. Der Vater ging an den Koffer, hob ihn auf den Tisch und öffnete ihn. Er strich mit dem Finger über das oben liegende Album, eines von zweien. Ich sage doch nur, was ich denke, und trotzdem habe ich ein schlechtes Gewissen. Warum, Vera? Kannst du mir das sagen? Du hast selbst gesagt, Mardon, das Gewissen ist die Tür zum Unbewussten, zum Vergessenen. Der Vater nahm die Alben aus dem Koffer und schlug eines davon auf. Mardon mit fünf. Mardon in Großmutters Garten. Mardon am Strand. Mardons erster Schultag. Ich hätte den Namen weglassen sollen. Sommer 1948. Herrgott, da steht ja Martens direkt hinter ihm, die Hand auf meiner Schulter, so gute Freunde waren wir auch wieder nicht. Mardon stand auf. Ich gehe rüber und frage, ob er etwas braucht. Der Vater löste das Foto ab und steckte es sich in die Tasche. Es klopfte. Herein. Ich hab nur gedacht, vielleicht brauchst du irgendwas. Er zog die Tür hinter sich zu. Was hast du da? Ach, nur eine Kleinigkeit, ich habe das mitgebracht, ich dachte, du würdest vielleicht … Ursprünglich hab ich sie für mich gemacht, das wirst du am Text erkennen, aber wenn du magst, es ist deine Kindheit. Er schlug das Album zu und trat einen Schritt zurück. Wenn man bedenkt, dachte Vera, dass Gott nicht existiert … Natürlich, sagte Mardon, ist doch klar, vielen Dank. Vera löste das Halsband aus getrockneten, angemalten

Erbsen und legte es in die Glasschale neben dem großen grünen Wecker. Ich kann mich nicht erinnern, dass ich diese Bilder je gesehen hätte, sagte Mardon. Wenn dich welche davon interessieren, nimm sie einfach raus. Vera hob den Blick und sah in den Spiegel. Oh Herrgott. Tausend Dank, Vater. Er sagte Vater. Ich habe Vater gesagt – mehr kann er nicht verlangen. Er hat Vater gesagt. Mein Junge, mein Sohn. Sie entknotete das braune Band und schüttelte ihr Haar, stellte die Füße ein wenig auseinander, griff die Haarbürste, sah sich in die Augen, führte die Zungenspitze auf der Rückseite ihre oberen Vorderzähne hin und her, hob die Bürste, sah einen Mitesser unterm linken Mundwinkel, legte die Bürste hin, schob das Kinn vor, drückte mit den Zeigefingern die Haut zu beiden Seiten des dunklen Punkts zusammen, der Mitesser kroch aus der Pore, sie fing ihn mit dem einen Nagel auf, hörte Schritte im Flur, streifte die weiße Masse am Rock ab, nahm den Puderquast, dann ging die Tür auf, und Mardon kam herein, zwei Fotoalben unterm Arm. Der Vater zog sich unter der nackten Glühbirne aus. Er hat sich darüber gefreut, das war ganz deutlich, er kann nur seine Gefühle so schlecht zeigen, das hat er von mir. Aha, wir haben also nach der Beerdigung miteinander etwas getrunken, das hatte ich vergessen, aber das muss ihm viel bedeutet haben. Mardon warf die Alben aufs Sofa. Meine Vergangenheit, liebe Erinnerungen, natürlich ohne Hintergedanken. Sieh selbst. Sie sah. Der Vater zog den Pyjama übers Unterzeug, löschte das Licht und legte sich hin. Er sah auf das Kreuz hinterm Rollo – lange. In drei Tagen ist Vollmond. Jetzt sitzen sie da und schauen sich die Alben an. Ich werde nicht schlafen können. Jedes Mal, wenn er die Augen öffnete, starrte er auf das Kreuz. Immerhin sind ihr die kurzen Jahre erspart geblieben, Maria, die kurzen Jahre und die langen Nächte. Du hast es nicht einmal geschafft, dich vor dem Sterben zu fürchten, nein, nicht fürchten, ich meine nicht fürchten. Mardon... Sein Herz schlug schneller, aber er wusste, es war nur Einbildung, niemand hatte seinen Namen geflüstert. Ich brauche nur die Augen aufzumachen – wenn ich will, kann ich das Licht anschalten. Es ist nicht nötig, ich muss nur an etwas anderes denken. Ich habe meinen gesunden Menschenverstand. Sie blättern in den Alben. Oder vielleicht schlafen sie miteinander. Mir wäre sie ja etwas rundlicher lieber, nicht so schlank, über Geschmack lässt sich nicht streiten, nicht, weil ich dankend abgelehnt hätte, aber wenn ich einer von den deutschen Offizieren gewesen wäre, die Frauen vor sich haben antreten lassen und dann nur auf eine zu deuten brauchten – mit der Reitpeitsche –, dann hätte ich eine etwas Kleinere und Pummelige genommen, eine, die ängstlich aussah. Ich hätte... nein, das stimmt nicht, man denkt sich aus, was man nicht tut, das, wozu man nicht in der Lage wäre. Wenn ich ein Schwein bin, dann sind alle Schweine. Ich habe nichts getan, das ich bereuen würde, das Einzige, was ich bereue, ist das, was ich nicht getan habe. Ich hätte sowohl Frau Kram als auch Charlotte haben können, auf jeden Fall Frau Kram, es gab nichts, was ihr lieber gewesen wäre, und Charlotte genauso. Sechs, sieben Huren und Maria, das ist alles, und die Huren auch erst, wenn ich mir Mut angetrunken hatte. Ich weiß nicht mal mehr, wie sie aussahen. Also nur Maria. Mardon... Er schlug die Augen auf und blickte vom Kreuz hinterm Rollo zu dem kleinen Lichtauge in der Tür. Nein, natürlich. Das Zimmer muss größer sein, als es wirkt, sicher vier mal drei Meter, aber jetzt im Dunkeln wirkt es entschieden... Wir hätten eine Partie Schach spielen können, obwohl, er spielt wahrscheinlich nicht… Wenn ich das Licht anmache, nur um zu sehen, wie das Zimmer wirklich aussieht. Ich kann mich nicht an einen Ofen erinnern, aber was soll das sonst sein, ohne einen Ofen kommt er doch unmöglich zurecht, bald ist Winter. Er sollte ein paar Bilder aufhängen. Was für eine Idee, Zeichnungen von Händen und Masken an die Wand zu heften, mindestens hundert. Ich sehe also aus wie ein Ford, aha. Er versuchte, sich daran zu erinnern, wie ein Ford aussieht. Vera legte eine Steppdecke auf die Luftmatratze. Du kannst sagen, was du willst, mir tut er einfach leid. Mir auch, und zugleich wünsche ich mir, er wäre tot. Er bringt mich dazu, dass ich irgendeine doofe, wie soll ich es sagen, Verpflichtung empfinde. Als ob ich ihm etwas schuldig wäre. Außerdem hat er etwas Ekliges an sich, rein körperlich, meine ich, und ich kann nicht an die Nacht denken, in der ich empfangen wurde – du kannst Gift drauf nehmen, dass es schwarze Nacht war –, ohne dass sich mir innerlich alles umdreht. Vera sah ihn erstaunt an. Der Vater hörte eine Tür gehen, und kurz darauf stellte er fest, dass das Lichtauge nicht mehr da war. Er lauschte, hörte aber nur sein Herz schlagen. Es pochte schneller, als es sollte. Wie seltsam, sagte Vera. Soll das heißen, sagte Mardon, du kannst dir deine Eltern beim Sex vorstellen, ohne dich, wie soll ich es nennen, unbehaglich zu fühlen? Sicher doch. Der Vater setzte sich im Bett auf und lauschte. Die Stille macht es. Die Japaner, waren es nicht die Japaner, die schallisolierte Räume einrichteten – Zellen –, von einem ganz speziellen Format, um die Leute um den Verstand zu bringen. Sehr unwahrscheinlich – und wenn, dann müssen die Decken dieser Räume sehr hoch gewesen sein. Mein Herz schlägt nicht so schnell, weil ich Angst hätte, sondern umgekehrt –

ich bin zu weit gereist; ich habe die Anstrengung unterschätzt, die Angst ist die natürlich Folge davon, dass das Herz... Er legte sich wieder hin, das Gesicht zur Wand. Er streckte die Hand aus und befühlte die Tapete. Ja, wenn, dann müsste so ein Raum enorm hoch sein, zum Beispiel zwei mal zwei Meter und zehn Meter hoch – und kein Ton. Ich könnte einen kleinen Zettel schreiben und fortgehen, ihm erklären, dass ich nicht einschlafen konnte, dass ich ja ohnehin nur kurz bei ihm vorbeischauen wollte, dass ich nach Hause möchte, es soll ihn nicht beleidigen, dass ich an Schlaflosigkeit leide, dass ich älter bin, als ich dachte, er wird es schon verstehen, er wird froh sein, er braucht mich nicht, und ich brauche niemanden, der mich nicht braucht. Ich kann sterben, ohne dass jemand um mich weint. Ich könnte schreiben, ich sei dankbar, dass er mich so freundlich aufgenommen hat, eigentlich wollte ich gar nicht über Nacht bleiben, aber dein Angebot nicht ausschlagen, aber ich kann nicht schlafen, mein Zug geht morgen früh. Ich wollte dich sehen, und ich habe dich gesehen. Ich muss zurück an den Ort, wo ich hingehöre, wo meine Dinge sind, so ist es, wenn man alt ist, so ist es, wenn man weiß, bald bist du erledigt. Als junger Mann dachte ich, mit dem Alter wird die Angst vorm Sterben immer kleiner, ganz einfach, weil man müde wird und es so sein muss, damit man es überhaupt aushält, aber das stimmt nicht, das ist eine Lüge. Vielleicht nicht für alle, nicht für die, die was aus dem Leben gemacht und keine Gelegenheit verpasst haben, wenn ich dir also einen Rat geben soll, Mardon, dann den, keine Gelegenheit zu verpassen, mach was draus, auch wenn sie dich rücksichtslos nennen – wenn du das bist, was man rücksichtsvoll nennt, endest du als älterer oder alter Mann auf dem Dachboden. Du hast mich gesehen, Herrgott, das hatte ich vergessen, wie konnte ich das nur vergessen. Du warst wohl noch zu klein, um es zu begreifen, aber an jenem Nachmittag hast du mich auf dem Dachboden gesehen. Er zog die Hand zurück, setzte sich wieder im Bett auf, sah das Kreuz hinter dem Rollo, spürte sein Herz klopfen und die Röte auf Wangen und Stirn brennen, stand auf, tastete nach dem Lichtschalter, fand ihn nicht, aber er war doch hier, oder auf der anderen Seite der Tür, nein, jetzt mal ganz ruhig, irgendwo muss er ja sein, aber er fand ihn nicht. Er ging zum Fenster und zog am Rollo. Erst war es widerspenstig, dann rutschte es ihm aus der Hand und schnappte klatschend hoch, so dass ihn eine Säule heißen Schreckens durchfuhr. Kurz stand er da wie festgefroren, dann stützte er die Hände an den Fensterrahmen und lehnte den Kopf an die Mittelsprosse. Ich erinnere mich fast nicht an sie, sagte Mardon, dabei lebte sie, bis ich fünfzehn war. Sie hat keine Spuren hinterlassen – oder wenn, dann nur verborgene. Sie hat keinen Einfluss auf mich, wenn du verstehst, was ich meine. Er zögerte, sagte dann: Ich glaube, wer sich erinnert, hat mehr Gewalt über sein Leben. Diese Fotos sagen mir so gut wie nichts. Ich könnte dir von einer Hecke mit weißen Beeren erzählen, die knallten, wenn ich sie zwischen den Fingern zerdrückte, oder von dem staubigen Grünstreifen links vom Weg zur Volksschule – da hast du meine Erinnerungen. Und an Vater, aber das ist erst später. Ein Mal hab ich ihn gesehen, wie er auf dem Dachboden onanierte, das muss vor Mutters Tod gewesen sein. Ich wüsste zu gern, wie ich reagiert habe – damals. Später hat es ihn geradezu menschlich gemacht – ihm eine neue Dimension verliehen, wenn du verstehst, was ich meine. Er hat mich nicht gesehen, ansonsten wäre alles sehr viel schwieriger geworden. Und ein Mal – daran erinnere ich mich besonders deutlich – habe ich ihn auf einer Bank im Regen sitzen gesehen, allein. Ich tat so, als würde ich ihn nicht sehen. Warum sitzt ein Mann im Regen auf einer Bank, keine dreihundert Meter von zu Hause? Sie antwortete nicht. Der Vater richtete sich auf und wandte sich zum Zimmer um. Er ging zur Tür, fand den Lichtschalter und drehte ihn. Dann ging er wieder zum Fenster und zog das Rollo herunter, ohne das Mädchen im Gras anzusehen. Er zog den Pyjama aus und kleidete sich an, rasch – als hätte er keine Zeit zu verlieren. Dann legte er den Schlafanzug in den Koffer und schloss ihn. Dann stand er da und starrte vor sich hin, als hätte er doch genügend Zeit. Dann zündete Mardon sich eine Zigarette an und sagte: Eigentlich können wir nichts dafür, dass wir sind, wer wir sind, oder? Unsere Vergangenheit hat uns voll und ganz im Griff, nicht wahr, wir erschaffen unsere Zukunft niemals selbst. Wir sind Pfeile, aus dem Mutterleibe abgeschossen, und wir landen auf einem Friedhof. Was für eine Rolle spielt es da, wie hoch wir geflogen sind – in dem Moment, wo wir landen. Oder wie weit wir geflogen sind, oder wie viele wir auf unserem Flug verletzt haben. Das, sagte Vera, kann nicht die ganze Wahrheit sein. Dann zeig mir den Rest. Der Vater machte seine Brieftasche auf und nahm die hellblaue Quittung des Reisebüros heraus, dann setzte er sich hin und schrieb etwas auf die leere Rückseite. Lieber Mardon. Ich fahre in zwei Stunden mit dem Zug wieder nach Hause. Ich wollte dich gern wiedersehen, und ich bin so froh, dass ich hergekommen bin. Aber ich bin älter, als ich dachte, und müde von der langen Reise. Wenn ich wenigstens schlafen könnte, aber ich habe vergessen, wie fremde Zimmer auf mich wirken, und mein Herz ist nicht mehr so stark, wie es mal war. Du wirst mich sicher verstehen. Es möge dir wohl ergehen, mein Junge. Dein dich liebender Vater. Er ließ den Brief auf dem Tisch liegen, dann ging er zur Tür, löschte das Licht, öffnete vorsichtig die Tür. Der Flur lag dunkel. Er schloss die Tür wieder und machte Licht. Vielleicht schlafen sie doch noch nicht. Er schob die Tür ganz auf, so dass das Licht aus seinem Zimmer bis zur Treppe reichte. Er konnte ein fernes, undeutliches Murmeln hören. Ja, ja, ja, er kann einem leidtun, ich weiß. Aber dann lüge ihm ein bisschen Liebe vor, nur für diesen einen Tag, nicht nur um seinetwillen, auch um deinetwillen. Liebe vorlügen? Das klingt so einfach. Er hielt sich mit der rechten Hand am Geländer fest. Der Flur im Erdgeschoss lag im Dunkeln. Als er mir die Alben gab, habe ich Vater zu ihm gesagt. Ich konnte sehen, wie er sich freute, und als ich das sah, hasste ich ihn. Was hat er mir nur angetan, dass ich es nicht mal ertrage, ihn froh zu sehen? Er ging langsam weiter – es wurde immer dunkler. Mit jedem Schritt schien eine Last von ihm abzufallen. Er näherte sich der Tür, tastete sich Schritt um Schritt voran, suchte den Türknauf, machte auf, ich bin auf dem Heimweg. Oder was hast du ihm angetan?, fragte Vera – sie hatte das Licht ausgemacht; sie lag auf der Luftmatratze, die Hände unter einer Wange. Was meinst du? Nur, dass in der Regel der Schuldner den Gläubiger mit seinem Hass verfolgt, nicht umgekehrt. Er lächelte beim Gehen, mitten auf der stillen Straße zwischen den Häusern ohne Nummern, diebisch geradezu, übermorgen bin ich zu Hause, ich bin auf dem Heimweg. Ich weiß noch, sagte sie, wie mir einmal eine Frau einen sehr großen Gefallen tat. Ich hätte ihr dankbar sein sollen, das war ich ihr schuldig, fand ich, aber ich war es nicht, ich verschob es, bis ich fand, jetzt ist es zu spät, und dann hörte ich eines Tages, dass sie gestorben war.

Kannst du dir vorstellen, was ich da empfand? Erleichterung. Aber ich bin nicht hier entlanggekommen, mal sehen, ich kam von Osten, besser, ich komme erst mal aus diesen kleinen Straßen raus, was einem da alles passieren kann, eine schwarze Katze, das bedeutet Glück. Ich bin nicht abergläubisch. Gott weiß, wo ich lande. Hier sieht es ja richtig schäbig aus – besser, ich bleibe in der Straßenmitte. Hier bin ich noch nie gewesen. Warum denke ich, ich bin von Osten gekommen – und wenn ja, wo ist Osten, mitten in der Nacht? Na, ich hab ja genug Zeit, gehe ich eben einfach in westlicher Richtung – irgendwann muss ich ja mal auf etwas anderes treffen als schwarze Katzen. Sag mir, sagte Mardon, was ich tun soll. Sie antwortete nicht. Sie weinte. Warum weinst du, Vera? Er hörte Schritte hinter sich. Er begann schneller zu gehen, wollte sich umdrehen, tat es nicht, ging schräg zum linken Bürgersteig hinüber, was denkt er wohl, das ich so spät in der Nacht hier mache, mit einem Koffer, mitten auf der Straße? Mardon kniete sich neben die Luftmatratze. Sag mir, warum du weinst, Vera. Die Schritte kamen näher, fand er. Er drehte sich um, aber da war niemand, und als er stehen blieb, erstarben die Schritte. Er drehte sich um und ging denselben Weg zurück, sofort hörte er sie wieder. Ich bin mein eigener Gefährte. Mardon streichelte ihr die nasse Wange. Erzähl es mir, Vera. Sie hob den Kopf und sah ihn an. Ich bin doof, sagte sie. Er konnte ihre Gesichtszüge kaum erkennen. Lass es uns ihm ein bisschen nett machen, Mardon. Ja. Er legte seine Wange an ihre und schloss die Augen. Der Vater erreichte die breite Einkaufsstraße und bog nach links ab, Richtung Bahnhof.

Ingrid Langbakke

Von der Rückseite des Wohnhauses führt ein Karrenweg in den Wald. Sechzig Meter hinterm Windfang wendet der Weg sich nach rechts, südöstlich, und verliert sich zwischen den Bäumen, es ist vor allem Laubwald.

Ingrid Langbakke sitzt am Küchentisch, liest die Zeitung und raucht eine Zigarette. Eins von den Küchenfenstern geht auf Wald und Karrenweg hinaus. Ein Mal, als sie von der Zeitung aufblickt, entdeckt sie eine Gestalt an der Stelle, wo die Biegung des Weges beginnt. Es ist erst Mai, die Knospen an den Bäumen öffnen sich allmählich. Die Gestalt steht ganz still. Es ist ein Mann. Sie hat ihn schon einmal gesehen, vor vier Tagen, an derselben Stelle, halb zwischen den Baumstämmen verborgen. Würde er einen Schritt vortreten, er wäre ganz sichtbar.

Ingrid Langbakke sitzt ganz still und sieht zu ihm. Sie nimmt an, dass er sie nicht sehen kann, sicher ist sie aber nicht. Er kann jedenfalls nicht sehen, dass ich ihn sehe, denn ich kann nicht sehen, ob er mich sieht.

Es ist Nachmittag, halb sechs Uhr, es ist bewölkt, keine Schatten.

Sie kann ihn nicht so deutlich sehen, dass sie ihn wiedererkennen würde, wenn sie ihn in der Stadt auf der Straße treffen würde. Auch vor vier Tagen hat sie ihn nicht deutlicher gesehen, dennoch ist sie sicher, dass es derselbe Mann ist.

Sie schaut ihn unverwandt an. Zwei, drei Minuten sieht sie ihn an; dann dreht er sich um und geht.

Ingrid steht auf und tritt ans Fenster. Sie denkt: Das hätte ich früher tun sollen, dann hätte er gesehen, dass ich ihn gesehen habe.

Ingrid Langbakkes Vater, Sivert Karlsen, 76, liegt in seinem Zimmer im ersten Stock, findet die Stille schlimm und dass die Zeit stillsteht. Vielleicht ist niemand zu Hause; dann kann er ins Wohnzimmer hinuntergehen und das Wunschkonzert hören. Er ist halb die Treppe hinunter, da kommt Ingrid aus der Küche.

»Es war so still, ich hab gedacht, alle sind raus.«

»Ich setz mal Kaffee auf.«

Er dreht das Radio an und setzt sich ans Fenster, blickt über die Felder, zur Stadt. Ingrid bringt die Zeitung. Er sagt:

»Steht sowieso nichts Neues drin.«

»Woher willst du das wissen.«

»Hm.«

Als sie etwas später den Kaffee bringt, sagt er:

»Jens Vang ist gestorben.«

»Da siehst du.«

»Was?«

»Dass was Neues drinsteht.«

Es tut ihr leid, bevor sie es gesagt hat.

»Entschuldige, Vater.«

»Hm.«

Sie geht in die Küche, schaut aus dem Fenster, zum Wald. Seltsam, zwei Mal zu dieser Stelle zu gehen, denkt sie. Sie zieht eine blaue Strickjacke über, die am Haken neben der Tür hängt, dann geht sie durch den Windfang hinaus. Sie ist 39 Jahre alt. Sie geht langsam und wie unabsichtlich den Karrenweg entlang, als würde jemand sie beobachten. Sie weiß genau, wo er stand, und sie bleibt dort stehen. Sie blickt zum Haus, ins Küchenfenster. Sie kann den Stuhl, auf dem sie saß, nicht erkennen, er kann sie nicht gesehen haben. Sie will etwas weiter in den Wald hineingehen; da sieht sie zu ihren Füßen einen Zigarettenstummel. Das ist nichts Besonderes, sie hat ja gesehen, dass er hier stand, er wird ja rauchen dürfen. Aber dann entdeckt sie noch zwei Zigarettenstummel. Alle drei von Filterzigaretten. Drei sind zu viel, trotzdem geht sie nicht weiter, sie geht denselben Weg zurück, rascher jetzt, drei sind zu viele, zwei höchstens, einen von heute und einen von neulich, aber nicht drei. Sie hängt die Strickjacke an ihren Platz neben der Tür und spült sich die Hände unterm Wasserhahn ab.

Unni Langbakke wird im Juli 17. Sie wäre gern älter.

Sie hat den Großvater hinterm Fenster gesehen, als sie mit dem Fahrrad auf den Hof zufuhr, und sie hat die Mutter durchs Küchenfenster gesehen, als sie die Tür zum Windfang öffnete. Sie geht durch den Flur und direkt in ihr Zimmer rauf. Sie ist voller Hoffnung, und sie hat Angst. Sie hat seit acht Tagen Angst. Sie zieht den Reißverschluss auf und schiebt sich die enge lange Hose auf die Knie hinunter, sieht nach. Ja! Lieber Gott, ja! Blut! Nur ein bisschen, aber genug. Sie steht mitten im Zimmer, in ihrer Steppjacke, die Hose und Unterhose auf den Knien, und lacht lautlos mit großen Augen und offenem Mund.

Ingrid Langbakke liegt im Bett und denkt an ihn, der neben ihr liegt, der die Woche über in einer Bauarbeiterbaracke hundertzwanzig Kilometer weiter nördlich im Tal lebt und nicht mehr der ist, der er mal war. Sie weiß nicht, warum. Natürlich war es schlimm, die Felder aufgeben zu müssen, weil sie nicht mehr genug zum Leben eingebracht haben, aber das kann nicht der ganze Grund sein. Er ist so still und verschlossen geworden, und wenn sie versucht, ihm nahezukommen, entzieht er sich, als würde er einen Groll gegen sie hegen. In der letzten Zeit denkt sie sogar, er könnte einen Groll gegen sich selbst hegen, besonders seit dem letzten Mal, als er mit ihr schlafen wollte, vor bald zwei Monaten. Sie hatte das Gefühl, vergewaltigt zu werden, es war so hart und kalt, und es tat weh, nicht nur körperlich. Sie hatte leise geklagt, und nach einer Weile zog er sich aus ihr zurück und sagte kalt, ohne sie anzusehen: »Na gut, wenn es dir so lieber ist.«

Sie versucht, die Gedanken wegzuschieben, will schlafen, es ist bald elf Uhr. Die Gardinen sind vorgezogen, es ist ganz dunkel im Zimmer. Das Schlafzimmer liegt im Erdgeschoss, nach Süden hinaus. Sie hat die Augen geschlossen, sieht taghelle Bilder, die kommen und gehen und den Schlaf fernhalten. Ein Mal sieht sie ganz deutlich die drei Zigarettenstummel, und sie denkt, sie hätte es doch gesehen, wenn er geraucht hätte, während sie ihn beobachtete.

Am Morgen regnet es. Sivert Karlsen geht leise die Treppe hinunter und setzt Kaffee auf. Er hat schon den Schlips um, er will in die Stadt. Er trinkt jetzt nur Kaffee, er will im Bauernverein ein belegtes Brot essen. Dort wird er Salvesen und Hansen und Skjevesland treffen, wenn sie kommen. Und vielleicht noch andere. Vang kommt nicht mehr.

Unni kommt herunter, schläfrig und verdrossen; er fällt ihr nicht mit Gerede zur Last. Während sie ihr Schulbrot schmiert, ruft Ingrid nach ihr. Sie legt Butterbrotpapier zwischen die Scheiben.

»Sie hat dich gerufen«, sagt er.

Als ob sie das nicht gehört hätte! Sie geht durch die Wohnstube und macht die Schlafzimmertür auf.

»Ja?«

»Bringst du die Zeitschriften mit?«

»Welche denn?«, fragt sie, obwohl sie es weiß.

»Das weißt du doch. Dieselben wie immer. Nimm dir Geld aus der Kakaodose.«

Unni hat in der Schule gelernt, dass Zeitschriften schlechter Lesestoff sind, voller Realitätsflucht, dass sie vor allem von Frauen mit schlechtem Bildungsstand gelesen werden. Ein Mal sagte Studienrat Torp (der Sack!), alle, deren Eltern Zeitschriften läsen, sollten sich melden, aber bevor einer der Aufforderung nachkam, rief Johan Sund: »Tut das nicht, das geht ihn nichts an!«

Ingrid ist allein, es ist dreiviertel neun. Sie steht am Wohnstubenfenster und sieht ihrem Vater nach, der den Hofweg hinuntergeht, unter einem schwarzen Regenschirm. Der Arme, denkt sie, aber halbherzig, fast eher pflichtbewusst, denn es ist ihr nicht recht, dass er mit im Hause lebt. Nicht, dass er schwierig wäre, aber er ist ihr Vater.

Ein paar Stunden später hört es auf zu regnen. Da geht Ingrid aus dem Haus und schließt hinter sich ab. Sie hat das Gefühl, als täte sie etwas, das sie nicht tun sollte, dabei will sie nur zur Korsvika runtergehen, sie ist seit Herbst nicht mehr dort gewesen. Die Zigarettenstummel liegen da, natürlich. Ach ja, du willst nur ein bisschen runter zur

Bucht, sagt sie zu sich selbst. Sie geht den Bootshausweg bis ganz ans Ende, steht eine Weile da und blickt über das ruhige Meer draußen vor Kvabbøya, geht langsamer denselben Weg zurück, zögert kurz an der Stelle, wo ein Pfad nach Hjorteland abzweigt, geht aber weiter. Und sie denkt: Ich weiß ja nicht mal, wie er aussieht.

Donnerstag Nachmittag ruft Torbjørn an und sagt, er bringt übers Wochenende einen Arbeitskameraden mit. Das sieht Torbjørn nicht ähnlich. Er wirkt guter Dinge, auch das sieht ihm nicht ähnlich. Ingrid denkt, er hat getrunken.

Sie kommen gegen halb sieben am nächsten Abend, wie verabredet. Sie hat in der Wohnstube den Tisch gedeckt, das Abendessen ist fast fertig. Er heißt Kristian, den Nachnamen versteht sie nicht richtig. Er sieht anders aus, als sie dachte, und ist sehr viel jünger. Sie versucht, sich ganz natürlich zu verhalten, findet aber nicht, dass ihr das gelingt. Sie stellt Bier auf den Tisch und sagt, die beiden könnten sich ja schon mal ein Glas einschenken, während sie aufs Essen warten. Da fällt Torbjørn angeblich ein, dass er ja noch eine Flasche Kurzen im Wagen hat; er geht sie holen. Ingrid ruft ihren Vater herunter, Unni ist in der Stadt, bei einer Freundin.

Sie essen und trinken mit gutem Appetit. Torbjørn erzählt Kristian von den Feldern, die er an einen Nachbarn verpachtet hat, er deutet aus dem Fenster und zeigt sie ihm. All das gehört ihm und noch Etliches mehr, aber es genügt nicht, genügt nicht mehr. Auf der Baustelle verdient er doppelt so viel, das ist doch eine verkehrte Welt. Alle schütteln den Kopf und pflichten ihm bei, sie bekommen glänzende Augen und eine leichte Zunge, nicht mal Sivert gibt Widerworte, einmal sagt er sogar: »Ach, wie gemütlich.«

Ingrid sieht, wie der Alkohol Torbjørns Züge weicher macht und ihn jünger aussehen lässt. Sie hat ihn schon lange nicht mehr so gesehen, und einen Moment lässt es sie ernst werden, aber sie möchte fröhlich sein und schiebt ein paar halb gedachte Gedanken beiseite.

Danach sitzen sie um den Wohnzimmertisch herum und reden aufgekratzt und ziemlich laut. Kristian erzählt von der Arbeit auf der Baustelle und den Abenden in der Baracke, es feuert ihn an, dass Ingrid immer mehr hören will; nach dem Wenigen, das sie Torbjørn hat entlocken können, kommt es ihr ganz unglaublich vor, dass er und Kristian am selben Ort arbeiten und leben, unter denselben Bedingungen. Kristian klingt, als würde er diese Arbeit schlicht und einfach mögen, und das sagt Ingrid. Ja, er mag sie, natürlich mag er sie, das ist reelle Arbeit.

Er bedenkt sie jetzt mit anderen Blicken. Sie denkt: Da kann ich nichts für, und sie hat nichts dagegen. Sie spürt, dass sie ein bisschen beschwipst ist, dabei hat sie nur Bier getrunken, und auch nicht viel. Sie ist froh, dass Torbjørn neben Kristian sitzt, auf dem Sofa, da kann er nur sehen, wie sie Kristian ansieht, nicht wie er sie ansieht, und sie selbst wird schon aufpassen.

Es wird dunkel, sie macht Licht an und geht sich im Spiegel ansehen und Kaffee aufsetzen. Die Tür des Windfangs geht, es ist Unni, sie kommt gleich in die Stube herein. Ingrid sieht sich selbst an, lächelt und sagt: Du bist ein dummes Ding, benimm dich mal wie eine Erwachsene. Dann schaut sie barsch: Sag, dass du Torbjørn liebst. Ich liebe Torbjørn. Sag, dass du keine Dummheiten machen wirst. Ich werde keine Dummheiten machen. Als sie etwas später den Kaffee hineinbringt, sitzt Unni auf ihrem Platz. Ingrid schiebt einen Stuhl an die Querseite des

Tischs, zwischen Unni und Kristian, so dass sie alle sehen kann. Sie bekommt mit, dass Unni um ein Glas Bier gebeten und Torbjørn es ihr abgeschlagen hat. Die Stimmung ist nicht mehr so gemütlich.

»Und du, als du so alt warst wie ich, da hast du wohl nur Brause getrunken, was?«, fragt Unni.

»Ich bin jedenfalls nicht nach Hause gekommen und hab Bier verlangt«, antwortet Torbjørn.

»Nein, ihr hattet ja keins, hattet keinen Alkohol im Haus. Aber heute trinkst du welchen. Du willst mich wohl beschützen, was?«

»Schluss jetzt mit dem Unsinn!«

»Genau das willst du, das ist es! Aber dann solltest du mit gutem Beispiel vorangehen, wie deine Eltern früher.«

»So was muss ich mir nicht anhören.«

»Und ich lasse mir nicht den Mund verbieten!«

»Werd du erst mal trocken hinter den Ohren.«

»Das bin ich schon. Aber behalt du ruhig dein Bier für dich.«

Sie ist aufgestanden. Sie steht kurz da und schaut ihn an, rasend vor Wut, dann will sie gehen, bleibt aber mitten im Zimmer stehen, dreht sich um und sagt:

»Ich bin erwachsen genug zum Kinderkriegen.«

Dann ist sie weg. Es ist still, nachdem sie gegangen ist, sie sitzen ratlos da, peinlich berührt, auf einmal ist der Abend kaputt. Alle hoffen, dass einer der anderen etwas sagt, aber es dauert.

»Ja, ja«, sagt Kristian und sieht Ingrid unverwandt an. »Ihr habt ja mal ne Tochter.«

»Genauso dickköpfig wie ihr Vater.«

»Ach ja?«, fragt Torbjørn, sieht aber nicht verstimmt aus.

»Ja, dieses Unbeugsame hat sie von dir, das musst du zugeben.«

»Ich bin doch nicht unbeugsam«, sagt Torbjørn, deutlich geschmeichelt. Wie kindisch er ist, denkt Ingrid, und gönnt ihm nicht die Freude, noch etwas darauf herumzureiten. Stattdessen sagt sie:

»Aber du solltest sie nicht mehr behandeln wie ein kleines Mädchen, so bringst du sie nur gegen dich auf.«

»Ach was! Das ist das Trotzalter, mehr nicht. Oder was meinst du, Schwiegervater?«

»Nein, ich mische mich nicht in Erziehungsfragen ein, da kommt ihr sehr gut allein klar.«

Kurz sitzt Sivert wie auf glühenden Kohlen, aus Angst, Torbjørn könnte versuchen, ihn von seiner Unparteilichkeit abzubringen, und um das zu vermeiden, steht er auf und geht auf die Toilette. Er hat schon einmal Partei ergriffen, ganz unbeabsichtigt, und das hat zu nichts Gutem geführt.

Torbjørn und Kristian trinken Kaffee und Schnaps und kriegen blitzende Augen. Torbjørn schaut auf die fast leere Flasche und fragt, ob noch Bier da ist. Ingrid sagt nein. Kein Problem, sagt Kristian, er ist nicht mit leeren Händen gekommen, und dann lacht er ein helles, fröhliches Lachen. Torbjørn knufft ihn in die Seite und sagt: Ach, wirklich? Sivert kommt wieder herein, stellt fest, dass die Gefahr vorüber ist, und setzt sich mit einem befriedigten Seufzen. Dann machen wir die mal fertig, sagt Torbjørn und greift nach der Flasche. Kristian fragt, ob Ingrid nicht auch was möchte. Nein, sagt sie und sieht ihn an, ich glaube nicht. Ach doch, komm schon, sagt er und sieht sie an, sei kein Spielverderber. Sie mag keinen Schnaps, sagt Torbjørn. Also gut, ein bisschen, sagt Ingrid und holt sich ein

Glas. Sie denkt verschwommen etwas wie: Wo kommt auf einmal dies Neue her?

Dann sitzt sie da und trinkt, nur ein bisschen, und fühlt sich leichtsinnig, denn sie genießt Kristians Blicke. Ihr wird klar, dass sie Torbjørn hintergeht, aber das stört sie nicht weiter, sie sucht Kristians Blick, so oft sie kann, ohne dass es den anderen auffällt. Torbjørn erzählt, er müsse jetzt bald mal das Boot ins Wasser bringen – sie hört es und hört es nicht, plötzlich fallen ihr die Kippen und der Mann hinter den Bäumen ein, aber nur so im Vorübergehen, denn jetzt fällt ihr etwas ganz anderes ein, etwas Unpassendes: Wie sie als kleines Mädchen ein Mal vormittags nach Hause kam und ihre Mutter schluchzend in dem abgewohnten, alten Korbstuhl sitzend vorfand, ihre Mutter, die sonst nie weinte. Sie war außer sich geraten vor Angst und hatte gerufen: »Mutter, Mutter, ist Vater tot?« Aber die Mutter hatte sie aus fremden, zerweinten Augen angesehen und gesagt: »Nein, nein, geh raus spielen, es ist nichts.«

Sie sieht ihren Vater an und denkt: Hast du ihr etwas getan oder sie dir? Er begegnet ihrem Blick und lächelt, sie erwidert sein Lächeln. Sie denkt: Ich muss ihn das fragen, und in demselben Augenblick weiß sie, dass sie sich das nie trauen wird.

Kristian geht in den Flur und holt die Flasche. Er zeigt sie ihnen, ein bisschen stolz, und Torbjørn sagt erwartungsgemäß:

»So ist es, wenn man einen richtigen Kerl zu Besuch hat! Aber Ingrid, da brauchen wir größere Gläser und Eis.«

Sie holt Gläser, aber nur drei, und Eiswürfel. Kristian fragt, ob sie denn nichts möchte, und sie antwortet, besser nicht, sonst ist sie betrunken, und dann gibt es kein Frühstück.

»Ach was, pfeif aufs Frühstück«, sagt Kristian, »jetzt ist es gerade so nett, was, Torbjørn, wer denkt da schon an Frühstück und so'n Scheiß?«

»Ja, ja«, meint Torbjørn, »aber sie tut sowieso, was sie will.«

»Da hörst du's«, sagt Kristian, »hol dir ein Glas und pfeif aufs Frühstück.«

Sie holt sich eines, mit einem feinen Lächeln, das niemand sieht. »Sie tut sowieso, was sie will.« Das war wohl gar nicht so gemeint, Torbjørn, aber ich kann gern so tun, als ob ich es nicht verstanden hätte. Männer! – wenn die wüssten, was wir Mädels alles mitbekommen. Wenn sie wüssten... die würden sich ganz schön ertappt fühlen.

Der Gedanke tut ihr gut, sie fühlt sich überlegen; sie hat durchaus nicht vor, sich zu betrinken. Sie sieht, wie ihr Vater wohlwollend etwas belächelt, das Kristian sagt, und sie denkt: Du bist so still, Armer, sogar jetzt. Sie verspürt ein warmes Gefühl für ihn.

»Prost, Vater«, sagt sie.

»Prost, Ingrid.«

»Geht es dir gut?«

»Ja, ja, mir geht es gut.«

Dann weicht sie öfter als zuvor Kristians Blick aus. Er sieht sie jetzt direkter, unverfrorener an; nicht mehr nur ihr Gesicht. Sie denkt vage, dass an dem Ganzen etwas Entwürdigendes, etwas Unheimliches ist: Er kann doch Torbjørn so was nicht antun, der hat ihn eingeladen, aber dann würden andere Gefühle dahinterstehen, es würde anders wirken, nicht so hungrig.

Jetzt will sie ins Bett gehen, sie weiß nur nicht, wie sie sich so plötzlich zurückziehen soll, ohne dass es auffällt. Sie lässt ein Gähnen los, aber niemand reagiert. Sie wartet eine Weile, dann gähnt sie nochmals und sagt, sie sei müde, und sie steht auf. Kristian protestiert, die Enttäuschung ist so offensichtlich, dass es ihr peinlich ist; sie blickt rasch zu Torbjørn hin, aber der lässt sich nichts anmerken.

Im Schlafzimmer hört sie die Stimmen, versteht jedoch nur das eine oder andere Wort. Sie liegt im Dunkeln und denkt nach, aber nur unzusammenhängend, stückweise; sie ist nicht froh, sie will nicht wahrhaben, was sie fühlt: Lust und Aggressivität.

Das Licht weckt sie. Torbjørn steht in der Tür und blickt sie an. Er steht einfach nur da und blickt sie an. Es gefällt ihr nicht, vielleicht hat sie etwas geträumt, woran sie sich nicht erinnert. Sie tut so, als ob sie nicht ganz wach wäre, als ob sie sähe, ohne wirklich zu sehen, und sie dreht sich um – jetzt sieht sie ihn nicht mehr.

»Schlampe«, sagt er leise, wütend.

Sie antwortet nicht.

»Tu nicht so, als ob du schläfst.«

Sie antwortet nicht. Sie kann die Augen öffnen, ohne dass er es sieht, sie schaut auf den Wecker, es ist halb drei.

»Verfluchte Scheißschlampe«, sagt er, und sie kann hören, wie er sich bewegt, er schlenkert sich die Schuhe von den Füßen. Sie liegt ganz still und hat Angst. Dann spürt sie seine Hand am Arm, er dreht sie auf den Rücken, sie tut so, als würde sie aufwachen, etwas Besseres fällt ihr nicht ein. Er lockert den Griff nicht, er sagt:

»Wenn du denkst, ich schufte, um eine Schlampe durchzufüttern, dann hast du dich geirrt.«

»Was? Was redest du?«

»Ach, du weißt nicht, was ich rede? Denkst du, ich bin blind? Denkst du, ich hab nicht gesehen, wie du ihn angemacht hast?«

Er packt ihren Arm noch fester, sein Gesicht kommt näher, es ist hässlich und gefährlich, sie hat Angst.

»Antworte!«

Sie kann nicht, nichts, was sie sagen würde, würde helfen, es würde alles seine Wut nur noch anstacheln.

Er hält sie gepackt, er tut ihr weh – dann lässt er los. Er reißt ihr die Bettdecke weg, schleudert sie zu Boden, starrt sie immer noch aus diesen Unheil verheißenden Augen an, erst das Gesicht, dann den Körper, sie weiß, was passieren wird, bevor es passiert: Er greift in den Ausschnitt ihres Nachthemds und zerreißt es mit einem einzigen, harten Ruck. Sie wirft den Kopf zur Seite, von ihm weg, denkt, dass sie schreien kann, aber erst, wenn sie ihn gewarnt hat.

»Ich schreie«, sagt sie.

»Schrei doch, verfluchte Fotze!«

Sie schreit nicht, sie wendet das Gesicht ab und unterwirft sich der körperlichen Übermacht. Es tut weh, aber zugleich spürt sie eine Freiheit, einen Abstand, eine Klarheit.

Er kommt fast sofort, viel schneller als sonst, obwohl er voll ist. Das macht sie stutzig.

Er zieht sich aus ihr zurück und hat verloren; so viel Selbsterkenntnis traut sie ihm zu, dass er es weiß: Er hat gesiegt und verloren. Sie denkt so klar wie ein Blitz: Jetzt hat er verloren, jetzt bin ich freier. Er liegt mit dem Rücken zu ihr, das Licht strömt von der Deckenlampe herab, das hat sie eigentlich schon erlebt, nur nicht so deutlich, nur nicht mit so klaren Worten: »Wenn du denkst, ich schufte, um eine …«

Torbjørn liegt ganz still. Ingrid steht auf, spürt ein aggressives Bedürfnis, sich zu waschen. Sie hofft – weiß aber, dass es nicht passieren wird –, dass er sie fragt, wohin sie will, denn dann würde sie antworten: mich waschen.

Sie kommt wieder zurück und löscht das Licht, ohne zu ihm gesehen zu haben. Dann liegt sie im Dunkeln und spürt den Atem schneller gehen, als er sollte.

Am nächsten Tag ist sie ruhig und still, nicht unfreundlich, aber irgendwie nicht ganz da. Sie weicht Torbjørns Blick aus; er ist übrigens unveränderter, als sie angenommen hat; da hat sie ihm wohl doch mehr Selbsterkenntnis zugetraut, als er verdient.

Nur ein Mal berührt sie indirekt das Vorgefallene. Kurz nach dem Mittagessen, sie ist mit Torbjørn und Kristian allein, der Moment ist mit Bedacht gewählt. Ohne ihn anzusehen, sagt sie – lässt es nur so nebenbei fallen –, sie hätte Aussichten auf eine Stelle in Gudmundsens Stoffladen. Es stimmt nicht, sie hat das frei erfunden, aber sie weiß, was sie sagt. Was willst du denn mit einer Stelle?, fragt er, und sie antwortet, sie hat Lust, ein bisschen rauszukommen, es ist langweilig, den ganzen Tag immer nur zu Hause zu sein. Immer nur zu Hause?, sagt er, sie hat doch den Vater und Unni, muss beide versorgen. Da steht sie nur einfach auf, immer noch, ohne ihn anzusehen, und geht ruhig – ganz ruhig – in die Küche, sie weiß, das ist die beste Antwort, sie hat ihn sitzen lassen mit all den anderen Fragen und mit Argumenten, auf die sie, das ist ihr klar, keine guten Antworten hätte.

Am Samstagabend geht sie zeitig ins Bett und wird nicht geweckt. Anderntags ist sie ebenso wortkarg, und Torbjørn und Kristian fahren nachmittags, früher, als sie müssten, ohne dass es eine Annäherung gegeben hätte. Ingrid ist erleichtert und unglücklich; sie setzt sich an den Küchentisch und weint, sie hat schon lange nicht mehr geweint. Sie fühlt sich so einsam, und sie spürt eine Ohnmacht – nichts ist, wie es war. Sie ist 39 Jahre alt, und die Zukunft ist weg. Sie hört Schritte und will sich zusammenreißen, aber es ist zu spät, Unni kommt herein und sagt nichts, schaut bloß. Dann kommt sie zu ihr, streicht ihr übers Haar und sagt, als ob sie alles wüsste:

»Wein nicht, Mutter.«

Sie hört zu weinen auf, sitzt aber reglos da, es tut so gut, diese Hand auf dem Haar zu spüren. Dann fürchtet sie auf einmal, Unni könnte denken, sie weint, weil Torbjørn weggefahren ist, und wird unruhig: Das soll sie nicht denken, das wäre eine Art Demütigung.

»Dumme Männer«, sagt sie.

Unni weiß, sie darf keine Fragen stellen, das hier geht um etwas, das die Mutter nicht beantworten kann. Ihr wäre es lieber, es wäre anders. Und kurz schimmert die Erkenntnis auf, dass zwischen Eltern und Kind vieles ungesagt und verborgen bleiben muss, dass die Loyalität zwischen Eltern Schweigen gegenüber den Kindern erfordern kann.

Während sie das denkt, registriert sie eine Bewegung an der Stelle, wo der Karrenweg in den Wald einbiegt. Sie denkt nicht weiter darüber nach, sagt nur, während sie ihrer Mutter weiter übers Haar streicht:

»Schau mal, da steht ein Mann.«

Die sofortige Reaktion macht sie stutzig, es ist, als hätte sie etwas Wichtiges gesagt. Sie spürt, wie der Körper unter ihr plötzlich steif wird, angespannt.

»Was ist?«, fragt sie.

Ingrid steht auf, geht ans Fenster. Jetzt sieht er mich, denkt sie. Unni ist ja hier, denkt sie und fühlt sich trotzdem wie fortgerissen. Sie blickt ihn unverwandt an, kann aber nicht erkennen, ob er den Blick erwidert.

»Was ist?«, fragt Unni.

»Wie, was ist?«

»Du bist so komisch.«

»Komisch? Wie meinst du das?«

Unni antwortet nicht, sieht an der Mutter vorbei, auf den Mann, der halb hinter den Bäumen verborgen steht. Sie findet es seltsam, dass ihre Mutter ihm zeigt, dass sie ihn sieht.

Ingrid will ihm zeigen, dass sie ihn sieht, sie hat vergessen, dass sie geweint hat.

»Kennst du ihn?«, fragt sie, um Unni zuvorzukommen.

»Nein.«

Und genau da bewegt er sich, er kommt den Weg herunter, jetzt kann sie ihn deutlich sehen, unwillkürlich tritt sie einen kleinen Schritt zurück. Er geht zwischen dem Haus und der Scheune hindurch, und bevor er verschwindet, sieht er sie an, lange, findet sie.

Danach traut sie sich nicht, sich umzudrehen, sie weiß nicht, wie sie aussieht.

»Heutzutage kommen nur noch selten Leute den Weg runter«, sagt sie, so unbefangen wie möglich, dann geht sie zur Spüle und wäscht sich die Hände.

Ingrid liest in einer von den Zeitschriften, es ist Nachmittag, der Mittwoch, nachdem Torbjørn weggefahren ist. Ihr Vater sitzt im Sessel beim Fenster, müßig. Es hat seit dem Morgen geregnet, jetzt reißt die Wolkendecke hier und da auf. Ihr Vater schaut aus dem Fenster, schaut, ohne zu schauen. Ingrid liest nicht mehr, sie weiß nicht, was sie gelesen hat. Sie spürt eine Leere, die wie eine Angst ist, sie hat sie überfallen wie von nirgendwoher, wie eine plötzliche, totale Verlassenheit.

Sie steht jäh auf, um es abzuschütteln, denn damit ist nicht zu leben.

Sie liegt im Bett und will schlafen, am selben Abend. Ohne zu wissen, warum, denkt sie an etwas, das sie kürzlich gelesen hat: an eine Vogelart, die kegelförmige Eier legt, damit die nicht von den schmalen Felssimsen rollen, auf denen die Vögel nisten. Es ist ganz dunkel im Zimmer, sie sieht deutlich eine steile Felswand vor sich, die steil aus dem Meer aufragt, und einen großen, braunen Vogel, der auf ein wie ein Kiefernzapfen geformtes Ei hinabblickt. Auf einmal schlägt die Verlassenheit in sie ein, und die Angst. Rasch macht sie die Nachttischlampe an, aber das genügt nicht, sie steht auf. Sie geht ins Wohnzimmer, macht auch dort Licht, schaltet das Radio an, wartet ungeduldig, dass der Ton kommt. Er kommt, und das Schlimmste ist vorüber. Aber in ihr bleiben eine Ratlosigkeit und eine Unruhe zurück.

Sie hat einen Gartenstuhl rausgebracht und ihn vorm Haus in die Sonne gestellt, es ist ein warmer, stiller Tag. Torbjørn hat angerufen und gesagt, dass er an diesem Wochenende nicht nach Hause kommt, das ist ungewöhnlich, aber sie nimmt es ruhig auf. Sie sitzt auf dem Gartenstuhl in der wohltuenden Sonne, und es tut ihr nicht leid, dass er nicht kommt. Froh ist sie auch nicht darüber, aber das spielt irgendwie kaum eine Rolle. Sie findet die Sonne wohltuend, sie spürt die Wärme auf der Haut, das tut gut. Sie lehnt sich zurück, hält das Gesicht in die Sonne und lässt die Gedanken kommen und gehen, welche, das weiß sie hinterher nicht mehr. Es geht ihr ganz gut. Sie ist arglos. Aber auf einmal ist das Schlimme da, wie aus heiterem

Himmel, nein, wie aus einer dunklen Wolke, denn es ist, als ob die Sonne verschwunden wäre, sie fröstelt, aber innerlich, die Sonne wärmt wie zuvor, aber eine Kälte durchschauert sie, von der sie ganz benommen wird, sie denkt: Sinnlos, alles ist sinnlos. Und auf einmal sieht sie erneut den Vogel auf dem Sims in der steilen Felswand vor sich, und abgesehen von dem Ei und dem Vogel und der Felswand ist alles nur Meer, endlos. Sie muss aufstehen und diese Art Klammergriff irgendwie abschütteln, sie weiß gar nicht, was da die ganze Zeit in ihr passiert. Sie steht auf und geht zu dem verpachteten Acker hinunter, dann macht sie kehrt und geht wieder hoch, zum Gartenstuhl und dem Haus, und da steht er, der Mann, dort, wo der Karrenweg in den Wald abbiegt, da steht er hinter einer Staffelei, das erklärt alles, es ist enttäuschend, aber auch beruhigend, aber vor allem enttäuschend, er hat da aus ganz erklärbaren Gründen gestanden, er ist Maler und hat ein Motiv gefunden.

Die Leere hat sie losgelassen, sie geht zurück zum Stuhl und setzt sich. Ein Maler, denkt sie, er hat gar nicht so ausgesehen. Und ich hab gedacht… nein, hab ich nicht, hab ich nie, nicht im Ernst, so was Verrücktes.

Sie bleibt endlos lange sitzen, obwohl sie ins Haus gehen und nach dem Mann sehen will, ungesehen. Auf einmal fällt ihr das Haus in der Stadt ein, in dem sie als Kind gelebt hat, mit den beiden Spionen zur Straße hinaus, sie konnte aus dem Verborgenen ganz deutlich alle beobachten, die über den Bürgersteig gingen, der eine Spiegel war neben dem Küchenfenster, der andere neben dem Wohnzimmerfenster befestigt. So konnte sie ungesehen viel Merkwürdiges sehen. Einmal, sie war noch klein, beobachtete sie, wie Frau Martinsen, die zwei Häuser weiter wohnte, draußen den Kopf an die Wand schlug. Sie schlug den Kopf an die Wand, ein ums andere Mal, an die Wand ihres Hauses, sie war mindestens fünfzig, ganz unglaublich, dass jemand, der so nett und freundlich war und so alt, so etwas tat. Sie schlug mindestens fünfzehn Mal den Kopf an die Wand, es war am Abend, es war unbegreiflich, aber sie hatte es gesehen.

Sie steht auf und geht ungesehen vorn ins Haus, durch den Sommereingang. Sie geht durchs Wohnzimmer und in die Küche. Sie nimmt den Spiegel über der Spüle ab und lehnt ihn an den Brotkasten – jetzt kann sie neben dem Herd stehen und ihn beobachten, ungesehen. Sie steht da und schaut, viel gibt es nicht zu sehen, er wirkt ferner auf diese Weise. Sie kommt sich ein wenig dumm vor, es ist zu dumm. Sie geht zum Tisch und setzt sich hin, von hier aus sieht sie ihn direkt.

Sie will im Wald spazieren gehen, das ist ihr gutes Recht, sie kann ja nichts dafür, dass er da steht. Sie versucht nicht, sich selbst zu betrügen. Ich weiß warum, denkt sie, aber er weiß es nicht.

Sie geht durch den Windfang hinaus, sperrt ab und versteckt den Schlüssel am üblichen Ort. Sie geht auf den Maler zu, sie spürt ganz deutlich, dass sie etwas tut, das sie nicht tun dürfte. Sie blickt zu Boden, aber als sie an ihm vorbeigeht, sieht sie ihn unverwandt an, erwidert seinen Blick, nickt. Er lächelt, mehr nicht. Dann ist sie vorüber. Als ob ich hier nicht langgehen dürfte, denkt sie, und wie eine Verlängerung des Gedankens: Ich hab doch meine Tage. Sie folgt dem Karrenweg in den Wald hinein, ihr ist etwas benommen und leichtsinnig zumute.

Sie geht nicht weit, nur ein paar hundert Meter, dann setzt sie sich auf einen Stein und denkt, er sieht genau so aus, wie sie es sich gewünscht hat.

Sie wird unruhig. Sie bricht drei Birkenzweige ab, als Alibi für den Spaziergang, und geht zurück.

Sie begegnet seinem Rücken, sie blickt ihn an und geht mit langsamen Schritten darauf zu, bis er sich umdreht, da lässt sie den Blick über seine Augen gleiten und auf die Staffelei: etwas Grünes und Gelbes rechts auf der Leinwand.

Sie sperrt die Tür auf und legt die Zweige weg. Dann setzt sie sich an den Küchentisch und schaut vor sich hin, und sie lässt einen Traum, einen Tagtraum, in sich hochsteigen. Nächstes Mal, wenn du da stehst, komme ich wieder vorbei, und dann sollst du mir folgen mit deinem Körper.

Jemand kommt die Treppe herunter. Sie steht rasch auf, und als ihr Vater die Tür öffnet, ist sie gesammelt und gefasst.

Aber als der Abend kommt und das Haus still liegt und sie allein ist, für sich ist, lockt sie den Tagtraum wieder hervor. Sie liegt nackt im Bett, die Knie angezogen, den Mittelfinger in ihrem feuchten Geschlecht. Sie sieht, wie der Mann auf sie zukommt, stehen bleibt, sie berührt, er hat kein Gesicht, ist nur Hände und Körper, sie sieht deutlich, dass sein Geschlechtsteil befreit werden möchte, und es wird befreit, fast langsam, ein hartes Geschlechtsteil, das näher kommt, zusammen mit einem gierig-feuchten Finger, der ihr Geschlecht befreien will und das auch tut, zielbewusst, aber langsam, oh, lass dir nur Zeit, denkt sie, aber komm, und er lässt ihr so viel Zeit, wie sie braucht, sein Geschlecht liebkost ihre Klitoris, jetzt weiß sie, dass er kommt, jetzt wird er sie jeden Moment packen und sie ausfüllen mit dem harten weichen ... jetzt ... jetzt kannst du kommen ... ja! ... Schwanz, deinem Schwanz, deinem Schwanz! ... oh ja ...

Hinterher hat sie ein schlechtes Gewissen, wie immer, aber mittlerweile fast nur noch aus Gewohnheit.

Er ist eine fixe Idee geworden, in dem Maße, wie der Zustand angstvoller Leere sich wiederholt. Das Leben ist unwirklich geworden, ihr ist, als gäbe es nichts Alltägliches mehr in ihrem Leben. Eines ist ihr noch unbegreiflicher als all das andere Neue: Sie stellt sich oft Torbjørn in obszönen Situationen mit anderen Frauen vor, und dann wird sie von einer Eifersucht gepackt, wie sie es noch nie erlebt hat.

Aber der Mann, der zu einer fixen Idee geworden ist, zeigt sich nicht mehr. Tag um Tag geht sie den Karrenweg hinunter, jedes Mal ist der Wald ringsum grüner und dichter. Sie füllt Stube und Küche mit Leberblümchen und Buschwindröschen und Maiglöckchen. Und mit ihrer Abwesenheit. Unni nimmt es wie etwas Mildes, Fügsames wahr, ihr Vater nimmt es auch wahr, deutet es aber anders: als wollte sie ihm aus dem Weg gehen. Er fühlt sich als fünftes Rad am Wagen, überflüssig und lästig, mehr als zuvor. Ingrid weiß davon nichts, registriert nur, dass er öfter in die Stadt geht oder wohin auch immer.

Eines Nachmittags sitzt sie am Küchentisch und liest Zeitung, sie sitzt jetzt oft hier. Ihr Blick fällt auf eine Anzeige. Berges Konditorei sucht eine Teilzeitangestellte.

Überleg doch mal, denkt sie. Sie kennt Berge, kannte ihn, sie waren zusammen auf der Volksschule, grüßen einander, mehr nicht. Überleg mal. Teilzeitjob. Unter Leute kommen. Jemand sein. Berges Konditorei. Warum nicht. Ich kann ja auf jeden Fall mal nachfragen. Aber Torbjørn.

Sie bleibt sitzen. Torbjørn. Sie ruft nicht an. Unni kommt nach Hause, sie erwähnt es. Unni sagt:

»Ja, mach doch, ruf mal an und frag nach.«

Da nimmt sie es sich vor, und im Laufe des Abends nimmt sie es sich fester vor, sie fantasiert von anderen Tagen, morgens früh wird sie anrufen, es ist sicher zu spät, sicher wollen viele so einen Job haben, und wenn es nicht zu spät ist, dann ist es Schicksal. Dann muss sie es tun. Vorm Einschlafen träumt sie von einer anderen Zukunft. Dann schläft sie, traumlos.

Sie wacht mit der Gewissheit auf, dass sie anrufen wird. Hjalmar Berge antwortet, es gebe zwar andere Bewerberinnen, sie könne den Job aber haben. Von acht bis halb eins. Ab nächstem Montag. Sie sagt zu, bedankt sich, fragt nicht, um was für eine Arbeit es sich handelt oder nach dem Lohn. Sie hat eine Zusage und ist verblüfft.

Sie bleibt verblüfft, alle anderen Gedanken treten in den Hintergrund. Sie geht nicht mehr über den Karrenweg spazieren. Sie tut Wäsche in die Waschmaschine, die sie eigentlich erst nächste Woche waschen wollte. Sie bezieht das Bett neu, das es noch gar nicht bräuchte, damit es schon mal getan ist. Sie wird eine berufstätige Hausfrau, da soll niemand sagen dürfen, das eine beeinträchtige das andere.

Aber an Torbjørn denkt sie, daran, was er sagen wird, und sie ertappt sich dabei, wie sie nach Erklärungen sucht, die ihn nicht treffen werden. Er kommt übermorgen, das heißt, kommt er? Er hat nicht angerufen.

Er kommt. Er ist still, aber nicht unfreundlich. Sie hat das Abendessen fertig, und sie sagt es ihm beim Essen. Sie erklärt nichts, sagt es nur einfach. Er zeigt keine Reaktion, stellt keine Fragen. Das schmerzt. Sie sieht ihn an, er hat den Blick auf dem Teller. Dann sieht sie Unni an, begegnet ihrem Blick, er ist dunkel und – so jedenfalls deutet Ingrid ihn – mitwisserisch. Da zwinkert Ingrid ihr zu und schüttelt unmerklich den Kopf, und Unni spürt eine seltsame Freude mitten in dem schmerzlichen Ungesagten, sie stecken unter einer Decke, sie ist jetzt eine Komplizin.

Es herrscht tiefes Schweigen am Tisch, alle widmen sich beflissener als sonst dem Essen, als wäre diese Mahlzeit, Bratwurst, ein feierliches Ritual. Besteckklappern, Kaugeräusche, das ist alles. Ingrid will etwas sagen, weiß aber nicht was. Dann sagt sie:

»Nun gut.«

Alle sehen sie an, aber sie sagt nichts weiter. Sie greift nach den Kartoffeln, bedient sich, stellt die Schüssel mit einem Knall hin. Sie sieht niemanden an, isst energisch. Alle sehen sie an, aber nur verstohlen. Auf einmal legt sie das Besteck hin, schiebt den Stuhl zurück und steht auf. Sie hat nicht fertig gegessen. Sie geht einfach, demonstrativer kann man nicht gehen, in die Küche, weiter, durch den Windfang, hinaus. Die Wut sitzt wie ein Egel, sie bleibt, auch auf dem Karrenweg.

Unni isst nicht weiter. Sie ist eine Komplizin. Sie hat Zeige- und Mittelfinger auf die Lippen gelegt und blickt auf den Tisch. Das Blut hämmert in ihr. Dann steht sie auf.

»Sitzen bleiben!«

Sie setzt sich.

Sivert Karlsen räuspert sich, er tut so, als ob nichts wäre, etwas anderes wagt er nicht, beugt sich über den Teller und isst, denkt, er sei auf diese Weise am ehesten unsichtbar. Er weiß, er muss unsichtbar bleiben, das sichert seine Daseinsberechtigung in diesem Haus, wenn die Eintracht zerbricht, und jetzt ist sie schlimmer zerbrochen denn je. Und das Einzige, was ihm einfällt, um sein Dasein zu sichern, ist, dass er sich über den Teller beugt und so tut, als ob es ihn nicht gäbe, und Bratwurst und Kartoffeln und Sauerkraut zu essen.

Torbjørn schabt seinen Teller sauber, legt das Besteck hin und steht auf. Unni steht auf und geht in die Küche. Sivert linst verstohlen zu seinem Schwiegersohn; der hat sich aufs Sofa gesetzt, den Rücken ihm zugewandt. Sivert steht auf, ohne dass sein Stuhl ein Geräusch macht, geht zur Treppe, die ins Obergeschoss führt, er geht die Treppe hoch, in sein Zimmer, dreht vorsichtig den Schlüssel im Schloss und ist gerettet. Genau so kommt es ihm vor: gerettet.

Ingrid hat ihre Gedanken geordnet und ihre Erregung zum Abklingen gebracht. Es hat seine Zeit gedauert. Jetzt geht sie nach Hause. Sie wird so tun, als ob nichts wäre, wird Torbjørn alle Initiative überlassen. Sie geht in die Küche, sie ist leer. Sie geht ins Wohnzimmer, da stehen die Reste vom Abendessen auf dem Tisch, Torbjørn sitzt in der Sofaecke, den Rücken zu ihr. Sie lässt Wasser einlaufen und spült das Geschirr. Sie denkt nach, was sie hinterher tun soll. Sie fühlt sich wie eine Gefangene, gefangen. Sie kann tun, was sie will, zugleich kann sie es nicht. Sie kann wieder in den Wald gehen, sie kann ins Schlafzimmer gehen, sie kann sich in die Küche setzen, sie kann zu ihm reingehen. Das alles kann sie tun, aber wozu sie sich auch immer entschließt, es hat Konsequenzen, und sie denkt über die Konsequenzen nach.

Sie nimmt den Kaffee und zwei Tassen und geht zu ihm rein. Er sieht sie nicht an. Sie gießt Kaffee in beide Tassen und setzt sich. Torbjørn geht zum Fernseher und drückt den Knopf, es ist halb acht. Für sie ist es eine Erleichterung und ein Aufschub. Sie blickt auf den Bildschirm, ohne mit-zubekommen, was sie sieht. Sie denkt, es geht Torbjørn

auch so, dass der Bildschirm nur Hilfsmittel und Blick-
fang ist. Sie blickt verstohlen zu ihm hin, sein Gesicht ist
verschlossen, der Mund ein schmaler Strich, aus ihm kann
nichts Gutes kommen, nicht jetzt.

Die Treppe ist zu hören, Unni kommt aus ihrem Zimmer herunter.

»Ich geh bisschen zu Bente rüber.«

»Mach das. Aber komm nicht so spät, ja?«

»Nein, nein.«

Sie geht. Torbjørn blickt auf den Bildschirm. Ingrid gießt
Kaffee nach, streckt sich nach der Zeitschrift aus, die sie
schon gelesen hat, blättert darin, sieht die Bilder an. Die
Stille scheint ihr nur noch zu wachsen, bald muss einer von
ihnen etwas sagen, je länger sie warten, umso schwieriger
wird es, und dann sagt sie.

»Es tut mir leid, dass ich so wütend war.«

Keine Antwort.

»Ich war nur so beleidigt, weil du überhaupt nichts gesagt hast.«

»Ich habe in diesem Haus nichts mehr zu sagen.«

»Ach, Torbjørn ...«

»Ich habe dazu nichts zu sagen.«

»Klar hast du.«

»Ich lebe die ganze Woche allein, nur damit ... und jetzt
willst du auf einmal arbeiten gehen ... verdiene ich etwa
nicht genug?«

»Allein, sagst du, und ich? Ich bin so allein, ich glaube,
ich werde langsam ein bisschen verrückt, willst du das?«

»Und was ist mit Unni?«

»Unni?«

»Ja, Unni. Soll sie vernachlässigt werden, nur weil
du ...«

»Weil ich was? Denkst du, ich will sie … außerdem hat Unni selbst gesagt, ich soll mich da bewerben, und ich finde, du solltest Unni nicht als Ausrede benutzen, darum geht es dir gar nicht.«

»Tu, was du willst. Ich wohne hier ja nicht mehr.«

Sie sagt nichts weiter, es gibt nichts Gutes zu sagen, sie ist nicht mehr wütend genug, um all das andere zu sagen, es wäre ihr am liebsten, wenn die Aggression, die sie in sich verspürt, nachlassen würde, damit es wieder friedlich zwischen ihnen wäre. Doch da sagt Torbjørn:

»Denkst du, ich habe zu meinem Vergnügen beschlossen, auf Montage zu gehen?«

Sie antwortet nicht. Ihr Herz schlägt schneller, sie wartet.

»Ich mache das für dich und Unni.«

Sie kann nicht schweigen:

»Vielleicht. Aber ich habe dir nicht zugeredet, vergiss das nicht.«

»Weil dir die Situation nicht klar war.«

»Warum denn nicht? Wer hat mich daran gehindert, die Situation zu erkennen? Habe ich nicht gesagt, ich kann gern einen Job annehmen, um was dazuzuverdienen, und hast du da nicht gefragt, ob ich dich erniedrigen will? Und das wollte ich ja nicht.«

»Aber jetzt stört es dich nicht, oder was?«

Ingrid schweigt einen Moment, ihr Herz pocht hart, dann sagt sie:

»Ich bin es nicht, die dich erniedrigt.«

Er steht auf, steht kurz da und sieht sie an, sein Blick ist feindselig. Er sieht sie an, sagt aber nichts. Dann geht er rasch zum Fernseher und schaltet ihn aus, verlässt das Wohnzimmer mit langen Schritten. Was denn jetzt, denkt

Ingrid. Kurz darauf hört sie die Tür des Windfangs, da steht sie auf, stellt sich hinter die Gardine und sieht, wie er hastig die Straße hinuntergeht.

Spät nachts kommt er nach Hause, sturzbetrunken. Ingrid wacht auf, es klingt, als würde ein großes Tier ins Haus eindringen. Sie zögert, dann steht sie auf, zieht den Morgenmantel an und geht ins Wohnzimmer, von dort in die Küche. Er sitzt am Küchentisch, sein Kopf liegt auf der Tischplatte, sie kann sein Gesicht nicht sehen.

»Komm ins Bett«, sagt sie leise.

Ein Geräusch kommt von ihm, als versuche er zu antworten, bekomme es aber nicht hin. Sie legt den Arm um ihn, will ihm aufhelfen, sagt:

»Komm, Torbjørn.«

Er hebt den Kopf, die ihr zugewandte Gesichtshälfte ist blutverschmiert.

»Oh mein Gott, was ist passiert?«

Er grinst und äfft sie nach:

»Was ist passiert?«

»Torbjørn!«

»Geh ins Bett.«

Sie holt ein Handtuch, befeuchtet es mit lauwarmem Wasser und will ihm das Blut abwischen. Aber er schiebt sie weg.

»Geh ins Bett!«

Sie sieht, dass es kein Schnitt ist, es sieht fast aus, als wäre er gegen eine Betonwand gerannt.

Sie legt das Handtuch auf den Tisch und geht. Sie liegt im Bett und wartet, aber er kommt nicht, sie schläft ein, ohne es zu bemerken. Gegen morgen kommt er, aber so leise, dass sie erkennt, dass sie ihn nicht hören soll.

»Was war heute Nacht mit Vater?«, fragt Unni.

»Er hatte nur einen über den Durst getrunken und sich das Gesicht aufgeschrammt. Bist du aufgewacht?«

»Hat er sich geprügelt?«

»Es hat eher ausgesehen wie ein Sturz.«

»Er kommt nach Hause, und dann geht er gleich wieder.«

»Ich hätte nicht so wütend werden dürfen.«

»Denkst du, du bist schuld?«

»Vater ist nicht ganz bei sich zur Zeit, das hast du sicher bemerkt.«

»Wegen dir? Ist es deine Schuld?«

»Lass mal, Unni.«

»Warum willst du nicht mit mir reden?«

»Wie meinst du das?«

»Ich hab auch damit zu tun. Du bist dumm, du denkst, ich bemerke nichts, aber du bist die, die hier nichts bemerkt. Scheiße.«

»So sprichst du nicht mit mir!«

»Ich spreche draußen so, da kann ich das hier auch. Aber hier darf man ja nicht ehrlich sein, ist schon klar. Warum sagst du mir nicht, was los ist, damit ich weiß, woran ich bin? Oder soll ich es nicht wissen, willst du das?«

»Wovon redest du?«

»Das weißt du genau. Denkst du, ich bin taub und blind? Du denkst, du kannst mich einfach wegknipsen, aber dann weißt du nicht, was du tust, oder du weißt es, aber dann wäre es noch schlimmer.«

»Hör auf!«

»Nein, ich höre nicht auf, ich hab die Nase voll davon, dass ich immer das liebe Mädchen sein muss, das nichts sagen darf. Ich bin hier genauso zu Hause wie du. Ich habe auch was zu sagen, und wenn ich das nicht darf, kann ich genauso gut abhauen und dich mit deinen ganzen Geheimnissen hier sitzen lassen. Herrgott, Mutter, ich sehe doch, wie es euch geht, denkst du, du schützt mich, indem du so tust, als ob nichts wäre, bist du wirklich so dumm? Das hätte ich nicht gedacht.«

»Du verstehst nicht…«

»Na klar, ich verstehe nicht, ich bin nur ein dummes kleines Ding, das nichts verstehst, findest du das? Ich werd dir mal was sagen, und zwar verstehe ich, dass Vater dir wichtiger ist als ich, und das ist ja auch dein gutes Recht, aber dann kannst du es auch sagen, oder? Dann weiß ich wenigstens, woran ich bin, statt…«

»Das ist nicht wahr. Das kann man nicht vergleichen.«

»Oh doch, das kann man. Und jetzt musst du mir zuhören, ein einziges Mal, ich bin nicht so dumm, dass ich nicht weiß, was ich sage. Vater will nicht, dass du arbeiten gehst, auch wenn du es willst, auch wenn er die ganze Woche weg ist. Ich bin zu Hause, und ich finde es gut, wenn du den Job annimmst, weil ich weiß, dass dir das wichtig ist. Vater denkt nur an sich, und das weißt du, aber auch du denkst nur an ihn. Vater steht nicht auf deiner Seite, aber du stehst immer auf seiner, und ich bin nur deine Tochter, ich hab nichts zu melden, mit mir braucht man ja nicht mal zu reden. Weißt du was? Eigentlich behandelst du mich genauso, wie Vater dich behandelt.«

Ingrid antwortet nicht. Unni steht auf, schiebt den Stuhl hart nach hinten, sagt:

»Es dürfte keine Eltern geben.«

Dann geht sie, knallt laut die Tür zu.

Torbjørn steht vorm Haus in der Sonne und blickt über seinen ehemaligen Grund und Boden, den er verpachtet hat. Ingrid steht am Wohnzimmerfenster und blickt auf seinen Rücken. Sivert kommt die Straße herauf, er war auf dem Friedhof und in der Stadt. In ein paar Stunden fährt Torbjørn wieder zu seiner Baustelle zurück. Er denkt wohl, es hat sich überhaupt nicht gelohnt, nach Hause zu kommen, denkt Ingrid, und auf einmal tut er ihr leid. Der große, starke, schwache Mann. Sie denkt, sie kann ihn nicht einfach so wieder wegfahren lassen, den Ärmsten, und sie geht zur Tür, öffnet sie, hält dann aber inne. Sie macht die Tür wieder zu, steht davor, denkt: Warum soll ich tun, was er nicht tut? Dann macht sie trotzdem auf und geht hinaus, die Treppe hinunter. Sie stellt sich neben ihn, sagt nichts. So, wie es jetzt aussieht, gibt es nichts Alltägliches, was sie sagen könnte, und alle anderen Wörter wirken auf einmal zu bedeutungsschwer. Sie geht ein paar Schritte von ihm weg, aber nicht so weit, dass er nicht mit ihr reden könnte, wenn er etwas sagen wollte. Er sagt nichts, nach einer Weile dreht er sich um und geht zum Haus hoch. Sie folgt ihm.

»Warum bist du so?«, fragt sie.

Er antwortet nicht.

»Ist es dir lieber, wenn ich den Job nicht annehme?«

Er antwortet nicht.

»Du freust dich, wieder von zu Hause wegzukommen, stimmt's?«

Da dreht er sich um und sieht sie an, und sie erschrickt. Sie bleibt stehen, folgt ihm nicht weiter. Er geht die Treppe hinauf und zur Tür hinein.

Sie geht nicht hinter ihm her. Erstens weiß sie nicht, was sie in seinem Blick gesehen hat, weiß nur, dass sie auf Abstand bleiben soll, sie geht ums Haus herum und biegt in den Karrenweg ein. Dort drinnen zwischen den Bäumen, die jetzt ganz grün belaubt sind, begreift sie, dass er seine Gefühle für sie verloren hat. Sie denkt: Er liebt mich nicht mehr, und genau das hat sie noch nie gedacht, und sie ist irgendwie erleichtert, aber nur ganz am Anfang.

Sie hat eigentlich fortbleiben wollen, bis er weg ist, aber jetzt macht sie kehrt und geht zurück.

Aber sie kommt zu spät, er ist früher aufgebrochen, gerade eben erst, aber eine Stunde früher als nötig. Sie sieht ihn sogar noch unten auf der Straße gehen, als sie aus dem Wald kommt, und sie ruft ihn, so laut, dass er es hören muss, zwei Mal, aber er dreht sich nicht um. Da wird sie so wütend, dass sie ihm nachrennt, sie holt ihn auf der Brücke kurz vor der Landstraße ein, sie ist außer Atem und kann nichts sagen, aber er kann etwas sagen, er sagt:

»Wenn du eine Königin bist, bin ich ein König.«

Er geht weiter, sie bleibt stehen. Er dreht sich nicht um.

Abends backt sie Waffeln, ihr ist selbst nicht ganz klar, warum. Sie sieht nicht so aus, als hätte sie es mit Freude getan, und erst sitzen sie und ihr Vater und Unni am Tisch und wissen nicht, was sagen. Dann fühlen sie sich in der Stille unbehaglich und reden Nichtssagendes, denn die gemütliche Runde ist ungemütlich – es ist, als fiele Torbjørns langer Schatten über den Esstisch. Die Waffeln sind lecker, ihr Vater sagt es, Unni sagt es, aber die Waffeln sind nicht alles – ein Schatten fällt über die Waffeln und die Erdbeermarmelade, und er lässt sich nicht zerkauen.

Auf einmal tut es Ingrid dermaßen weh, dass Torbjørn auf diese schmerzhafte, einsame Weise von zu Hause weggegangen ist, dass sie aufsteht, ins Schlafzimmer geht und sich weinend aufs Bett wirft. Sie weint lange, weint all ihre

Tränen, wird die unklare Mischung von Mitleid und Selbstmitleid aber nicht los. Dann liegt sie mit trockenen Augen im Bett und hört leise Stimmen aus dem Wohnzimmer, ein fernes, unartikuliertes Gemurmel.

»Er hat seine Tasche gepackt«, sagt Sivert zu Unni, »und dann ist er ohne ein Wort aus der Tür. Und als er ein Stück die Straße runter war, hab ich gehört, wie deine Mutter ihn ruft, und dann ist sie ihm nachgerannt, aber er hat getan, als ob nichts wäre, und dann war er um die Kurve, bevor sie ihn eingeholt hatte, dann war sie auch außer Sicht, aber dann ist sie gleich wieder die Straße hochgekommen, mehr weiß ich nicht. Aber gut ist es ihr nicht gegangen, das hab ich gesehen.«

Ingrid steht auf, spürt, dass sie nicht mehr bleiben kann, ohne erklären zu müssen, warum, und sie hat keine Erklärung, keine, die sie in Worte fassen könnte. Sie versucht, sich etwas auszudenken, etwas Neutrales, Ausweichendes, sie geht ins Wohnzimmer und sagt.

»Meine Güte, ich hab so Bammel vor morgen, am liebsten würde ich absagen.«

»Das tust du nicht«, sagt Unni. »Oder, Großvater?«

»Natürlich nicht.«

»Du sagst nicht ab.«

Ingrid freut sich ein wenig über Unnis Eifer, sagt aber:

»Du hast leicht reden.«

»Ja, aber wir sind drei gegen einen.«

»Drei?«

»Ja. Wir drei gegen Vater.«

»Unni!«

»Stimmt das etwa nicht?«

»Jetzt reden wir nicht mehr davon.«

»Jetzt reden wir nicht mehr davon!«, äfft Unni sie nach.

»Typisch. Nichts sehen, nichts sagen. Dann sag den Job ab und geh zum Teufel, wenn du das willst.«

»Jetzt bist du aber still.«

»Warum? Ich sage nur, was ich meine.«

»Du bist so schwierig geworden. Ich kenne dich gar nicht wieder. Alles ist so durcheinander.«

»Nicht alles, aber vieles, das weißt du genau. Und ich soll es einfach hinnehmen, wie? Aber wenn Vater sich benimmt wie ein … wie ein … da wird einfach getan, als ob nichts wäre.«

»So redest du nicht über deinen Vater!«

»Mein Gott, wie du dich anstellst! Er ist doch nicht heilig, oder? Ist er unantastbar, nur weil er mein Vater ist? Weil ich zufällig seine Tochter bin, muss ich ihn doch nicht mögen. Wie würde die Welt aussehen, wenn kein Mensch Kritik an seinen Eltern üben dürfte?«

Ingrid weiß nicht weiter, das macht sie wütend, sie sagt:

»Du redest dummes Zeug.«

»Andere finden das nicht!«

»Sei jetzt still!«

Unni steht auf.

»Tschüss!«

»Willst du noch weg?«

»Ja!«

»Jetzt?«

»Ja!«

Sie geht schnell in ihr Zimmer hinauf, holt Schlüssel und Portemonnaie, dann geht sie wieder hinunter und aus dem Haus, schwingt sich aufs Fahrrad und fährt rasch die Straße hinab, als wäre sie spät dran. Aber sie hatte geplant, den Abend zu Hause zu verbringen, sie hat keine Verabredung.

Unni steht vor der Bushaltestelle, mit Anne. Sie fröstelt ein wenig, will aber nicht nach Hause zurück. Es ist halb elf. Sie schnorrt Anne eine Zigarette ab, bläst den Rauch aus der Nase.

»Was ist mit dir?«, fragt Anne. »Deine Tage nicht gekriegt oder was?«

»Quatsch.«

»Sondern?«

»Was würdest du tun, wenn diejenigen, die du kennst, deine geheimsten Gedanken lesen könnten?«

»Können sie nicht.«

»Ich weiß. Aber wenn?«

»Mich umbringen.«

»Genau.«

Unni lässt die Zigarette auf den Asphalt fallen, tritt sie aus.

»Tschüss.«

»Tschüss.«

Sie schiebt das Fahrrad, ohne Eile.

Ingrid hört sie kommen. Sie möchte gern rausgehen und etwas zu ihr sagen, etwas, das das alles ungeschehen macht. Aber sie bringt es nicht fertig. Die Welt ist nicht mehr einfach. Morgen wird sie etwas tun, das sie nicht soll, aber muss. Etwas Verkehrtes, das richtig ist.

Nachts träumt sie von Ratten. Sie fängt zwei Ratten in einer Falle, ekelt sich aber davor, sie zu töten. Sie beschließt, sie verhungern zu lassen. Nach ein paar Tagen geht sie in den Keller, um die Kadaver wegzutun. Aber die Ratten haben die Falle aufgenagt und sind jetzt so groß wie Katzen. Sie fallen sie an, verbeißen sich in ihren Brüsten, sie schreit und wacht auf.

Sie hat Angst davor, wieder einzuschlafen, der Traum steckt noch in ihr. Es ist halb sechs. Sie steht auf. Sie wird zur Arbeit gehen, sie wird ein neues Leben beginnen, etwas, das sie ausgerechnet jetzt am wenigsten möchte. Sie sitzt vor einer Tasse Kaffee und schaut hinaus in den Regen. Die Zeit steht still.

Der Chef ist noch nicht da. Eine Kollegin, Jorun Hansen, zeigt ihr das Hinterzimmer, das als Garderobe und Pausenraum dient. Sie sagt, sie soll am ersten Tag nur tun, wozu sie Lust hast. Dann kommt der Chef, er ist freundlich und sagt dasselbe.

»Schau dir die Preise an«, sagt er. »Beobachte, was Frau Hansen macht.«

Ingrid nickt dankbar. Den restlichen Tag über lernt sie Preise auswendig und schaut Jorun Hansen zu, die hinterm Tresen steht und Brot und Kuchen verkauft, es sieht nicht schwierig aus. Ingrid übt, Tortenstücke für den Außerhausverkauf zu verpacken, das ist nicht ganz einfach. Als der Feierabend naht, verkauft sie zwei Brote und vier Napoleonschnitten und ist glücklich.

Die Tage vergehen, Ingrid fühlt sich wohl hinterm Tresen, aber von Torbjørn hört sie nichts. Nach zwei Wochen wird sie unruhig. Sie schreibt einen Brief, den sie nicht abschickt. Es ist jetzt Sommer, in drei Wochen hat Torbjørn Urlaub, was ist dann? Drei Tage darauf schreibt sie noch einen Brief. Sie erzählt, dass sie im Job gut zurechtkommt und die Hausarbeit nicht darunter leidet. Am Schluss schreibt sie: »Ich hoffe, du kommst am Wochenende nach Hause. Lieben Gruß, Ingrid. PS: Ich bin keine Königin.« Sie ist mit dem Brief nicht zufrieden, aber sie schickt ihn ab.

Er kommt nicht, und sie hört auch nichts von ihm. Sonntagnachmittag geht sie ins Schlafzimmer und wirft sich aufs Bett. Nicht, weil sie schlafen will, sie liegt auf dem Rücken und schaut an die Decke. Sie denkt an nichts Besonderes, die Gedanken kommen und gehen, ziehen durch sie hindurch, ohne hängen zu bleiben. Dann sieht sie eine weite Ebene vor sich, es ist nichts Besonderes damit, aber dann scheint sie sich auf sie zu zu verlängern, es ist, als würde sie sich auf einmal in sie herein erstrecken, und plötzlich, nach einem kurzen, intensiven Gefühl der Leere, bricht die Angst über sie herein, brutal, lawinenartig. Einen Moment lang liegt sie da wie begraben, will aufstehen, schafft es nicht, sie weiß nicht, wie lange das anhält, dann springt sie auf und läuft ins Bad, dreht den Hahn auf und klatscht sich Wasser ins Gesicht.

Der Gedanke, vielleicht verrückt zu werden, hat sie noch nie auch nur von ferne gestreift. Jetzt, da sie im Spiegel über dem Waschbecken ihre eigenen Augen betrachtet, trifft er sie mit aller Wucht.

Ingrid fühlt sich wohl hinterm Verkaufstresen, die viereinhalb Stunden vergehen rasch, sie verdient 117 Kronen pro Tag. Sie hat seit neunzehn Jahren kein Geld verdient, und als sie ihren ersten Lohn ausgezahlt bekommt, ist sie glücklich. Es singt in ihr. Sie kann nichts dafür, es singt in ihr, und während sie nach Hause radelt, summt sie vor sich hin, bis sie plötzlich denkt: Das wird Torbjørn nie verstehen können. Der Gedanke ist ein Riss in der Freude, aber die Freude ist größer, der Gedanke wird beiseite gedrängt.

Aber er kommt wieder.

Es ist nur noch etwas mehr als eine Woche bis zu seinem Urlaub, und sie hat immer noch nichts von ihm gehört. Sie weiß nicht, was genau das zu bedeuten hat, aber es wird schwierig, ihn wiederzusehen, schon jetzt weiß sie, dass sie ihn nicht wird ansehen können wie zuvor, dass sie sich verhalten wird, als hätte sie ein schlechtes Gewissen.

Aber das Geld, das sie verdient hat, bekommt er, das hat sie beschlossen. Sie wird nicht eine Øre ihres Lohns für sich behalten, es soll alles in den Haushalt einfließen, seinen Haushalt.

Immer öfter fragt sie sich, ob sie ihn liebt, und sie antwortet ja und nein. Und beide Antworten sind mit vielerlei Vorbehalten und Zweifeln belegt.

Oft erinnert sie sich daran, was sie auf dem Heimweg mit dem ersten Lohn dachte: Das wird Torbjørn nie verstehen können. Und ihr wird immer deutlicher, dass das stimmt.

In den Tagen vor seinem Urlaub steigt ihre Unruhe, aber sie hat keinen weiteren Angstanfall. Sie schaudert vor dem Moment, da Torbjørn zur Tür hereinkommt, ihr Vater und Unni bekommen es zu spüren. Sie ist ungeduldig und gereizt; eines Nachmittags schreit sie los, weil Unni die Zahnpastatube nicht zugemacht hat, sie schimpft sie aus, sie sei egoistisch, der Ausbruch ist vollkommen unverhältnismäßig, und Unni erkennt sie nicht wieder. Ihr liegt eine trotzige, naseweise Entgegnung auf der Zunge, aber sie verkneift sie sich. Da schreit Ingrid, mit überkippender Stimme:

»Antworte gefälligst, wenn ich mit dir rede!«

»Mann, warum bist du bloß so gestresst?«

Das ist Ingrid zu viel, sie kommt einen Schritt näher und will sie ohrfeigen, aber Unni weicht aus, der Schlag geht ins Leere. Unni weicht noch weiter zurück, blickt ihre Mutter ungläubig, bestürzt an:

»Drehst du jetzt ganz durch, oder was?«

Dann geht sie hinaus, Ingrid steht mitten im Zimmer, eine Lawine in sich, ein Chaos.

Der Tag kommt, Torbjørn kommt. Er ist nicht unfreundlich, aber reserviert, fast höflich, als wäre er nicht zu Hause. Zwischen ihm und Ingrid hat sich viel Ungesagtes aufgestaut, es bleibt ungesagt. Sie essen zu Abend, trinken Kaffee, sehen fern, alle vier sind freundlich und beherrscht. Sie spielen eine gemütliche Runde, es ist aber alles andere als gemütlich. Sie sehen fern, der Bildschirm beschirmt sie; bei jeder sich bietenden Gelegenheit lachen sie herzlich miteinander.

Der Abend vergeht, die Sendung geht zu Ende, Sivert sagt gute Nacht, Ingrid und Unni bringen die Kaffeetassen hinaus, Unni geht ins Bett. Ingrid räumt das Wohnzimmer auf, bald wird sie im selben Schlafzimmer schlafen wie der Mann, mit dem sie seit neunzehn Jahren verheiratet ist, am liebsten würde sie es vermeiden. Der Abstand zwischen ihnen ist so groß geworden, sie hat sich viele Gedanken gemacht und war so weit fort, sie weiß, dass sie ihn nicht kennt.

Torbjørn steht auf und reckt seinen großen Oberkörper, gähnt vernehmlich, sagt, Zeit zum Schlafengehen. Ingrid antwortet ja, sie gähnt ebenfalls. Sie löschen das Licht, gehen ins Schlafzimmer und ziehen sich aus, putzen sich die Zähne und legen sich hin. Ingrid berührt seine Schulter und sagt gute Nacht, zieht die Hand wieder zurück, nicht zu schnell, nicht zu langsam, hört, dass auch er gute Nacht sagt, liegt da und wartet, nichts geschieht, sie wartet lange, aber er kommt nicht.

Es ist Samstag, es ist heiß. Torbjørn liegt im Schatten der großen Birke an der Südwand des Hauses. Ingrid steht am Schlafzimmerfenster und schaut zu ihm hinaus, denkt: Da kann ich auch Königin sein. Jetzt bin ich ein Niemand. Hab mich nicht mal getraut, ihm den Lohn zu geben.

Sie gibt ihn ihm später am Tage, als er in die Küche kommt, um einen Schluck Wasser zu trinken, sie versucht, es ganz alltäglich wirken zu lassen.

»Ja, übrigens«, sagt sie, »hier, das habe ich verdient.«

Sie zieht die Schublade auf, in die sie das Geld vor einiger Zeit gelegt hat, hält ihm das Bündel Geldscheine hin. Er schaut darauf, wirkt etwas ratlos, findet Ingrid, und er nimmt es nicht.

»Nicht übel«, sagt er.

»Fast zweitausend. Bitte.«

»Wie meinst du das? Es ist deins.«

»Unseres. Du kümmerst dich um die Gelddinge.«

Er sieht unsicher aus, sagt dann:

»Ich kümmere mich um meine Gelddinge, um das Geld, das ich verdiene. Du kümmerst dich um deins.«

»Warum? Wir haben doch Sachen zusammen.«

Er zuckt mit den Schultern.

»Haben wir doch.«

»Mein Geld ist unseres, deins ist deins.«

Das Wort sitzt, jetzt ist sie Königin. Sie legt das Geld wieder in die Schublade, knallt sie zu, sagt zu dem Knall:

»Dann eben nicht!«

Torbjørn geht.

Dann eben nicht, denkt Ingrid. Die Wortlosigkeit ist gebrochen, die Illusion ist fort. Ab nun an ist alles klarer.

Aber noch lange nicht klar genug. Abends geht Torbjørn in die Stadt. Ingrid wird unruhig, weiß auf einmal nicht mehr, was sie mit sich anfangen soll. Dass Torbjørn hier ist und doch nicht hier, gibt ihr ein Gefühl der Unfreiheit, auf eine neue Weise, eine unsichere Unfreiheit. Der Abend ist warm; sie geht die Straße hinunter, zwischen den verpachteten Äckern hindurch; sie denkt, wenn Torbjørn nicht dieses Land, diesen Hof besitzen würde, hätte er vielleicht auch nicht gedacht, dass er mich besitzt. Die Worte vom Nachmittag tun immer noch weh. »Mein Geld ist unseres, deins ist deins.« Scheinbar großzügige Worte, in Wahrheit so geizig, aus der Tiefe einer großen Armut gesprochen. Gesprochen von einem, der Sklave ist und der sie damit zur Sklavin machen will. Sie versteht es. Und dann denkt sie. Ich habe das nicht verdient, ich habe mehr verdient als das.

Als er nach Hause kommt, liegt sie schon im Bett. Er hat getrunken, aber nicht viel. Sie merkt sofort, dass er mit ihr schlafen will, und als er ihr die Hand auf die Brust legt, sagt sie:

»Nicht jetzt, Torbjørn, mir ist nicht danach.«

Er zieht die Hand zurück, als hätte er sich verbrannt, aber er sagt nichts, kein Wort.

Am nächsten Morgen ist er, als ob nichts vorgefallen wäre, fast wie früher, denkt Ingrid, sie fühlt sich erleichtert und zugleich um etwas betrogen. Bis am Nachmittag, als er plötzlich, leicht, fast wie nebenbei sagt, so, als würde die Antwort nichts bedeuten:

»Willst du dich scheiden lassen?«

»Nein.«

Sie sitzen im Schatten des Baums, es ist ein heißer Tag, sie trinken Kaffee. Eine lange Weile sagen sie nichts mehr. Ingrid schaut ihn verstohlen an; er sieht aus, als hätte er weder gefragt noch eine Antwort bekommen; das erbost sie, und sie fragt:

»Willst du?«

Er antwortet nicht. Sie wartet, aber er antwortet nicht, und sie denkt: Er denkt wohl, so kann er mich fertigmachen.

Sie wartet noch ein wenig, die Antwort könnte ja immer noch kommen. Aber sie kommt nicht, er sitzt da und hat Oberwasser, sie versteht es, sie steht auf und geht.

Am Abend geht Torbjørn wieder in die Stadt. Er kommt spät nach Hause, sie tut so, als schliefe sie. Irgendwann nachts wacht sie auf, weil Torbjørn so unruhig schläft, er ruft etwas Unverständliches und wirft sich heftig hin und her, aber sie weckt ihn nicht.

Es ist Montag. Sie kommt von der Konditorei nach Hause. Die Wintergartentür ist verschlossen, das Haus leer. Eine aufgeschlagene Zeitung liegt mitten auf dem Wohnzimmerboden, sie hebt sie auf und faltet sie zusammen, nimmt sie mit in die Küche, setzt sich hin. Zum ersten Mal kommt sie von der Arbeit, während er zu Hause ist, und er ist nicht da. Sie ist ein wenig unruhig, kommt aber nicht darauf, warum.

Sie geht hinaus, es ist zu früh, um Essen zu machen. Zum ersten Mal seit Langem geht sie den Karrenweg entlang, dort ist es schattig. Nach einer Weile hört sie vor sich Geräusche, wie von Axthieben, aber nicht so regelmäßig. Sie bleibt stehen und lauscht, dann geht sie langsam weiter, ihr wird plötzlich klar, dass die Geräusche von dem alten, baufälligen Schuppen kommen müssen, der ein wenig abseits des Weges liegt; Torbjørn hat öfter gesagt, er wolle ihn abreißen. Sie biegt vom Weg ab und tritt nördlich des zugewucherten Wiesenstücks zwischen die Bäume. Ein paar Meter vor der Steinmauer bleibt sie stehen und späht hinüber. Der Schuppen ist fast weg, nur noch eine Wand steht. Torbjørn macht gerade Pause, er sitzt mit nacktem Oberkörper gebückt da, den Rücken ihr zugewandt. Sie will gehen, ohne dass er ihre Anwesenheit bemerkt, aber es ist auf einmal so still im Wald, sie fürchtet, er könnte sie hören, also wartet sie weiter. Auf einmal steht er auf, reißt irgendwie einfach den Oberkörper ins Stehen hoch, reckt die Arme über den Kopf – und schreit. Ein Gemisch von Brüllen und Heulen, und Ingrid steht kurz wie gelähmt da: Das ist unmöglich, alle anderen ja, aber doch nicht Torbjørn!

Hastig geht sie nach Hause.

Torbjørn kommt eine Stunde danach. Ingrid deckt den Tisch, sie essen. Ingrid fragt nicht, wo Torbjørn gewesen ist, von sich aus sagt er nichts. Danach will er Mittagsschlaf halten. Ingrid will nicht riskieren, ihn abermals abweisen zu müssen, und sagt, sie kümmert sich um den Abwasch. Danach geht sie hinaus. Dort fühlt sie sich am freiesten; jetzt, wo sie begonnen hat, sich freizumachen, fühlt sie sich weniger frei als zuvor, sie weiß oft nicht, wohin mit sich. Zum zweiten Mal heute geht sie den Karrenweg entlang, und sie denkt: Ist es das wert? – vorher war doch alles viel leichter. Ich muss ihm einfach nur seinen Willen lassen …

Am Abend geht Torbjørn wieder in die Stadt. Sie fragt nicht, was er dort will, sie denkt, es geht sie nichts an, jetzt nicht mehr.

Sie geht früh ins Bett, um zu schlafen, wenn er kommt. Aber der Schlaf findet sich nicht ein. Sie wartet. Sie denkt: Am liebsten wäre es mir, wenn er gar nicht kommt.

Aber er kommt, und er ist nicht nüchtern. Er will mit ihr schlafen, und sie sagt dasselbe wie gestern Abend. Aber diesmal lässt er nicht von ihr ab, als wäre er darauf gefasst gewesen, dass sie ihn zurückweist, und hätte geplant, das nicht zuzulassen, er hat schließlich seine Rechte. Ingrid lässt es geschehen, sie hat Angst, es ist keine Liebe mehr in ihm, nur Macht.

Er pumpt sich in sie hinein, und sie denkt: Zum letzten Mal. Er wälzt sich von ihr herunter, und sie denkt: Zum letzten Mal. Er hat seine Macht benutzt und ihren Widerstand gestärkt.

Sie geht ins Bad, setzt sich auf die Kloschüssel und lässt seinen Samen aus sich hinaustropfen. Dann fängt sie an zu weinen, leise: Herrgott, was soll ich bloß tun. Es gibt keinen Ausweg mehr. Ich weiß nicht, wohin. Alles, was ich habe, ist das hier. Unni. Vater. Alles.

Die Wahrheit sinkt in ihr zu Boden wie ein schwerer Anker. Alles, was sie hat, ist hier. Sie kann nirgendwohin.

Sie steht auf und wäscht sich den Unterleib, langsam und gründlich, wie ein Ritual, aber ohne die Überlegenheit, die sie verspürte, als er sie nahm, ohne den aufrührerischen Gedanken: Zum letzten Mal.

An den folgenden Tagen geht sie ihm aus dem Weg und sagt nur das Nötigste. Torbjørn bleibt abends zu Hause, darüber freut Ingrid sich; mehr als alles andere fürchtet sie, dass er wieder betrunken nach Hause kommen könnte. Sie sieht, wie eingesperrt er ist, und sie weiß, dass der Alkohol gefährliche Sprünge in den Panzer schlagen kann, in dem er sich verkriecht, sie hat das früher schon erlebt: Sie hat Angst, kann aber nicht die entgegenkommende Art an den Tag legen, die ihn vielleicht milder stimmen würde. Denn sie fühlt nichts Gutes mehr für ihn. Sie fragt sich, ob sie ihn hasst, und sie antwortet ja und nein. Das Ja erschreckt sie.

Bisweilen schaut sie ihn an, unbemerkt, und wird von etwas überrumpelt, das Mitleid ähnelt, aber es geht rasch vorbei.

Es ist Freitag, sie essen zu Abend, die Stummheit ist total. Unni legt das Besteck hin. Die Stummheit bleibt. Unni sitzt starr aufrecht, die Hände unter der Tischkante verborgen. Dann sagt sie, ohne jemanden anzusehen, aber mit zu lauter Stimme:

»Ich will hier nicht mehr wohnen.«

Niemand antwortet. Sie steht auf.

»Setz dich hin«, sagt Torbjørn.

»Nein.«

»Setz dich hin!«

Sie bleibt stehen. Torbjørn legt die Gabel hin. Sie bleibt stehen, sieht ihn unverwandt an. Er schiebt den Stuhl zurück, steht auf. Ingrid steht ebenfalls auf, sie sagt:

»Du rührst sie nicht an!«

Torbjørn geht auf Unni zu, ruhig, fast langsam. Ingrid stellt sich vor sie. Torbjørn schleudert sie beiseite, sie stürzt zu Boden. Unni hält sich einen Arm vors Gesicht.

»Setz dich hin!«

Sie bleibt stehen. Ihre Lippen zittern, sie hat Tränen in den Augen, aber sie bewegt sich nicht.

Ingrid schreit:

»Setz dich hin, siehst du nicht, dass er durchdreht?«

Torbjørn dreht sich langsam um und kommt auf sie zu. Unni schreit. Aber Torbjørn hält nicht bei Ingrid, er geht an ihr vorbei, zur Spüle. Darüber hängen in grauen Rahmen die Familienfotos: Ingrids Eltern und seine, Unni als Konfirmandin, das Hochzeitsbild. Er schlägt mit der Faust darauf, das Glas zerbricht. Die meisten Scherben bleiben im Rahmen stecken; er zieht sie heraus, langsam, systematisch, und lässt sie auf den Teppich fallen. Dann pult er den rechten Rand des Fotos aus dem Rahmen, dann reißt er die fotografische Einheit in zwei Stücke. Es wirkt so wohlüberlegt, als hätte er es geplant. Ingrids Hälfte bleibt im Rahmen, er steht da, sich selbst in der Hand. Er geht auf Ingrid zu, sich selbst in der Hand, bleibt vor ihr stehen, über ihr, reißt sich selbst in kleine Schnipsel, die er auf sie herabrieseln lässt, langsam, dann sagt er mit schmerzverzerrter Stimme:

»Das war's. Es gibt Grenzen dafür, was ein Mann erträgt. Du hast gedacht, du behältst das letzte Wort. Jetzt kannst du auf den Resten rumtrampeln, die da liegen – auf mir trampelst du nicht mehr rum.«

Er geht ins Schlafzimmer, schließt die Tür hinter sich, fängt an zu packen. Ingrid steht langsam auf, kann keinen Gedanken fassen. Sie sammelt die Schnipsel ein, nimmt es aber kaum wahr, geht zum Sofa und setzt sich in die Ecke, wo niemand ihr Gesicht sehen kann. Unni sieht ihren Rücken, er wirkt unnatürlich gerade, fast steif. Sie wagt nicht zu ihr hinzugehen, sie begreift nicht, was geschieht. Sie sieht, wie ihr Großvater durchs Zimmer geht und die Treppe hinauf, so langsam und vorsichtig, als müsste er sich im Dunkeln vortasten. Sie denkt: Was habe ich getan, was passiert hier? Sie will gehen, blickt dann aber noch einmal zu dem etwas zu geraden Rücken auf dem Sofa. Sie setzt sich auf ihren Stuhl am verlassenen Esstisch, auf allen Tellern liegen Essensreste. Ihr Vater geht ins Bad und zurück, sie kann ihn nicht ansehen. Sie war es, die hatte weggehen wollen – jetzt geht er. Nun kommt er aus dem Schlafzimmer, den Koffer in der Hand. Er stellt den Koffer hin, kommt auf sie zu. Sie kann nicht aufblicken, aber sie sieht die Hand, die er ihr hinstreckt, und sie nimmt sie.

»Entschuldige.«

Da steht sie auf und wirft sich ihm um den Hals. Aber sie sagt nichts. In ihr stürzt alles zusammen. Sie löst die Umklammerung und sieht ihn an, aber er dreht sich rasch weg und geht.

Sie sinkt wieder auf ihren Stuhl, sie denkt verschwommen: Warum hab ich mich nicht hingesetzt, als er gesagt hat, ich soll es tun, dann wäre alles anders gekommen. Dann steigt das Weinen wie in langen Wellen aus ihrem tiefsten Inneren.

Lange danach spürt sie eine Hand auf der Schulter und Finger, die ihr durchs Haar streichen. Sie streichen immer weiter, erst möchte sie, dass es nie wieder aufhört, doch dann hört es nicht auf, und sie hält es nicht mehr aus, als Mittelpunkt des Unglücks hier zu sitzen. Sie bleibt noch ein wenig sitzen, weil sie Angst hat, das Gesicht ihrer Mutter zu sehen, dann steht sie langsam auf und dreht sich zu ihr, und sie kann nicht begreifen, was sie sieht: Die Augen sind trocken und klar, und weder in ihnen noch sonst in dem Gesicht erkennt sie die Verzweiflung oder das Niedergeschmettertsein, das sie erwartet hätte, das erschreckt sie, und sie denkt, ihre Mutter hat noch gar nicht begriffen, was passiert ist.

»Er ist gegangen«, sagt sie.

»Ja.«

»Das ist so schrecklich.«

»Ja.«

»Ich bin schuld.«

»Du? Du weißt nicht… Nein, du bist absolut nicht schuld.«

Die Stimme ihrer Mutter wirkt auf eine Weise fremd, wie abwesend, es ist, als käme sie selbst nicht ganz mit bei dem, was sie sagt, und jetzt sagt sie:

»Einer von uns beiden hat wohl gehen müssen, jetzt oder später. Und er ist es weniger gewohnt zu verlieren. Ich hoffe nur, er zweifelt nie daran, dass er gewonnen hat.«

Unni will etwas sagen, aber dann merkt sie, dass ihre Mutter am Ende ihrer Kraft ist. Ihre Mundwinkel beginnen zu zittern, ihre Augen werden blank. Sie schluckt und sagt mit rauer Stimme:

»Ich leg mich mal bisschen hin, ja?«

Unni steht eine Zeit lang da und lauscht dem Weinen hinter der geschlossenen Tür. Dann räumt sie den Tisch ab.

Der Joker

Eines Samstagabends Ende November war ich allein zu Hause mit Lucy. Ich saß auf dem Stuhl am Fenster, sie saß am Esstisch und legte eine Patience, in der letzten Zeit legte sie immer Patiencen, ich wusste nicht warum, ich dachte, vielleicht hatte sie vor etwas Angst. Es ist so warm, sagte sie, kannst du nicht das Fenster ein bisschen aufmachen. Ich fand es auch recht warm, und draußen war es ungewöhnlich mild, also machte ich das Fenster auf. Es ging zum Garten hinterm Haus und zu einem kleinen Gehölz hinaus, und ich stand eine Weile da und lauschte dem weichen Geräusch des Regens. Vielleicht war dies der Grund, der weiche Regen, und die Stille, jedenfalls geschah, was ja manchmal geschieht: Eine große Leere senkt sich über einen, es ist, als würde die Sinnlosigkeit des Daseins in einen hineinkriechen und sich ausbreiten wie eine endlose, nackte Landschaft. Jetzt kannst du wieder zumachen, sagte Lucy, obwohl ich noch dastand und hinaussah. Ich geh ein bisschen raus, sagte ich. Jetzt?, fragte sie. Ich schloss das Fenster. Nur kurz, sagte ich. Sie legte weiter ihre Patience, blickte nicht auf. Ich ging in den Flur, nahm den Südwester und den Regenmantel, den ich sonst bei schlechtem Wetter zur Gartenarbeit anziehe. Vielleicht ging ich darum in den Garten statt auf die Straße. Ich ging nach ganz unten, dorthin, wo unser Winterkohl stand und eine kurze Bank ohne Rückenlehne, noch aus der Zeit, bevor Lucy das Haus geerbt hatte. Dort saß ich in Regen und Dunkelheit und blickte zu den erleuchteten Fenstern hoch, doch weil der Garten etwas abschüssig war, konnte ich Lucy nicht sehen, nur den oberen Teil der Wände und die Zimmerdecke. Nach einer Weile wurde es zu kalt zum Stillsitzen; ich stand auf, ich wollte über den Zaun steigen und durch das Wäldchen bei der Post auf die Straße gehen. Aber als ich zum Zaun kam, drehte ich mich um, und da sah ich Lucys Schatten auf der Rückwand des Zimmers und einem Stück der Decke, und ich begriff nicht, wie das möglich war, welche Lichtquelle ihren Schatten so werfen konnte. Ich kletterte an einer Stelle, wo man sich am untersten Ast einer großen Eiche festhalten kann, auf den Zaun, und sah Lucy am Tisch, vor ihr brannte eine Kerze, in der Hand hielt sie etwas, das ebenfalls brannte, nicht zu erkennen, was es war. Dann erlosch die Flamme, und Lucy stand auf; als sie das tat, schien der ganze Raum vom Schatten erfüllt zu werden. Einen Augenblick später war sie aus dem Gesichtsfeld verschwunden. Ich wartete eine Weile, aber sie kam nicht zurück. Ich sprang nach außen vom Zaun und ging ins Wäldchen hinein, fragte mich, was da gebrannt hatte, ich fühlte mich irgendwie hinters Licht geführt, ich weiß noch, genau das fühlte ich, denn ich stutzte bei dem Gedanken, ich überlegte sogar, woher die Wendung »hinters Licht führen« stammen mochte. Ich folgte dem Pfad, bis ich hinter der Post auf den Kies des Parkplatzes trat, da blieb ich stehen und überlegte hin und her, ging dann denselben Weg zurück, es war nicht weit, nur ein paar hundert Meter, dann war ich wieder beim Zaun.

Ich ließ mir im Flur viel Zeit, und als ich hineinkam,

saß sie immer noch an ihrer Patience. Sie blickte von den Karten auf und lächelte mir sacht zu. Keine Kerze stand auf dem Tisch, und im Aschenbecher waren keine Reste von verbranntem Papier. Na?, fragte sie. Es regnet, antwortete ich. Das wusstest du ja, sagte sie. Ja, sagte ich. Ich setzte mich ans Fenster. Ich blickte in den Garten hinaus, sah aber nur das Spiegelbild des Zimmers und das von Lucy. Nach einer Weile sagte sie, ohne von den Karten aufzublicken und mit ganz alltäglicher Stimme: Ich brauche mir nur in den Arm zu zwicken, dann spüre ich, dass es mich gibt. Selbst für Lucys Verhältnisse war das eine äußerst ungewöhnliche Bemerkung, ich empfand sie als Vorwurf, was ich auf das Gefühl zurückführte, hinters Licht geführt worden zu sein, ein Gefühl, das nicht nachgelassen hatte, seit ich wieder drinnen war und sämtliche Spuren des Geschehens, das ich vom Garten aus beobachtet hatte, beseitigt fand. Ich war kurz davor, ihr etwas Ironisches zu entgegnen, verkniff es mir jedoch. Ich sagte nichts, drehte mich nicht einmal nach ihr um, sondern betrachtete weiter ihr Spiegelbild im Fenster. Sie schob die Karten zusammen, immer noch ohne aufzublicken. Ich hatte ein ganz steifes Gesicht. Sie legte die Karten in eine Schachtel und stand auf, langsam. Sie sah mich an. Ich konnte mich nicht umdrehen, ich war in mein Gekränktsein eingesperrt. Sie sagte: Armer Joachim. Dann ging sie. Ich hörte, wie sie in der Küche das Wasser anmachte, dann ging die Schlafzimmertür, dann war es still. Ich weiß nicht mehr, wie lange ich dasaß und verbittert ihren letzten Worten nachlauschte, vielleicht mehrere Minuten lang, doch dann schlugen die Gedanken eine andere Richtung ein. Ich stand auf und ging zum Kamin. Es war ebenso wenig Asche darin wie zuvor. Ich wollte in der Küche im Abfalleimer nachsehen, zögerte aber bei der Vorstellung, Lucy könnte mich dabei überraschen. Und was dann?, fragte ich mich, sie weiß ja nicht, dass ich sie gesehen habe. Ich öffnete die Tür unter der Spüle, und ganz oben im Abfall lag die Ecke einer verbrannten Spielkarte. Ich nahm sie in die Hand, drehte und wendete sie, ratlos und verwirrt. Die Fragen kreisten in mir: Hatte sie eine Kerze geholt, um die Karte abzubrennen? Eine der Karten der Patience? Warum eine Kerze? Warum eine Karte verbrennen? Warum hatte sie die Kerze wieder weggeräumt? Welche Karte? Die letzte Frage ließ sich vielleicht beantworten; ich ließ die verbrannte Ecke in den Müll fallen und ging ins Wohnzimmer. Das Kartenspiel lag auf dem Tisch, ich nahm sie heraus und zählte die Karten, dreiundfünfzig. Nur noch ein Joker war da. Sie hatte einen Joker verbrannt. Ich sah den unversehrten an: ein Narr, der zwinkernd ein Herz Ass aus dem Ärmel zog. Ich steckte mir die Karte in die Tasche, mit einem undeutlichen Rachegefühl, dann tat ich das Spiel wieder in die Schachtel.

Als ich eine Stunde später ins Bett ging, schlief Lucy. Ich lag lange wach, und am nächsten Morgen erinnerte ich mich an alles. Es regnete. Ich versuchte, so zu tun, als ob es ein ganz gewöhnlicher Sonntagmorgen wäre, aber es gelang mir nicht. Wir frühstückten stumm, das heißt, Lucy machte ein paar alltägliche Bemerkungen, aber ich antwortete nicht. Dann sagte sie: Du brauchst nicht dazusitzen und wegen mir nichts zu sagen. Da wurde es in mir ganz schwarz. Ich hatte ein Messer in der Hand, ich hieb den Schaft so hart auf den Teller, dass er zersprang. Dann stand ich auf, und auf dem Weg aus dem Zimmer schrie ich: Armer Joachim, armer Joachim!

Ich kam mehrere Stunden später wieder nach Hause. Ich hatte beschlossen zu sagen, es tue mir leid, dass ich mich nicht beherrscht hatte. Das Haus war ganz dunkel. Ich machte überall Licht an. Auf dem Küchentisch lag ein Blatt Papier, auf dem stand: »Ja. Ich rufe dich morgen an oder an einem anderen Tag.«

So ging sie aus meinem Leben. Nach acht Jahren. Anfangs weigerte ich mich, es zu glauben, ich war sicher, sie bräuchte nur ein wenig Zeit für sich und würde dann erkennen, dass sie mich ebenso sehr brauchte wie ich sie. Aber sie erkannte es nicht, das weiß ich jetzt, ich muss es hinnehmen, sie war nicht die, für die ich sie gehalten hatte.

Martin Hansens Ausflug

Ich ging auf das Haus zu, es war spät an einem Freitag Nachmittag Anfang August, ich hatte mich auf einmal müde gefühlt, als ob ich etwas Schweres getragen hätte, dabei hatte ich nur ein paar Himbeersträucher aufgebunden. Als ich zur Treppe kam, setzte ich mich auf die unterste Stufe, ich dachte: Es ist ja sowieso niemand zu Hause. In demselben Augenblick hörte ich Stimmen aus dem Wohnzimmer, und bevor ich noch aufstehen konnte, sagte Mona, meine Tochter: Ach da sitzt du? Ich stand auf und sagte: Ich dachte, es wäre niemand zu Hause. Wir sind gerade angekommen, sagte sie. Wir?, fragte ich. Ich und Vera, sagte sie. Vera und ich, sagte ich. Vera und ich, sagte sie. Ich ging die Treppe hinauf. Wo ist Mutter?, fragte sie. Bei ihrem Vater, sagte ich. Ich ging an ihr vorbei ins Wohnzimmer, ich dachte: Oder wo auch immer sie sein mag. Mona fragte: Können Vera und ich uns in den Garten setzen? Ja, natürlich, sagte ich. Sie fragte, ob sie eine Cola nehmen könnten. Wo ist sie?, fragte ich. Auf der Toilette, sagte Mona. Ich sagte, sie könnten sich jede eine Cola nehmen. Ich ging ins Obergeschoss, ins Schlafzimmer. Das Doppelbett war gemacht. Ich war nicht mehr müde. Vera, dachte ich, ist das nicht die, die mich immer so ansieht? Ich trat ans offene Fenster, und da stand ich, als sie über den Rasen zum Gartentisch gingen. Ich dachte: Sie muss doch mindestens ein paar Jahre älter sein als Mona. Nach einer Weile ging ich ins Arbeitszimmer hinüber und holte das Fernglas. Ich sah sie sehr deutlich, lange. Mona sah ich nicht an. Ich dachte: Gut siehst du aus. Dann legte ich mich hin. Ich schloss die Augen und stellte mir vor, wie ich sie nahm. Das war nicht schwer.

Als ich eine halbe Stunde später mit einer Tasse Kaffee und einem Glas Cognac im Wohnzimmer saß, hörte ich Elis Schlüssel in der Tür. Ich stand auf, damit sie mich nicht untätig sah, nahm einen Lexikonband aus dem Regal und schlug ihn irgendwo auf. Sie kam ins Wohnzimmer. Da bist du ja, sagte ich. Puuh, ja, sagte sie, er lässt einen kaum wieder weg, er hat ja nur mich. Ich glaube, lange macht er's nicht mehr. Ich setzte mich. Ist Mona nicht zu Hause?, fragte sie. Sie ist draußen im Garten, sagte ich, mit einer Freundin. Geht es ihm schlechter? Eli ging ans Fenster. Ich weiß nicht, ob es mir gefällt, dass sie so viel mit dieser Vera zusammen ist, sagte sie. Ach ja?, sagte ich. Sie ist so viel älter als sie, fast sechzehn, sie bräuchte Freundinnen in ihrem Alter. Ich antwortete nicht; in demselben Augenblick kamen mir Zweifel, ob ich das Fernglas aus dem Schlafzimmer gebracht hatte, und mir war unbehaglich zumute. Ich fragte, ob ich ihr eine Tasse Kaffee bringen sollte, aber sie hatte schon im Pflegeheim mindestens drei Tassen getrunken, ein Glas Cognac hingegen könne sie vertragen. Während ich es holte, sagte ich, mein Bruder hätte angerufen, er wolle etwas mit mir besprechen. Trinkst du darum Cognac?, fragte sie. Ich antwortete nicht. Sie setzte sich auf das Sofa. Ich reichte ihr das Glas. Kommt er her?, fragte sie. Nein, natürlich nicht, sagte ich, ich treffe ihn in der Stadt. Ich ging zum Fenster. Ich blickte auf Vera und

Mona und sagte: Die Himbeeren sind fast reif. Ja, sagte sie. Ich habe sie aufgebunden, sagte ich. Hast du sie gegossen?, fragte sie. Es hat doch vor drei Tagen geregnet, sagte ich. Ich hörte, dass sie das Glas hinstellte und aufstand. Ich drehte mich um, sah auf die Uhr und sagte: Na, ich werd dann mal. Wird es spät?, fragte sie. Ich weiß nicht, sagte ich.

Als ich in der Innenstadt eintraf, war ich etwas unschlüssig. Ich gehe selten allein aus und habe kein Stammlokal. Nachdem ich eine Weile die Straßen auf- und abgewandert war, kaufte ich eine Zeitung und ging in die Bar des Hotels Norge. Sie war leer. Ich bestellte ein Bier und schlug die Zeitung auf dem Tisch vor mir auf. Ich versuchte mir auszudenken, was mein Bruder mit mir hatte besprechen wollen, mir fiel aber nichts ein. Ich blätterte in der Zeitung und dachte: Am besten, man lässt alles so laufen, am besten, man versucht gar nicht erst, etwas aufzuhalten.

Ich verließ die Bar eine Stunde später; ich war leicht berauscht und entsprechend leichten Sinnes. Als Verlängerung einer Assoziationskette fiel mir etwas ein, das mein Vater zu sagen pflegte, wenn ich als Junge etwas wollte, nicht bekam und sagte: Ich will aber! Er sagte: Dein Willen steckt in meinem Hosensack. Zum ersten Mal fragte ich mich, was die Hosentasche damit zu tun haben mochte.

Während ich im Weitergehen dieses nebensächliche Problem bedachte – was hatte mein Willen in Vaters Hosensack zu suchen; hatte er seinen eigenen Willen auch dort? –, geriet ich in eine Gegend, in der ich erst selten gewesen war, und als mein Blick auf einen Pub namens »Johnnie« fiel, folgte ich dem bei der Namensgebung wahrscheinlich beabsichtigten Wunsch und ging hinein. Das Lokal bestand aus einem Tresen und drei, vier kleinen Tischen. Alle waren besetzt. Ich ging an die Bar und bestellte einen Whisky; ich wollte rasch wieder hinaus. Eis?, fragte der Barkeeper. Pur, sagte ich. Ein Mann trat an die Bar. Er sprach mich an, er sagte: Na, das ist ja eine Weile her. Ich blickte ihn an. Vielleicht hatte ich ihn schon einmal gesehen. Ja, kann man wohl sagen, sagte ich. Du erkennst mich wieder?, fragte er. Ja, sagte ich. Das war ja vielleicht mal ein Abend, was?, sagte er. Ja, sagte ich. Lebst du hier?, fragte er. Hier?, fragte ich. Ja, hier in der Stadt? Das weißt du doch, sagte ich. Nein, wusste ich nicht, sagte er. Nein, vielleicht habe ich es nicht erwähnt, sagte ich. Ich trank mein Glas aus. Ich sitze da drüben, sagte er, setz dich doch dazu für einen Plausch. Ich sagte, ich müsse weiter, sei mit meinem Bruder verabredet. Schade, sagte er. Ein andermal, sagte ich. Ja, sagte er. Grüß Maria, das war doch ihr Name, oder? Ja, sagte ich. Dann ging ich. Ich fühlte mich vollkommen nüchtern. Ich überlegte, ob er wohl irgendwann dem Mann begegnen würde, für den er mich gehalten hatte.

Ich ließ mich weiter durch die Straßen treiben; es war erst halb zehn, und ich hatte keine Lust, nach Hause zu gehen. Zu etwas anderem hatte ich aber ebenso wenig Lust. Ich ging über die Brücke und bis zum Bahnhof. Eine Reihe Leute standen auf dem Bahnsteig und warteten auf den Zug nach Süden. Eine Lautsprecherstimme sagte, der Zug habe acht Minuten Verspätung. Ich ging ins Bahnhofsrestaurant, bestellte am Tresen ein Halbes und setzte mich ans Fenster. Ich schaffte es, das Glas zu leeren, bis der Zug kam. Als er wieder abfuhr, ging ich auf die Toilette. Er musste in einer Kabine auf ein Opfer gewartet haben. Ich spürte einen Schlag auf den Kopf, dann nichts, bis ich auf dem Boden liegend zu mir kam, allein. Ich erbrach mich, genau in dem Moment ging die Tür auf. Ich wollte aufstehen. Eine Stimme rief etwas. Ich glaubte, er hielt mich für betrunken, und ich wollte etwas sagen, brachte aber nichts heraus. Mehr tat ich nicht. Ich versuchte auch nicht noch einmal aufzustehen. Nach einer Weile half man mir auf die Beine und brachte mich in ein Büro. Dort wurde ich auf einen Stuhl gesetzt. Ich hatte Erbrochenes auf der Jacke. Ich schämte mich. Ich wurde mit einem Ambulanzwagen ins Krankenhaus gebracht. Ein Arzt leuchtete mir in Augen und Ohren und stellte eine Reihe Fragen, die ich nicht beantwortete, dann ging er wieder. Ich lag da und blickte an die Decke, dann kam er wieder und fragte, wie es mir gehe. Ich sagte, ich hätte Kopfschmerzen. Das glaube ich gern, sagte er, Sie haben eine leichte Gehirnerschütterung. Ich fragte, ob ich zu Hause anrufen könnte, damit meine Frau mich holte. Einen Augenblick, sagte er und verschwand wieder. Ich setzte mich auf. Eine Krankenschwester kam mit meiner Jacke und meinem Hemd; auch darauf war Erbrochenes. Wir haben das Schlimmste runterbekommen, sagte sie. Danke, sagte ich. Draußen im Flur rechts ist ein öffentliches Telefon, sagte sie. Ich habe kein Geld, sagte ich. Natürlich nicht, sagte sie. Sie ging. Ich zog das Hemd an. Sie kam mit einem schnurlosen Telefon wieder, ließ mich dann allein. Ich tippte die Nummer ein. Es dauerte lange, bevor Eli antwortete. Ich bin's, sagte ich, könntest du mich bitte abholen, ich bin im Krankenhaus, in der Notaufnahme, es ist nichts Schlimmes, aber mir wurde das Portemonnaie gestohlen und ich habe – Notaufnahme?, fragte sie. Ja, sagte ich. Ach Martin, sagte sie. Es ist nichts Schlimmes. Ich komme, sagte sie.

Sie kam eine halbe Stunde später. Sie war sehr ruhig; sie hatte denselben weichen Gesichtsausdruck wie manchmal im Schlaf. Sie streichelte mir die Wange. Sie sagte, sie habe mit dem Arzt geredet. Ich zog die Jacke an. Sie schaute sie an. Ich habe mich erbrochen, sagte ich. Ich weiß, sagte sie. Wir gingen durch Flur und Warteraum hinaus zum Auto. Hast du William nicht getroffen?, fragte sie. Nein, sagte ich, ich war allein. Mehr sagte sie nicht. Mein Kopf pochte. Ich war den ganzen Abend allein, sagte ich. Sie antwortete nicht. Wir fuhren über die Brücke und vorbei am Hotel Norge. Ist er nicht gekommen?, fragte sie. Er hat gar nicht angerufen, sagte ich. Nach einer Weile drehte ich mich um und sah sie an; sie tat so, als ob sie es nicht bemerken würde. Als wir zu Hause waren, sagte sie: Benutzt du diese Situation, um mir etwas zu sagen, das du dich sonst nicht trauen würdest? Ich sage es nur, wie es ist, sagte ich. Ja, gut, sagte sie, aber warum? Wozu soll diese plötzliche Ehrlichkeit gut sein? Ich antwortete nicht. Sie fuhr durchs Tor und hielt vor der Garage. Ich stieg aus und ging zur Eingangstür. Ich schloss die Tür auf. Ich goss mir ein Glas Cognac ein und kippte es hinunter. Was machst du da, fragte sie in meinem Rücken. Ich habe Kopfschmerzen, sagte ich. Der Arzt hat gesagt, du sollst keinen Alkohol trinken, sagte sie. Komm lieber ins Bett. Ich wusste nicht, was ich tun sollte. Aber ich wusste, es spielte keine Rolle, was ich tat. Ja, sagte ich.

Ich lag schon seit einer Weile im Bett, als sie ins Schlafzimmer kam. Sie löschte das Licht, bevor sie sich auszog, entweder, obwohl sie sah, dass ich noch wach war, oder gerade deswegen. Sie sagte nichts, bis sie neben mir lag, dann sagte sie: Ich habe Mona erzählt, dass du William treffen wolltest. Du hast sicher nichts dagegen, zu sagen, dass er nicht gekommen ist. Ich antwortete nicht. Oder?, fragte sie. Nein, sagte ich. Gute Nacht, sagte sie. Gute Nacht, sagte ich.

Es dauerte einige Zeit, bis ich einschlief. Ich dachte darüber nach, was sie gesagt hatte: Wozu soll diese plötzliche Ehrlichkeit gut sein. Und dann dachte ich: Was weiß sie über mich, von dem ich nicht ahne, dass sie es weiß?

Als ich aufwachte, war sie schon aufgestanden. Ich versuchte weiterzuschlafen. Ich hatte Kopfschmerzen. Es war schon nach neun. Ich musste auf die Toilette, und ich ging so leise wie möglich, damit sie mich nicht hörte. Ich zog die Spülung nicht ab. Ich legte mich wieder hin, konnte aber nicht einschlafen. Ich stand auf, schaute hinter der Gardine hindurch und sah Eli und Mona beim Frühstück am Gartentisch sitzen. Ich zog mich rasch an und ging zu ihnen hinunter. Mona wollte alles ganz genau wissen. Eli ging mir eine Tasse Tee holen. Mona verstand nicht, warum ich im Bahnhofsrestaurant gewesen war. Ich erklärte es ihr. Also war es eigentlich Onkel Williams Schuld, sagte sie. Ich hätte nicht dahin zu gehen brauchen, nur weil er nicht kam, sagte ich. Nein, aber trotzdem, sagte sie. Ich antwortete nicht. Sie fragte weiter. Eli brachte den Tee; sie setzte sich hin. Hatte der Krankenwagen die Sirene an?, fragte Mona. Ich glaube nicht, sagte ich. Aber das Blaulicht?, sagte sie. Lass Vater jetzt essen, sagte Eli. Ich weiß nicht, sagte ich. Eine Zeit lang schwiegen wir. Dann sprach Mona über etwas, das sie erledigen wollte, bevor sie zum Strand ging, und Eli fragte, wen sie treffen wollte. Vera, sagte Mona, und ich erwartete, dass Eli etwas dazu sagen würde, aber sie tat es nicht. Wer ist Vera?, fragte ich. Das weißt du doch, sagte Mona, sie war gestern hier. Ach ja, sagte ich. Eli sagte nichts. Mona stand auf und ging. Jetzt sind wir an der Reihe, dachte ich, aber Eli fragte nur, wie es mir ging. Ich antwortete, es gehe mir gut, abgesehen von dem leichten Kopfschmerz. Wie schön, sagte sie. Sie stand auf und nahm den Tisch ab; nur die

Hälfte passte aufs Tablett. Ich schaute ihr nach, wie sie über den Rasen ging, ich dachte: Sie hat nicht einmal gefragt, wie viel Geld im Portemonnaie war. Dann fiel mir ein, wie sie mir die Wange gestreichelt hatte, und als sie zurückkam, wollte ich etwas sagen, aber sie kam mir zuvor. Sie fragte, ob ich Mona erzählt hatte, dass William nicht gekommen war. Ja, sagte ich, sie fand, dann war es seine Schuld, dass es passierte. Und dann?, fragte sie. Nichts, sagte ich. Nein, stimmt, es kann kein Problem für dich sein, sagte sie, es ist ja ganz normal, dass eine Lüge die nächste nach sich zieht. Es ist nicht so, wie du denkst, sagte ich. Was weißt du, was ich denke, sagte sie. Erzähl doch mal, was ich denke deiner Meinung nach. Ich antwortete nicht. Sie räumte den Tisch mit jähen Bewegungen ab, dann sagte sie: Sage mir eins, war es ein schwacher oder ein starker Augenblick, als du die Lüge mit William zurückgezogen hast? Ich antwortete nicht. Sie ging. Ich dachte: Zum Teufel mit ihr.

Nach einer Weile stand ich auf, ging an den Himbeeren vorbei und zur einzigen Stelle des Gartens, an der man vom Haus aus nicht gesehen werden kann. Eine Antwort auf ihre letzte Frage hatte ich noch nicht gefunden. Ich setzte mich auf den Stumpf der großen, vermorschten Birke, die wir vor vier Jahren gefällt hatten; ich saß da, das Gesicht zur Zypressenhecke an der Stichstraße gewandt; durch eine Lücke sah ich die geborstene Zaunlatte, die Eli noch nicht entdeckt hatte und die auszuwechseln ich mich nicht aufraffen konnte, und plötzlich traf mich die Erkenntnis, dass all das, was ich verschwieg oder wo ich die Unwahrheit sagte, eine Voraussetzung meiner Freiheit war; was ich im Wagen zugegeben hatte, war Ausdruck einer momentanen Gleichgültigkeit und hatte mit Ehrlichkeit nichts zu tun.

Die Erkenntnis stimmte mich ein wenig fröhlich, ich stand auf, ging wieder zum Gartentisch und setzte mich. Die Terrassentür stand offen. Ich dachte, ich würde ihr gern sagen, es tue mir leid, gesagt zu haben, dass William gar nicht angerufen hatte. In dem Moment trat sie auf die Terrasse. Ich gehe zu Vater, rief sie, dann ging sie wieder hinein.

Ich blieb sitzen, bis ich sicher sein konnte, dass sie gegangen war, dann ging ich ins Haus, verschloss die Terrassentür und ging ins Schlafzimmer hoch. Ich schleuderte die Sandalen von den Füßen und legte mich aufs Bett. Ich dachte daran, wie sie gesagt hatte: Ach Martin, und wie sie mir die Wange gestreichelt hatte. Nach einer Weile fiel ich in einen leichten Schlaf voller Bilder: wechselnde Landschaften, die ich noch nie gesehen hatte, die nichts Erschreckendes an sich hatten, mich aber dennoch mit einer solchen Unruhe, ja Angst erfüllten, dass ich aufstehen und im Zimmer auf- und abgehen musste. Das half. Das hat schon immer geholfen. Aber ich legte mich nicht wieder hin.

Kurz nachdem Eli zurückgekommen war – wir hatten nicht miteinander gesprochen, sie stand am Küchenfenster und schaute hinaus –, ging ich zu ihr, berührte sie vorsichtig und sagte, es tue mir leid, dass ich gesagt hatte, ich sei mit William verabredet. Ja, ja, sagte sie. Ich zog meine Hand zurück. Das hatte nichts mit dir zu tun, sagte ich. Lass mal, Martin, sagte sie. Ich wusste nichts mehr zu sagen, blieb aber stehen. Sie drehte sich um und sah mich an. Ich erwiderte ihren Blick. Ich konnte nicht erkennen, was in ihm stand. Das ändert doch nichts, sagte sie. Nein, dachte ich. Oder?, fragte sie. Nein, sagte ich.

Ein ganzes Leben
Über Kjell Askildsen

Kjell Aksildsen wuchs in Mandal auf, einem Küstenstädtchen in Südnorwegen, in einer Familie, die in der Gemeindearbeit aktiv war. Der Vater war in der Verwaltung tätig und saß für die konservative Christliche Volkspartei im Landesparlament. Nach dem Abitur begann Askildsen ein Studium an der Osloer Universität, brach es jedoch ab, um sich als Journalist zu versuchen. Später wurde er zum Wehrdienst berufen und kam mit der so genannten Deutschland-Brigade als Besatzungssoldat nach Deutschland. Er heiratete eine Deutsche, mit der er einen Sohn und eine Tochter hat. Sein Geld verdiente er sich als Hafenarbeiter, Kellner, Journalist, Büroangestellter. Kurz war er auch Fremdenverkehrsdirektor in seiner Heimatstadt und betrieb eine kleine Pension, in der Gulasch und alkoholfreies Bier serviert wurden (in Mandal war der Verkauf von Alkohol seinerzeit verboten).

1953 betrat Askildsen die literarische Bühne mit einem Knall – sein Erzählband *Heretter følger jeg deg helt hjem* (Nachher bringe ich dich bis nach Hause) sorgte für Aufsehen. Die Stadtbibliothek von Mandal weigerte sich, das als pornografisch verschriene Buch auszuleihen. Die Zeitung der Inneren Mission behauptete, es sei das Schmutzigste, das je auf norwegisch geschrieben worden sei. Der Pfarrer belegte es mit einem Bann. Askildsen selbst meinte in einem Interview, er sei gegen Einseitigkeit im Geistigen: »Mich interessiert die Schattenseite des Daseins. Ich schreibe über das Alltägliche, darüber, wie kleine, scheinbar unbedeutende Ereignisse ein Leben zerstören können. Außerdem meine ich, das Verhältnis zwischen Mann und Frau – das Geschlechtsleben – prägt den Charakter am nachhaltigsten.« Das Buch löste eine große Diskussion aus, erhielt aber gute Kritiken. Allerdings führte die Veröffentlichung zu einem langen Zerwürfnis zwischen Askildsen und seinem Vater, der das Buch las und nach der Lektüre verbrannte. Mit dem Erzählband *Kulisser* (Kulissen, 1965) erlangte Askildsens Stimme schließlich die Autorität, die sie noch heute besitzt; der Roman *Omgivelser* (Umgebungen, 1969) brachte ihm dann den großen literarischen Durchbruch. Doch seine wahre Berufung fand er in der Kurzgeschichte. *Et stort øde landskap* (Eine weite, verlassene Landschaft, 1991) wurde mit wahren Ovationen aufgenommen, erhielt zahlreiche Literaturpreise und verkaufte sich überdies hervorragend. 2007 dann wurden »Thomas F.'s letzte Aufzeichnungen für die Allgemeinheit« zum besten norwegischen Buch der letzten 25 Jahre gewählt. Heute sind seine Erzählungen in 20 Sprachen übersetzt.

Einmal wurde Kjell Askildsen gefragt, welchen Rat er einem angehenden Schriftsteller erteilen würde. Er sagte: »Viel lesen. Und genau lesen.« In seiner Jugend war es vorwiegend russische Literatur, die ihn begeisterte, u.a. Dostojewski. Von den Amerikanern wurde ihm vor allem Hemingway wichtig, als Beispiel dafür, wie man das Dasein enthüllen und das Ungesagte nutzen kann. Auch die französischen Autoren des Nouveau Roman schätzte er, wobei er Alain Robbe-Grillet dessen Kollegen Claude Simon vorzog, da jener kürzer sei, ballastfreier. »Ich erkenne, dass er für meinen Stil mit entscheidend war. Aber es ist ein himmelweiter Unterschied zwischen Robbe-Grillet und mir, in meinen Erzählungen passiert viel mehr als in seinen Romanen«, sagte Askildsen in einem Interview. Andere für Askildsen wichtige Autoren sind Camus, Faulkner, Raymond Carver und Beckett, den er auch übersetzte. Insgesamt hat er viel übersetzt, besonders Theaterstücke: O´Neill, Strindberg, Norén, meist jedoch aus dem Deutschen, angefangen mit Hermann Brochs Romantrilogie »Die Schlafwandler« von 1930/1932, die er in der 6oer Jahren übersetzte und die ihm, so glaube ich, sehr viel bedeutet, sowie Hans Magnus Enzensberger, Peter Schneider, Brecht, Tankred Dorst, Botho Strauss und George Tabori.

Kjell Askildsen ist einer, der sich dem Schreiben eigentlich verweigert, der möglichst nicht schreiben will. Lange Zeit konnte er nur im Café vor einem Bier sitzend schreiben. In seiner Festrede zu Askildsens 60. Geburtstag schilderte Dag Solstad ihn, wie er im Café sitzt und schreibt: Nach ein paar Stunden steht Askildsen zufrieden auf und geht, und man darf annehmen, dass er drei Sätze von Bestand geschrieben hat. Aber vielleicht ist es auch ganz anders. Vielleicht liegt die Zufriedenheit daran, dass er drei Sätze gestrichen hat. Darüber hat er sich in einem Interview so geäußert: »Ich streiche viel, aber das finde ich ebenso gut wie zu schreiben. Es macht mich glücklich, wenn ich etwas Entbehrliches finde.«

Ebenso vortrefflich charakterisiert Lars Norén Alskildsen in *En dramatikers dagbok* (Tagebuch eines Dramatikers, 2008), wenn er am 16. Oktober 2001 in Berlin notiert: »Man kann in Berlin nicht Proust lesen. Der muss bis zum Sommer warten. Ich lese Kjell Askildsen. Ich glaube, ich habe seine gesamte Produktion hier, ganz wie Giacomettis gesammelte Werke aus dem Exil in der Schweiz, als er vor den Deutschen floh: eine Zündholzschachtel mit ein paar dünnen Skulpturen … Askildsens Sätze muss ich zwei, drei, vier Mal lesen und danach gleich noch einmal. Jedes Wort sitzt, seine Worte sind wie Töne, die in ein dunkles Land hinaus gleiten, und man weiß nicht, wo sie enden.«

Die meisten halten Askildsen für einen stillen, zurückhaltenden Mann, dabei hat er sich in mancher Hinsicht als Aktivist hervorgetan, und zwar vor allem, um die ökonomischen Lebensbedingungen der Autoren zu verbessern. Er war einer der Begründer des Norwegischen Autorenzentrums, das Lesungen und Vorträge in Schulen vermittelt, und in den 60er und 70er Jahren war er eine zentrale Figur bei zahlreichen kulturpolitischen Vorhaben und Aktionen.

Was ich jedoch am meisten an ihm bewundere, ist seine Begeisterungsfähigkeit. Für Literatur (gute Literatur), für Bildende Kunst (er hat in einer Galerie gearbeitet), für Film (Filme aller Genres). Und er hat ein geradezu leidenschaftliches Verhältnis zum Theater. Diese große Begeisterung – oder eher dieses Engagement – zeigt sich vor allem bei Diskussionen über diese Themen. Mit größter Freude genießt er das Zusammensein mit Freunden und Kollegen, jungen wie alten, genießt er Gespräch und Bier. Ich kenne kaum jemanden, der ein ordentliches Streitgespräch so schätzt wie Kjell Askildsen, und je weiter die Standpunkte auseinander klaffen, desto besser. Es braucht einiges, bis er nachgibt; im Gegenteil, er wird sich im Verlauf der Debatte seines Standpunktes immer sicherer. Seine jungen Schriftstellerkollegen lieben ihn, er ist der Mittelpunkt aller Feste und immer einer der letzten, die nach Hause gehen.

Seine Bedeutung für unseren Verlag ist groß, und sein literarischer Einfluss ebenso. Ich bin seit 1985 Askildsens Verleger. Voller Respekt haben wir damals diese Aufgabe übernommen, und diesen Respekt habe ich mir all die Jahre über bewahrt. Ein Erzählungsmanuskript von ihm zu bekommen, fünf, sechs maschinengeschriebene Seiten, von einer Briefklammer zusammengehalten: das ist eine meiner größten Freuden. Dann fühle ich mich privilegiert, als Verleger wie als Leser, und laufe rasch zu meinen Kollegen: Hört euch das bloß wieder an – nur ein paar Zeilen, aber sie bergen ein ganzes Leben.

16.01.09
Geir Berdahl,
Verleger des Verlags *Oktober* in Oslo

So klein, so groß

Zu Kjell Askildsens Erzählungen

Dank seines beherrschten, präzisen, von innen heraus schimmernden Stils ist Kjell Askildsen in seiner Heimat seit langem ein Klassiker. Ohne je zu psychologisieren, dringt er mit seinen schlichten, scheinbar nur andeutenden Schilderungen tief ins Innere seiner Figuren vor. Verglichen wurde er oft mit Beckett, zu denken wäre aber auch an seinen Landsmann Jon Fosse, der ganz Ähnliches leistet: sparsamer Einsatz der Mittel, ein klarer, forschender Blick unter die Oberfläche. Dieser Blick hat bei Askildsen, wie bei Fosse, etwas Melancholisch-Liebevolles, aber auch, wie bei Beckett, etwas fast zynisch Abgeklärtes, angeschrägt dann und wann durch einen surrealen Anflug.

So ist dieser Autor kein nüchterner Protokollant, sondern die Schlichtheit seines Erzählens birgt untergründige, unergründliche Geheimnisse. Seine Sprache, die alles deutlich zu benennen scheint, ist womöglich noch verschwiegener als die wortkargen Figuren selbst. Ist Thomas F., jene wahrhaft Beckettsche Figur (*Thomas F.'s letzte Aufzeichnungen für die Allgemeinheit*), tatsächlich nur ein, pardon, altes Arschloch, oder doch ein zwar klapprig gewordener Kauz, der aber voll gelassener Weisheit auf sich und die Welt blickt, mit seinem grandiosen trockenen Humor, das Leben verachtend und gleichzeitig liebend? Was meint William, ans Bett gefesselt wegen seiner eingegipsten Beine, wehrlos und gefährlich, wenn er zwei Mal denkt: »Wenn sie nur wüsste« (*Eine weite, verlassene Landschaft*)? Manchmal möchte man die Figuren durchschütteln und aufwecken, zu sich bringen. Sie sind so allein, sie leiden darunter, verstecken sich vor denen, die sie lieben, und werfen ihnen insgeheim vor, dass sie sie nicht kennen. Die zerrüttete Ehe in *Ingrid Langbakken* ist nur die offensichtlichste dieser Konstellationen.

Wenn man die Erzählungen ein zweites Mal liest – und sie eignen sich trotz ihrer scheinbaren Einfachheit ganz hervorragend zur mehrfachen Lektüre –, tritt hin und wieder ganz unwillkürlich ein Satz aus dem Gefüge heraus und sieht einen an, man erwidert den Blick, und plötzlich enthüllt sich ein Zusammenhang, den man vorher noch nicht erkannte. Überhaupt lohnt sich eine wache Lektüre: Manchmal beinhaltet ein einziger Satz ganze Schicksale. So deutet die beiläufige Bemerkung »Mutter ist ausgegangen« in *Begegnung* darauf hin, dass Gabriels Jugendliebe mit ihrer Mutter lebt. Also hat sie offenbar weder Familie noch eine Beziehung, hat vielleicht eine hinter sich, hat vielleicht nie eine gehabt nach dem Erlebnis in Gabriels Elternhaus, das, so ließe sich daraus folgern, möglicherweise traumatischer war, als man zunächst annehmen würde und als im Text erzählt wird.

Dazu trägt auch bei, dass das Umfeld der Figuren kaum je genauer beschrieben wird. Kaum eine soziale Einordnung erfolgt, Berufe werden so gut wie nie genannt. Hausbesitzer oder -mieter sind die meisten, aber das hat keinen großen sozialen Auskunftswert, außerhalb der Städte leben die meisten Norweger in Häusern oder Häuschen. Namen fallen zwar, doch sind das meist Allerweltsnamen, und die Figurenzeichnung beschränkt sich streng auf das, was in der Erzählung selbst geschieht oder gedacht wird. Auch die Zeit, in der die Texte spielen, ist nicht näher bezeichnet. Das Wesentliche, dem Askildsen seine Texte widmet, ist alterslos, nicht zeitgebunden. Der große Reichtum dieses Autors, den er auf trickreiche Weise mit dem Leser teilt, ohne ihn protzend herzuzeigen, besteht in dem Vielen, das unausgesprochen bleibt, aber immer mitgesagt ist.

Klassische Balance und Ausgewogenheit charakterisiert Alskildsens Sprache, sie ist von wohldosierter Zurückhaltung, oft erstaunlich nüchtern, und in Situationen, die für seine Figuren quälend sind, auch quälend karg. Er treibt ausgesprochen wenig stilistischen Aufwand, und doch herrscht in seinen Texten eine ganz erstaunliche Innenspannung, auch sprachlich, nicht nur im Seelischen. Der Satz »Ich suchte nichts Spezielles« wird gegen Ende von »Elisabeth« wiederholt, so unauffällig, dass er sich nicht selbst widerspricht, aber auffällig genug, um eine intensive Suche anzuzeigen. Ein typisches Beispiel für Askildsens Kunst, uneigentlich zu erzählen, nebenbei, ohne nachdrücklichen Hinweis auf den Bedeutungsgehalt des Gesagten.

Norwegisch ist oft eine wohl nicht schmucklose, aber unprätentiöse Sprache. Um so überraschender ist die Erfahrung beim Übersetzen, dass Askildsens Norwegisch bei aller Nüchternheit nach einem Ton und einer Wortwahl verlangt, die Attribute wie »schön«, »gepflegt« beanspruchen könnte. Woher kommt es, dass sich unwillkürlich für das Wörtchen »bort« statt »weg« oder vielleicht »fort«, wie sonst, ein »davon« empfiehlt (vielleicht sogar »von dannen«)? Und wie kommt es, dass dieses »davon« im Deutschen ganz unaltmodisch nicht nach Märchen tönt, sondern nach Askildsens typischer Überzeitlichkeit? Eine faszinierende Erfahrung, wie auch, dass die indirekte Rede eine den Ton so zutiefst bestimmende Rolle spielt. Sie ist nachgerade sowohl Grundierung wie auch Firnis. Und obwohl viele Passagen dieser Erzählungen in einer eher mündlichen Haltung der indirekten Rede geschrieben sind, was im Deutschen durchaus den Gebrauch des Indikativs erlaubte, habe ich wohl noch nie in einer Übersetzung aus dem Norwegischen so viel Konjunktiv verwendet wie hier. Beides, die altmodisch/unaltmodische Schönheit und das Indirekte der Rede, entspricht dem typischen Blick des Autors auf seine Figuren, einer still beobachtenden Distanz, der zugleich etwas fast kaltblütig Präzises, wenn auch durchaus nicht Gnadenloses innewohnt. So ist schließlich der bleibende Eindruck von Aksildsens Prosa – neben ihrer fesselnden klassischen Qualität – der von einer fragenden, mal auch kritischen, immer aber zugewandten Anteilnahme an seinen Figuren, der Eindruck von faszinierter Neugier darauf, was es hinter den Augenfälligkeiten gibt, das die Menschen umtreibt und sie so klein, so groß sein lässt.

Hinrich Schmidt-Henkel

Inhalt